RICHARD COLES

Der Tote in der Dorfkirche

GOLDMANN

Buch

Pfarrer Daniel Clement liebt die kleine beschauliche Dorfgemeinde von Champton. Seit acht Jahren lebt er zusammen mit seiner Mutter – der so furchtlosen wie temperamentvollen Audrey – und den Dackeln Cosmo und Hilda im alten Pfarrhaus. Doch mit dem Frieden ist es vorbei, als Daniel den Plan fasst, im Kirchengebäude eine Toilette zu installieren. Plötzlich ist das Dorf in zwei Lager gespalten, und im Verlauf der Streitigkeiten drängen lange gehütete Geheimnisse ans Licht. Als der Archivar des imposanten Adelssitzes Champton House tot in der Kirche aufgefunden wird, tut Daniel alles, um seine Schäfchen vor weiterem Unheil zu bewahren. Und dazu muss er einen Mörder fassen …

Autor

Reverend Richard Coles studierte Theologie am King's College London und hat bereits mehrere Sachbücher verfasst, bevor er sich mit »Der Tote in der Dorfkirche« dem Krimigenre zuwandte. Er ist der einzige Pfarrer in Großbritannien, der einen Nr.-1-Hit vorweisen kann – als Mitglied des Popduos The Communards – und in Strictly Come Dancing auftrat. Der Autor war lange Jahre Gemeindepfarrer von St Mary the Virgin in Finedon in der Grafschaft Northamptonshire.

Mehr zu Reverend Richard Coles unter www.richardcoles.com

Richard Coles

Der Tote in der Dorfkirche

Ein Fall für Pfarrer Daniel Clement

Aus dem Englischen
von Sibylle Schmidt

GOLDMANN

Die Originalausgabe erschien 2022 unter dem Titel
»Murder Before Evensong. A Canon Clement Mystery« bei Weidenfeld & Nicolson
an imprint of The Orion Publishing Group Ltd, London.
An Hachette UK Company

MIX
Papier | Fördert gute Waldnutzung
FSC® C083411
FSC www.fsc.org

Penguin Random House Verlagsgruppe FSC® N001967

1. Auflage
Deutsche Erstveröffentlichung Mai 2023

Umschlaggestaltung: UNO Werbeagentur GmbH, München
Umschlagmotiv:
Kirche: Getty Images / Digital Vision Vectors / youngID;
Hintergrund, Papier, Hund,
Blüten: FinePic©, München
Redaktion: Johanna Schwering
AB · Herstellung: ik
Satz: GGP Media GmbH, Pößneck
Druck und Bindung: CPI books GmbH, Leck
Printed in the EU
ISBN 978-3-442-20650-6

www.goldmann-verlag.de

Gemeinde Champtom
Champton House
See
Badehaus
Das Pfarrhaus
Sextons Cottage
Kirche St Mary's
Main Street
Alte Schule

Bushaltestelle
Braunstonbury Road
Royal Oak Pub
Schule
förtner-
äuschen
Postamt
Main Street
Haus von
Anthony Bowness
Haus von
Stella Harper

Für Lorna
(die immer die letzte Seite zuerst liest)

Erhelle unsere Dunkelheit, wir bitten dich, oh Herr;
und durch deine große Gnade bewahre uns
vor allen Fährnissen dieser Nacht.

Allgemeines Gebetbuch der
anglikanischen Kirche

1

Daniel Clement, seines Zeichens Pfarrer der Kirche St Mary's in Champton, blickte von der Kanzel auf seine Gemeinde hinab. Heute wollte er in seiner Predigt vom Vierten Buch Mose erzählen, in dem die Israeliten gegen Moses aufbegehren, weil er sie nicht ins Gelobte Land, sondern in die Wüste führt. Eine lehrreiche Geschichte, wie Daniel fand, und gewiss nicht nur für ihn, sondern auch für seine achtundfünfzig Vorgänger in dieser Gemeinde. Denn gelegentlich mussten nun einmal auch die Gläubigen mit ein wenig List zu etwas überredet werden.

Dem Propheten Moses war es gelungen, einen Aufstand zu verhindern, indem er auf einen Fels einschlug, aus dem daraufhin Wasser strömte. So konnte das erzürnte und erschöpfte Volk seinen Durst löschen. Daniel gedachte, eine ähnlich gewitzte Taktik bei seinen Schäfchen anzuwenden.

»Ebenso wie Moses und das entkräftete Volk Israel«, begann er, »müssen auch wir mit Hoffnung und Zuversicht in die Zukunft blicken und uns ihren Anforderungen in der Gegenwart stellen. So wie in Meriba Wasser aus dem Fels floss, auf den Moses geschlagen hatte, so soll auch in diesem Gotteshaus bald frisches Wasser strömen, und zwar in Form einer Spülung: Meine liebe Gemeinde, es ist dringend erforderlich, in unserer Kirche eine Toilette einbauen zu lassen.«

Ein aufgeregtes Raunen lief durch die Reihen, als sei bereits jetzt im Gotteshaus Unsägliches durch einen Wasserschwall beseitigt worden.

St Mary's, ein erlesenes architektonisches Juwel des englischen Perpendikularstils, war vier Jahrhunderte lang ohne Abort ausgekommen. Nicht nur zahllose Einwohner von Champton hatten längere Gottesdienste als diesen ohne Malheur durchgestanden, sondern auch die Geistlichen – sogar die hochbetagten, auch wenn die Blase jenseits der neunzig nicht mehr ganz verlässlich war. Daniel hegte allerdings den Verdacht, dass er nicht der erste Gemeindevorsteher war, der die verborgene Ecke an der nördlichen Kirchhofmauer genutzt hatte, um sich zu erleichtern, wenn eine Braut sich verspätete.

Bis zum Abendmahl hatte sich der Aufruhr schließlich gelegt, und Daniel erwartete seine Schäfchen mit den geweihten Hostien auf der Altartreppe. Bis die ersten Gemeindemitglieder vorne an der Kommunionbank eintrafen, dauerte es wie üblich länger als nötig. Wie in vielen Kirchen kamen auch hier in der Regel die hinteren Reihen zuerst nach vorne, da die vordersten Plätze den Alten und Gebrechlichen vorbehalten waren, weil sie dort besser sehen und hören konnten (sobald das schrille Pfeifen der Hörgeräte nachgelassen hatte).

»Kommet vertrauensvoll zu mir«, rief Daniel mit nicht ganz verhohlener Ungeduld, »um den Leib unseres Herrn Jesus Christus zu empfangen, den er für euch geopfert hat, und das Blut, das er für euch vergossen hat.«

Man hätte nun erwarten können, dass alle, die ewiges Leben begehrten, sich eiligst nach vorne begeben hätten, um die großzügige Gabe entgegenzunehmen. Der Chor stand zügig zur Speisung an und kehrte dann zum Gestühl zurück, um die Hymne zu singen. Doch in den Bänken rührte sich niemand, bis sich schließlich Lord de Floures erhob – Kirchenpatron, adliger Gutsherr,

Arbeitgeber und seltener Gast in der Kirche, den Daniel jedoch heute absichtlich einbestellt hatte. Bernard de Floures zwängte sich aus der Familienbank ganz vorne, die mit der Blumenrosette aus dem Wappen der de Floures verziert war, und bewegte sich etwas stockend Richtung Altar. Der Gutsherr trug seinen Sonntagsanzug aus Tweed (»altehrwürdig« wäre eine gnädige Vokabel dafür gewesen, fand Daniel, der sich immer fragte, ob der Anzug bereits die Leibesfülle von Bernards Vater umhüllt hatte). Jedoch nicht das Lebensalter von siebenundfünfzig Jahren sorgte für Bernards unsicheren Gang, sondern der Alkoholgenuss des Vorabends, und als der Lord an der Familiengruft in der Kapelle vorüberkam, wo die steinernen Ahnen auf Sarkophagen seiner harrten, geriet er kurz ins Stolpern.

Margaret Porteous heftete sich augenblicklich an seine Fersen, weshalb es ihr flink gelang, Anthony Bowness zu überholen, Bernards Cousin, der kürzlich zum Archivar von Champton House ernannt worden war und nun hinter Bernard aus der Floures-Bank kam. Die flachen Slipper, die Margaret zu ihrem Tweed-Kostüm trug (das auch schon einiges erlebt hatte, aber nicht ganz so antik wirkte wie Bernards Anzug), waren ihr gewiss eine Hilfe dabei, zeitgleich mit dem Lord auf der Kommunionsbank niederzuknien. Margaret gehörte nicht zur Familie de Floures, war aber zuständig für die Koordination der Freiwilligen, die während des Sommers Führungen durch Champton House anboten und den Touristen die Schätze und Schönheiten des Anwesens präsentierten. Durch diese vom Finanzamt abgesegnete Regelung für zusätzliche Einnahmen konnte Bernard einen gewissen Ausgleich zu den hohen Erbschaftssteuern herstellen, die er für das Gut berappen musste.

Jetzt standen weitere Dorfbewohner an und ließen sich auf der Bank nieder, und Daniel kam es vor, als stellten die Anwesenden wie in einem Roman die gesamte Geschichte von Champton dar: Licht und Schatten, Macht und Machtlosigkeit, Glück und Unglück.

Norman Staveley in Cordhose und Blazer, als Mitglied des Gemeinderats immer sehr auf sein Ansehen bedacht, schritt betont eifrig nach vorne. Den Platz neben ihm auf der Bank nahm Katrina Gauchet ein, Rektorin der Grundschule, mitsamt ihren zwei Söhnen, aber ohne ihren atheistischen Gatten Hervé, der zu Hause den Brunch zubereitete (unter anderem eine Bloody Mary, die er sich zu Gemüte führte, wenn das Glockenläuten auf das nahende Ende des Gottesdiensts hinwies). Die beiden ledigen älteren Schwestern Dora und Kath Sharman in ihren steifen Sonntagskostümen zwängten sich neben den zappelnden Jungen auf die Bank.

Daniel schritt die Reihe ab und verteilte das Fleisch des Herrn.

»Christi Leib für dich …«

»Amen.«

»Christi Leib für dich …«

»Amen.«

»Christi Leib für dich …«

»Danke schön«, sagte Norman höflich, als habe man ihm ein Canapé gereicht.

Die Organistin Jane Thwaite, Frau des ehemaligen Schuldirektors Ned Thwaite, stimmte die Hymne an. Es war ein schwungvolles Kirchenlied aus dem achtzehnten Jahrhundert, das Daniel immer heiter stimmte.

Und er war auch voller Zuversicht, während Stäubchen in den Strahlen der Frühlingssonne tanzten, die den Kirchenraum erleuchteten, und die Gläubigen geduldig Schlange standen, um das Abendmahl zu empfangen. Danach kehrten die meisten an ihren Platz zurück, einige hingegen verließen die Kirche zügig, um die Begegnung mit Nachbarn – oder dem Pfarrer – zu vermeiden.

Nachdem das letzte Gebet gesprochen war, ging Daniel hinaus und nahm seinen üblichen Platz am Portal ein. Er blickte über den Kirchhof mit den verwitterten Grabsteinen, die ordentlich in Reih und Glied standen, damit der Küster den Rasen besser pflegen konnte. Hinter einem Graben befand sich der Park des Anwesens, der um 1790 von dem berühmten Landschaftsarchitekten Humphry Repton naturnah gestaltet worden war, wie es zum Ende dieses Jahrhunderts modern wurde. Damals hatte man auch den See angelegt und Follies erbaut, bizarre, zwecklose kleine Bauwerke, die dem romantischen Geschmack der Zeit entsprachen.

Bernard de Floures verließ die Kirche wie immer als Erster nach Daniel.

»Ist das Ihr Ernst, Daniel? Ein Klo?«, fragte Bernard. »Da haben Sie ja was losgetreten.«

»Ja, ist das nicht sonderbar? Was ist so schlimm an einem Klo?«, erwiderte Daniel.

»Pipi und Kacka. Daran möchte doch in einem Gotteshaus niemand erinnert werden«, antwortete Bernard. »Ich befürchte massiven Widerstand, offen gestanden. Kommen Sie doch heute Nachmittag zum Tee. Und bringen Sie die Frau Mama mit.«

»Sehr gern, danke«, erwiderte Daniel.

Margaret Porteous erschien wie üblich dicht in Bernards Gefolge. »Ein herrlicher Gottesdienst, Daniel«, bemerkte sie im Vorübergehen und beeilte sich, dem Lord auf den Fersen zu bleiben.

Dann kamen die Damen der örtlichen Blumengilde heraus, die für das florale Dekor der Kirche zuständig war: die streitbare Stella Harper und ihre rechte Hand Anne Dollinger. Beide trugen fast identische geblümte Kleider aus Mrs Harpers Boutique, wirkten deshalb aber noch lange nicht wie das blühende Leben. Stella Harper war hager und kratzbürstig (Daniels Mutter Audrey hatte sie einmal als »miesepetrige Artischocke« beschrieben), Anne Dollinger dagegen wuchtig und grobschlächtig (»ein Schlachterhund im Fummel«, hatte Audreys gnadenloses Urteil gelautet). Beide gehörten zum Inventar des Dorfes und ließen sich regelmäßig in der Kirche blicken, ohne jedoch Interesse an den Finessen des Gottesdienstes zu zeigen – sie hatten nur Blumen im Sinn. Deshalb kam es auch alljährlich während der Fastenzeit zu Debatten, weil Anne Dollinger sich weigerte, gemäß der religiösen Regeln auf Blumenschmuck zu verzichten.

Jedes Jahr behauptete sie von Neuem steif und fest, eine schlichte Hyazinthe sei kein Regelverstoß, worauf Daniel ihr alljährlich nicht minder hartnäckig widersprechen musste. Manchmal hatte er den Eindruck, dass St Mary's von diesen beiden Frauen nur als Ausstellungsfläche betrachtet wurde.

»Guten Morgen, Daniel«, sagte Stella kühl, wobei sie beinahe von den beiden Gauchet-Jungs überrannt wurde, die wie Torpedos auf den Kirchhof rasten, um angestaute Energie loszuwerden. »Diese … Umbauten«, fügte Stella naserümpfend hinzu. »Steht schon fest, wann?«

»Nein. Vorerst ist es nur ein Vorschlag, über den der Kirchengemeinderat entscheiden muss. Was halten Sie denn davon?«

»Finde ich äußerst überflüssig. Und der Einbau wäre sicher technisch schwierig.«

»Da habe ich anderes gehört«, widersprach Daniel. »In vielen Kirchen wurde mittlerweile problemlos eine Toilette installiert. Es gäbe dann übrigens auch fließendes Wasser und ein *großes* Waschbecken. Wäre das nicht praktisch auch für die Blumen?«, fügte er listig hinzu.

»Darum geht es nicht. Sondern um die Geräusche, Daniel, die

Geräusche. Wer möchte denn bitte schön beim Gottesdienst eine *Klospülung* hören?«

»Niemand«, bekräftigte Anne Dollinger.

»Also, in meiner letzten Pfarrgemeinde gab es keinerlei Beschwerden, als eine Toilette eingebaut wurde«, sagte Daniel. »Ganz im Gegenteil – alle waren froh darüber.«

»*Dort* ist aber nicht *hier*«, erwiderte Stella.

»Sollen wir überall hinterherlaufen wie die Lemminge?«, fügte Anne bissig hinzu.

»Und wo soll sie überhaupt hin, in die Sakristei womöglich? Oder etwa in den Glockenturm?«, fragte Stella spitz.

»Hinten im Querschiff ist ausreichend Platz, Stella. Wir haben dort weit mehr Bänke als benötigt. Diesen Raum könnten wir …«

»Wusste ich's doch!«, rief Stella entrüstet aus. »Was habt ihr Geistlichen nur immer gegen Kirchenbänke? Ich habe noch keinen Pfarrer kennengelernt, der nicht gerne Kleinholz aus ihnen gemacht hätte.«

»Und dabei sind sie doch ein historisches Vermächtnis«, warf Anne ein.

»Die meisten stammen vom Ende des neunzehnten Jahrhunderts, sind also nicht gerade antik«, stellte Daniel klar. »Und vorher ist man ja auch jahrhundertelang ohne Bänke ausgekommen.«

»Aber wo haben die Leute dann *gesessen*?«, fragte Stella.

»Gar nicht. Die meisten jedenfalls. Nur für die Alten und Schwachen gab es Bänke an den Wänden.«

»Sie wollen also unsere wunderschönen Kirchenbänke abschaffen und uns bei der Abendandacht herumstehen lassen?«

»Nein, nein, nein. Nur ein paar Bänke ganz hinten könnte man entfernen«, antwortete Daniel in einem Tonfall, den er für beschwichtigend hielt. »Und wie gesagt: Es ist ja vorerst noch gar nichts entschieden. Möchten Sie Kaffee?«

Anthony Bowness, der an diesem Tag mit den Sharman-Schwestern Getränkedienst hatte, goss bereits eine dampfende Flüssigkeit in Styroporbecher. Immerhin eine Variante mit Henkel, damit sie etwas würdevoller wirkten.

Aber Stella hatte nicht die Absicht, sich ablenken zu lassen. »Damit Sie mich noch weiter beschwatzen und womöglich überreden können? Sie haben doch bestimmt längst alles im Alleingang entschieden. Warum hört *uns* nie jemand zu?«

»Ich höre Ihnen doch zu, Stella«, entgegnete Daniel. »Ich höre allen Menschen zu. Es ist wirklich nur ein Vorschlag. Sollte die Gemeinde dagegen sein, wird die Toilette nicht eingebaut.«

»Das ist ein Wort! Sie können nämlich gar nicht so mir nichts, dir nichts Kirchenbänke abschaffen. Das ist ein Fall für den Denkmalschutz!«

»Die Bänke sind bloß aus der viktorianischen Ära, Stella«, mischte sich jetzt Ned Thwaite ein, der zu ihnen getreten war. »Sie sind wirklich nichts Besonderes.«

»Besten Dank für die Belehrung, Ned«, versetzte Stella pikiert. »Aber ich unterhalte mich gerade mit dem Herrn Pfarrer.«

Ned, der selten ein Blatt vor den Mund nahm, erwiderte: »Ich bin im Kirchenrat, Stella, und der entscheidet über diese Angelegenheit. Wenn Sie ein Problem damit haben, dann lassen Sie den Pfarrer in Frieden und wenden Sie sich direkt an den Rat.«

Nach dieser Rede reckte er das Kinn vor und ließ demonstrativ den Schlüsselbund klirren, der mitsamt allerlei Handwerkszeug und Täschchen von seinem Gürtel hing. Daniel wunderte sich immer, dass Neds Hose ihm nicht wegen des Gewichts in die Kniekehlen rutschte.

Die Ansprache verfehlte ihre Wirkung nicht. »Worauf du dich

verlassen kannst«, versetzte Stella. »Morgen findet übrigens das Jahrestreffen der Blumengilde statt. Und wir haben einen Punkt auf der Tagesordnung, der Ihnen ganz schön zu denken geben wird, Daniel.«

Bevor Stella sich zum Gehen wandte, warf sie dem Pfarrer noch einen Blick zu, der alles andere als liebenswürdig war, und Daniel verspürte eine unangenehme Vorahnung.

»Ich hab's Ihnen ja gesagt«, bemerkte Ned, nachdem die beiden abgezogen waren.

»Was denn?«

»Dass es wegen dem Klo einen Aufstand geben wird. Weil es nämlich eine *Veränderung* ist.«

2

Als Daniel zu Hause die Tür aufschloss, wurde er von seinen beiden Dackeln, Cosmo und Hilda, mit dem üblichen überschwänglichen Bellen begrüßt. Ob er nun eine Woche oder eine Viertelstunde weg gewesen war, spielte dabei keine Rolle.

Der Beruf des Pfarrers ist dem Wesen nach hundefreundlich. Pfarrer arbeiten von zu Hause aus. Landpfarrer haben für gewöhnlich einen Garten. Und an Dorfkirchen mit Amtsinhabern wie Daniel Clement wartet auf die vierbeinigen Geschöpfe Gottes am Portal grundsätzlich ein Wassernapf.

Daniel hatte allerdings auch ein etwas schnöderes Motiv für die Liebe zu seinen Hunden: Ihr erbostes Gebell, schon beim geringsten Anzeichen für unangekündigten Besuch, diente als wirksame Vorwarnung. Wenn man von Berufs wegen jederzeit ansprechbar sein musste, war das ungeheuer nützlich. Und wenn Daniel mit den beiden Dackeln spazieren ging, fand er es wiederum praktisch, dass sie sowohl Anlass für Gespräche mit Dorfbewohnern geben als auch ihm selbige vom Hals halten konnten.

Am meisten schätzte Daniel an Hunden jedoch ihre komplette Gleichgültigkeit gegenüber menschlichen Mängeln und Eitelkeiten sowie ihre bedingungslose Zuneigung. Deshalb konnte er gut verstehen, dass die Queen sich mit Corgis umgab: Die Hunde liebten ihr Frauchen ohne jegliche Unterwürfigkeit.

Als Daniel das Haus betrat, pfiff er lautstark eine Melodie, mit der er seiner Mutter ankündigte, dass er im Anmarsch war. Audrey Clements Umzug ins Pfarrhaus hatte neue Regeln im Haushalt zur Folge gehabt, die jedoch teilweise ebenso widersprüchlich und dehnbar waren wie die Gesetze der britischen Verfassung. Zum Beispiel hätte Audrey jederzeit behauptet, dass sie Pfeifen als vulgär verabscheue. Aus unerfindlichen Gründen konnte sie selbst jedoch so kraftvoll pfeifen wie ein Rohrspatz und antwortete jetzt mit einer schwungvollen Tonfolge, die besagte: »Ich bin auch da.«

Audrey wäre jedoch ohnehin schwer zu übersehen gewesen. Sie war seit jeher eine energische Persönlichkeit, aber mit dem Alter und dem Schwinden ihrer körperlichen Kräfte nahm ihre Willensstärke eher noch zu. Manchmal fand Daniel, seine Mutter habe Ähnlichkeit mit Papst Pius IX., der seinerzeit auf den Verlust seiner weltlichen Macht reagiert hatte, indem er sich für unfehlbar erklärt und im Vatikanpalast verschanzt hatte.

Daniel bückte sich, um den Hunden die Ohren zu kraulen. Dann legte er die Schlüssel in die Kommodenschublade und begab sich ins Wohnzimmer, das mittlerweile zum Hauptraum seiner Mutter geworden war. Es war das hellste Zimmer des Hauses, und seit Audreys Sehkraft nachließ, war sie ganz versessen auf Licht. Als Daniel noch allein im Haus gewesen war, hatte er wie alle Junggesellen seine Marotten und Eigenheiten gehabt und sich vorwiegend in seinem Studierzimmer aufgehalten. Seit der Ankunft seiner Mutter leistete er ihr meist im Wohnzimmer Gesellschaft, das überdies den Vorteil hatte, behaglicher und besser beheizbar zu sein als alle anderen Räume. Offizielle Besucher wurden im Salon empfangen.

»Hallo, Liebling«, sagte Audrey und hielt ihrem Sohn die Wange zum Kuss hin. Aus dem betagten Fünfzigerjahre-Radio schallte ein schottisches Kirchenlied.

»Nanu, gibt's heute nicht deine Lieblingssendung?«, fragte Daniel erstaunt. »So etwas läuft doch da sonst nicht …«

Audrey hörte mit Vorliebe einen Radioklassiker, bei dem seit 1942 Prominente pro Sendung acht Schallplatten vorstellten, die sie auf eine einsame Insel mitnehmen würden.

»Doch, doch. Vorher kam Edith Piaf.«

»Ach so. Möchtest du Kaffee?« Daniel marschierte Richtung Küche, ohne die Antwort abzuwarten, da er sie ohnehin bereits kannte.

Seine Mutter hatte vor Kurzem den koffeinfreien Kaffee für sich entdeckt und bestand nun stets darauf, da sie ihn als Garanten für ruhigen, erholsamen Schlaf betrachtete. Daniel selbst war allerdings nicht bereit, auf seinen morgendlichen Muntermacher zu verzichten. Deshalb standen neuerdings neben zwei Presskannen zwei Schraubgläser mit Kaffee, die er manchmal verwechselte, ohne dass er oder seine Mutter anschließend einen Unterschied bemerkte. Was wohl darauf hinwies, dass die Wirkung von Koffein manchmal auch Einbildung sein konnte.

»Und Kekse!«, rief Audrey ihm nach.

Als der Kaffee eingeschenkt war, nahm Daniel die grüne Blechdose vom Regal, in der die Kekse aufbewahrt wurden. Der Deckel passte noch immer, obwohl die Dose fünfzig Jahre alt und mittlerweile ziemlich verbeult war. Auch die aufgemalten einstmals gelben Rosen verblassten zusehends. Dennoch kam Daniel zum ersten Mal der Gedanke, dass die runde Dose mit dem verschnörkelten Blumenmuster vortrefflich in den Pfarrsprengel der Familie de Floures passte.

Diese Blechdose war Daniel so heilig wie eine Reliquie, obwohl nicht etwa die Knochen eines unbeschuhten Karmeliters, sondern lediglich schlichte Schokoladenkekse darin aufbewahrt wurden. Sie stammte nämlich aus seiner Kindheit, und Daniel hatte sie nach dem Tod seines Vaters aus dem Elternhaus mitgenommen. Seine Eltern hatten sie zur Hochzeit geschenkt bekommen, und so enthielt diese Dose nicht nur Kekse, sondern auch wohltuende Erinnerungen – wie die berühmten Madeleines für den Schriftsteller Marcel Proust.

Den Hunden war das Rasseln der süßen Happen in der Blechdose natürlich nicht entgangen, und jetzt hörte Daniel, wie in der Diele das Klacken der Krallen auf den Steinplatten immer lauter wurde, bis Hilda und Cosmo schließlich zur Tür hereinplatzten. Dann vollführten die beiden zu seinen Füßen eine Vollbremsung und blickten wild schwanzwedelnd hoffnungsvoll zu ihm auf.

Der Sonntagstee in Champton House am Nachmittag geriet durchaus nicht so opulent, wie Audrey sich das gewünscht hätte. Der Teller mit Petit Fours aus der Packung und der Früchtekuchen, der nach Kantine schmeckte, wirkten äußerst schäbig in der Bibliothek des hochherrschaftlichen Anwesens, das sich seit dem fünfzehnten Jahrhundert im Besitz der Familie de Floures befand. Die Bibliothek war ein Anbau aus der georgianischen Zeit, in der ein Edelmann für gehobeneren Wohnkomfort hatte sorgen wollen, als seine Vorfahren ihn für notwendig erachtet hatten. Der älteste Teil des Gebäudes, das mittelalterliche Gutshaus mit Kapelle, war in etwa so behaglich wie ein Kloster. Das angrenzende Tudorhaus mit seiner im siebzehnten Jahrhundert hinzugefügten prachtvollen Barockfassade verwies dagegen mit Pomp und Gloria auf den zunehmenden Reichtum der Familie. Doch wirklich komfortabel gewohnt hatte man in Champton House sicher erst hundert Jahre später, als Bibliothek, Ballsaal und ein großes Wohnzimmer hinzugefügt wurden. Und den letzten Schliff hatte das Anwesen dann im neunzehnten Jahrhundert erhalten, als neben Herrenzimmer, Billardsaal und Salon auch etliche Gästezimmer ergänzt wurden, sodass auf dem Gut rauschende Feste gefeiert werden konnten.

Aus der Bibliothek hatte man einen herrlichen Blick auf den Park, und Audrey genoss wie immer die Aussicht auf die alten Kastanien, Zypressen und Eichen. Weiter hinten weideten Schafe, und am See grasten Rehe vor dem silbrig glitzernden Wasser. Lediglich ein flauschiges weißes Wesen namens Jove störte das Bild, weil die Hauskatze nicht wie gewöhnlich auf der Treppe zur Bibliothek schlief, sondern ungeduldig mit der Pfote ans Fenster schlug, als habe sie Appetit auf die Rehe.

Bernard, der sich neben der Anrichte mit Daniel und Anthony Bowness unterhielt, trat jetzt zu Audrey.

»Noch Tee?«, fragte er, die tröpfelnde Edelstahlkanne im Anschlag.

»Gerne, danke.« Audrey versuchte, den schiefen Strahl mit der Tasse aufzufangen. Zu gerne hätte sie die Marke des Porzellans gekannt, aber jetzt war es wohl zu spät, die Tasse umzudrehen. Als sie nach ihrem Umzug zum ersten Mal mit ihrem Sohn bei den de Floures zum Lunch gewesen waren, hatte sie in dieser Hinsicht bereits die erste Enttäuschung verkraften müssen: Die Familie behandelte ihr edles Geschirr schlicht als Nutzgegenstand, wohingegen Audrey ihr Service verehrte und sorgsam pflegte.

Auch die zahlreichen Ölgemälde an den Wänden wirkten so beliebig arrangiert, als seien die Porträtierten – mit den typischen roten Haaren und blauen Augen der Familie de Floures – allesamt längst bedeutungslos geworden.

Und weitere Enttäuschungen ließen bei jenem ersten Besuch nicht lange auf sich warten: Als Audrey Bernard formvollendet mit seinem Titel begrüßte, sprach er sie einfach mit ihrem Vornamen an, ohne sich aber mit seinem vorzustellen. Deshalb wusste

Audrey vier Jahre später immer noch nicht genau, wie sie ihn ansprechen sollte, und tat es aus diesem Grund lieber gar nicht.

Ihr Sohn war viel unbefangener und bewegte sich völlig ungeniert in dieser gehobenen Gesellschaftsschicht, aus der er wahrlich nicht stammte. Titel und Ränge schienen ihm gleichgültig zu sein, was Audrey auf seinen Beruf zurückführte, denn als Kind hatte er sich – von ihr dazu erzogen – stets angestrengt um tadellose Manieren bemüht.

Im Umgang mit der nächsten Generation, den Kindern aus Bernards zweiter Ehe, hatte auch Audrey zum Glück keine Mühe. Darum freute sie sich, als sich Bernards Tochter Honoria zu ihr setzte. Sie trug einen rosa Kaschmirpulli und eine hautenge Jeans, wohl eine dieser neumodischen »Designerjeans«, wie Audrey mutmaßte.

»Was halten Sie von diesem Toilettenzirkus, Audrey?«, erkundigte sich Honoria.

»Ach, die Aufregung legt sich bestimmt bald, sobald das Ding eingebaut ist«, antwortete Audrey. »Dann werden sicher alle dankbar dafür sein, und das ganze Theater ist vergessen, meinen Sie nicht auch?«

»Ja, kann sein.« Honoria strich sich eine Haarsträhne hinters Ohr. Sie war eine hübsche junge Frau, und Audrey fand, dass die Farbe ihres Pullovers ihr zu den roten Haaren gut zu Gesicht stand.

»Aber irgendwas passt doch nicht richtig zusammen bei dem Thema Kirche und Klo, oder?«, fragte Honoria weiter.

»Na, warten Sie nur ab, bis Sie so alt sind wie ich.«

»Wussten Sie«, fuhr Honoria unbeirrt fort, »dass es hier im Haus zu Zeiten meines Urgroßvaters nur zwei Toiletten gab? Jede Menge Schlafräume, wenn man die Kammern im Dachboden dazurechnet, da mussten sich dann bestimmt zwanzig Leute ein Klo teilen.« Sie schüttelte ungläubig den Kopf. »Und Anthony hat mir erzählt, dass früher im Dorf für die Bewohner von zwölf Cottages nur ein einziges Außenklo existierte, können Sie sich das vorstellen? Das hat er im Archiv in Protokollen von einem Gremium entdeckt, das sich ›Abort-Rat‹ nannte.«

»Doch, das kann ich mir durchaus vorstellen«, erwiderte Audrey. »Weil ich mich nämlich als Kind auch noch mit Schüssel und Wasserkrug waschen musste. In meinem Schlafsaal im Internat waren bei jedem Wetter die Fenster geöffnet, und im Winter hatten wir Eisblumen an den Scheiben. Versuchen Sie mal, sich bei solchen Temperaturen zu waschen. Ich weiß noch, wie ich einmal nachts pinkeln musste und die Vorstellung von dem eiskalten Klosett so schlimm fand, dass ich lieber die Waschschüssel benutzt habe …«

Honoria lachte. »Fände ich furchtbar, das Badezimmer mit so vielen Leuten teilen zu müssen. Ich brauche unbedingt mein eigenes.«

Sie wohnte in London und besserte die Unterstützung von zu Hause durch einen Job als Beraterin für ein Luxushotel auf. Deshalb konnte sie sich schon in jungen Jahren gehobene Ansprüche erlauben.

Honorias jüngerer Bruder Alex gesellte sich jetzt auch zu ihnen. Er war groß und schlank und hatte ebenfalls das typische dunkelrote Haar und die blauen Augen der de Floures. Seine Gesichtszüge allerdings waren weniger vorteilhaft geraten als die seiner Schwester: Er hatte den froschähnlichen Ausdruck der englischen Aristokratie, wenngleich sein Kleidungsstil eher alternativ als konservativ war.

Offiziell teilte sich Alex mit seiner Schwester die Wohnung in London, aber seit er sein Studium an der Kunstakademie desillusioniert abgebrochen hatte, hielt er sich häufiger in Champton auf, weil er hier mehr »künstlerische Möglichkeiten« habe, wie er sagte. Er hatte sich einer radikalen Kunstbewegung angeschlossen, deren anarchischen Ansatz er unwiderstehlich fand. An diesem Tag trug Alex ein T-Shirt, auf dem zwei Cowboys im Gespräch abgebildet waren, beide unterhalb der Hüfte nackt. Audrey entging nicht, dass es sich bei den Revolvern der beiden um deren Genitalien handelte.

»Du liebe Güte«, bemerkte sie, »ganz andere Sitten heutzutage im Wilden Westen!«

Alex, der ansonsten gerne den Provokateur spielte, lief jetzt erstaunlicherweise rot an und wechselte hastig das Thema. »Wie geht's den Hunden?«, fragte er. »Habt ihr sie mitgebracht?«

»Nein, wir haben sie zu Hause gelassen«, antwortete Audrey. »In der Nähe von Antiquitäten sind sie immer ein Risiko.«

Sie erinnerte sich mit Schaudern daran, wie Cosmo hier einmal auf einem wertvollen alten Perserteppich das Bein gehoben hatte.

»Ja, Antiquitäten sind echt belastend«, erwiderte Alex. »Was glauben Sie, wie viele Ming-Vasen wir im Laufe der Zeit zertrümmert haben.« Er warf seiner Schwester einen Blick zu.

Audrey lächelte. Über Alex' Schulter sah sie ihren Sohn im Gespräch mit Anthony und Bernard und ahnte, dass sich die drei auch über Porzellan unterhielten, wenn auch von einer ganz anderen Sorte.

»Entschuldigen Sie mich bitte«, sagte sie, »ich muss mal mit Ihrem Vater reden.«

»Kein Problem.«

Audrey wanderte mit ihrer Teetasse zu den drei Männern hinüber.

»Noch ein Tässchen, Audrey?«, fragte Bernard. »Ich hoffe, der Tee ist nicht schon zu stark ...«

Die launische Stahlkanne – Audrey sann müßig darüber nach, wieso etwas so Unzuverlässiges überhaupt hergestellt wurde – stand auf einer Wärmeplatte auf der verschnörkelten Anrichte.

»Danke, ich trinke erst noch aus. Ich wollte nur mal hören, was so über das Toilettenthema gesprochen wird.«

»Darüber reden wir tatsächlich gerade«, antwortete Bernard. »Waren Sie nicht erstaunt über die Reaktion der Gemeinde?«

»Nicht so sehr«, antwortete Audrey. »Manches hat einfach in einer Predigt nichts zu suchen, finde ich. Es stört mich nicht, wenn jemand mit dem Kieferknochen eines Esels Leute erschlägt wie Samson oder wenn von der Kanzel herab zur Friedensbewegung aufgerufen wird. Aber Körperfunktionen sollten in der Kirche unerwähnt bleiben. Weißt du nicht mehr, Daniel, wie du mal in einem Gottesdienst über diese Frau und ihr Blut gesprochen hast? Als die Leute verstanden, dass es um Menstruationsblut ging, waren alle fassungslos vor Entsetzen.«

Daniel seufzte. »Das hatte ich tatsächlich vergessen. Aber so eine Reaktion wie heute ist doch vollkommen lächerlich. Dafür muss es einen anderen Grund geben, meint ihr nicht?«

»Keine Ahnung«, sagte Bernard. »Ich fände den Einbau einer Toilette nützlich und sinnvoll und hätte Ihnen heute auch direkt einen Scheck dafür ausgestellt, wenn ich nicht finanziell zurzeit so schlecht dastünde. Würde mir gefallen, dass Menschen dankbar an mich denken, wenn sie sich während Ihrer Predigt erleichtern. Aber Sie müssen das wohl im Alleingang hinbekommen.«

»Daniel«, meldete sich Anthony mit gewichtigem Tonfall zu Wort, »ich habe ein höchst interessantes Dokument im Archiv entdeckt.« Obwohl Anthony Ende vierzig war, wirkte er mit seiner leicht schiefen Brille, die er nie reparieren ließ, und seiner Begeisterung für Geheimnisse immer wie ein Klassenstreber.

Weil Audrey diesen Eifer albern fand, warf sie jetzt ein: »Der Abort-Rat, nicht wahr?«

»Ja«, sagte Anthony, sichtlich enttäuscht, dass sie ihm die Pointe vermasselt hatte. »Woher wissen Sie das?«

»Honoria hat es mir erzählt.«

»Nun, jedenfalls geht daraus hervor«, fuhr Anthony fort, »dass es in Champton wegen des Klothemas in der Kirche nicht zum ersten Mal Kontroversen gibt. Einer Ihrer Vorgänger, Daniel, Pfarrer Segrave der Ältere, hat mit diesem Vorschlag bereits um 1820 für mächtigen Wirbel gesorgt.«

Nachfolger von Pfarrer Segrave dem Älteren war sein Sohn gewesen, Pfarrer Segrave der Jüngere. Die beiden hatten es zusammen auf eine Amtszeit von hundertundein Jahren gebracht.

»Er wollte seinen Schäfchen etwas Gutes tun und ließ vernünftige sanitäre Anlagen einbauen«, fuhr Anthony fort. »Der Gutsherr aber war strikt dagegen. Er meinte, das würde seine Pächter zum Müßiggang verleiten.«

»Und, war es so?«

»Nein, natürlich nicht. Hat bestimmt wesentlich zur allgemeinen Gesundheit beigetragen und womöglich Leben gerettet, hatte jedoch einen gigantischen Zwist zwischen Gutsherrn und Pfarrer zur Folge. Der Lord wollte nicht nachgeben, konnte den Pfarrer aber nicht absetzen, der außerdem noch ein Cousin von ihm war. Deshalb versuchte er, Segrave das Leben zur Hölle zu machen. Ließ alle Pforten zwischen Park und Kirchhof vernageln und bedrohte die Pächter, wenn sie zur Kirche gehen wollten. Außerdem hat er einen seiner Angestellten, einen unangenehmen Zeitgenossen, zum Hauskaplan gemacht und seine Pächter gezwungen, bei dem zum Gottesdienst zu gehen. Und der Kirche hat der Lord keinen Penny mehr gegeben. Das ging dann jahrzehntelang so.«

»Zum Glück herrscht heutzutage gutes Einvernehmen zwischen Anwesen und Pfarrhaus«, bemerkte Audrey.

Irgendwo im Haus schlug eine Uhr halb sechs. Um sechs Uhr fand die Abendandacht statt. Der Tagesrhythmus der kirchlichen Pflichten ihres Sohnes war Audrey so in Fleisch und Blut übergegangen, dass sie sich zeitgleich mit Daniel erhob, um aufzubrechen.

»Vielen Dank für den Tee«, sagte Audrey, während sie beide von Bernard und Alex zum Ausgang begleitet wurden. »Sie müssen unbedingt einmal zum Lunch ins Pfarrhaus kommen.«

Diese Einladung wurde routinemäßig ausgesprochen und dankend angenommen, aber nie in die Tat umgesetzt.

Im Foyer fiel die Abendsonne durch das große bunte Bleiglasfenster, und die steinernen Bodenplatten erstrahlten in Rubinrot, Bernsteingelb und Meergrün. In dem mittelalterlichen Fenster waren die Wappen sämtlicher de Floures vom fünfzehnten bis zum zwanzigsten Jahrhundert dargestellt.

»Wunderschön«, bemerkte Audrey. »Wie ein mittelalterliches Kaleidoskop.«

»Ist aber nicht aus dem Mittelalter, sondern aus dem zwanzigsten Jahrhundert«, sagte Alex. »Das Original wurde im Zweiten Weltkrieg zerstört. Ein Flugzeug hat die Landebahn verfehlt und ist draußen abgestürzt und explodiert. Das Fenster zersprang durch den Druck in tausend Teile.«

»Aber wie fantastisch es wiederhergestellt worden ist!«

»Ich sehe das eher wie David Bowie«, murmelte Alex und schmetterte unversehens: »*I love the sound of breaking glass.*«

Das kann ich mir gut vorstellen, dachte Audrey bei sich.

3

Daniel hatte seinen Land Rover, eine uralte Rostlaube, auf der Zufahrt vor Champton House geparkt. Vor dem hochherrschaftlichen Haus hätte so ein verlottertes Gefährt sehr unpassend wirken können, doch die englische Aristokratie schätzte bekanntlich das Understatement und präsentierte sich selbst gerne mit abgetragener Kleidung und altertümlichen Schrottkarren.

Als Daniel die Beifahrertür öffnete, rümpfte Audrey angewidert die Nase.

»Puh, Daniel, das stinkt übel nach Verwesung.«

»Was, das Auto?«

»Ganz recht. Was machst du denn da drin, um alles in der Welt?«

»Nichts. Liegt wahrscheinlich an den Hunden … und Heuballen … und Fasanen.«

Den Land Rover hatte Daniel bei seinem Amtsantritt von Bernard geschenkt bekommen. »Betrachten Sie ihn als Firmenwagen«, hatte Bernard damals gesagt, als er die quietschende Fahrertür öffnete. Der Innenraum hatte Daniel an einen ländlichen Tatort erinnert, was ihn jedoch kein bisschen störte, weil er alte Dinge neuen grundsätzlich vorzog. Für ihn war die rauputzähnliche Schmutzschicht eine Art Patina, wohingegen seine Mutter jedes Mal demonstrativ vor dem Einsteigen Teile der Sonntagszeitung auf dem Beifahrersitz ausbreitete.

Langsam fuhr Daniel auf den breiten asphaltierten Weg, der durch den Park zum Tor führte. Frühlingslämmer, die noch keine Verkehrsregeln gelernt hatten, standen unbeholfen in der Gegend herum, bis sie von ihren Müttern angesichts des nahenden Fahrzeugs auf die Wiese geschubst wurden.

»Alex' T-Shirt«, bemerkte Audrey jetzt. »Will der Junge sich als Skandalnudel gerieren? Hat Bernard es überhaupt bemerkt, was meinst du?«

»Ich glaube nicht, dass ihm viel entgeht«, antwortete Daniel. »Aber ich fand auch, es war typisch Alex, so was zum Tee mit dem Pfarrer zu tragen.«

»Das habe ich mir auch gedacht. Und ich finde, Bernard hätte ruhig etwas dazu sagen dürfen.«

»Vielleicht hat er keine Lust auf diese Art von Auseinandersetzung«, gab Daniel zu bedenken. »Oder er blendet einfach alles aus, was er nicht sehen will. Damit lebt es sich wahrscheinlich leichter.«

»Normalerweise nimmt Bernard doch kein Blatt vor den Mund«, sagte Audrey. »Ich weiß noch, wie er bei einer Führung durchs Haus von einer Dame gefragt wurde, wie es sich anfühle, in so einem historischen Gebäude zu leben. Er hat wirklich und wahrhaftig gesagt: ›Das ist ein – piep – Albtraum.‹«

Jetzt öffnete sich das Tor vor ihnen wie von Geisterhand; Bernard hatte eine Automatik einbauen lassen. Schon seit vielen Jahren gab es keinen Torwärter mehr, und dessen einstige Unterkunft hatte Alex mittlerweile für sich in Beschlag genommen.

Hinter dem Tor erstreckte sich die Hauptstraße von Champton mit ihren kleinen Geschäften: Gemischtwaren, Postamt, das Café The Flowers mit dem Wappen der de Floures im Ladenschild. Es wurde von den Staveleys betrieben und war nur während der Hauptsaison geöffnet, die offiziell mit dem Tag der offenen Tür in Champton House begann. Daneben befand sich Stella Harpers Boutique, die den albernen Namen *Mode für die vornehme Dame* trug. Stella hatte den Laden mit der Abfindung aus ihrer Scheidung gegründet, und er lief tatsächlich gut, denn die besser betuchten Frauen der Gegend – darunter auch Audrey – kauften alle dort ein.

»Leute wie Bernard haben es heutzutage schwer, und einfacher wird es auch nicht«, sagte Audrey. »Du hättest mal erleben sollen, als nach dem Krieg die Einkommensteuer erhöht wurde. Sämtliche Familien auf dem Land gingen deshalb pleite, zogen nach London und ließen ihre Häuser verfallen. Die meisten waren eh schon gepfändet worden und wurden abgerissen. Der Krieg hat alles verändert, auch unsere Sicht auf die Dinge.«

»Die de Floures scheinen davon aber nicht so betroffen gewesen zu sein«, erwiderte Daniel. »Offenbar waren sie doch reich genug, um alle Krisen zu überstehen.«

»Es war überhaupt nicht möglich, nicht davon betroffen zu sein, Daniel«, widersprach Audrey. »Hast du keinerlei Erinnerungen? Du bist während der Luftschlacht um England auf die Welt gekommen. Ich habe jedenfalls damals den von Churchill geforderten Anteil an Blut, Schweiß und Tränen geleistet, so viel kann ich dir sagen.«

»Nein, das ist alles sehr verschwommen. Bei Kriegsende war ich doch erst fünf«, sagte Daniel. »Ich erinnere mich an zerbombte Häuser. An Spiele, bei denen wir Deutsche dargestellt und ›Hände hoch, englischer Schweinehund!‹ geschrien haben. An einen Lehrer mit einem Holzbein, der sein Bein in der Schlacht von El Alamein verloren hatte. Und an das rationierte Essen natürlich, das hat sich eingeprägt.«

Eingeprägt hatte sich Daniel auch der Besuch bei einem Sterbenden vor einigen Tagen. Der Mann hatte sich unter dem Einfluss starker Schmerzmittel und angesichts des nahenden Todes schlimme Erinnerungen von der Seele geredet. Nach der Landung in der Normandie hatte er bei Kämpfen einen deutschen Soldaten, der fast noch ein Junge gewesen war, mit einem Bajonett erstochen. Die Erinnerung an diese Tat war im Laufe der Jahre immer intensiver geworden, bis der Mann schließlich unentwegt daran denken musste. Doch er hatte in seiner Familie nie darüber gesprochen, wie Daniel feststellte, als er mit der Witwe und den Söhnen die Bestattung vorbereitete. »Wahrscheinlich hat er geglaubt, er könne das dann für immer vergessen«, hatte die Witwe gesagt.

Dabei ist das Gegenteil der Fall, hatte Daniel gedacht. Wer Erinnerungen verdrängen will, wird erst recht davon heimgesucht.

Nachdem die wenigen Anwesenden nach der Abendandacht die Kirche verlassen hatten, geriet Daniel in nachdenkliche Stimmung und sann darüber nach, wie sehr sich sein Dasein in dieser Pfarrei von seiner früheren Stelle unterschied. Nicht nur Freunde und Verwandte waren damals verblüfft gewesen, als er sich zu dem Umzug entschlossen hatte, sondern vor allem auch er selbst.

Begonnen hatte diese Entwicklung mit Honoria. Daniel und sie hatten sich in London angefreundet. Das Motcombe Hotel, in dem sie arbeitete, lag direkt neben Daniels damaliger Kirche. Eines Tages tauchte Honoria bei ihm auf in einem eleganten Kostüm, über der Schulter eine rustikale Tasche. Daniel hatte sich zunächst über diesen Besuch gewundert, bis Honoria aus einem Wust von Papieren und Schlüsseln ihren Filofax zutage förderte und erklärte, sie strebe eine Zusammenarbeit an.

Sie arrangierte Hochzeiten für die Klientel des Luxushotels und empfand St Martin's ästhetisch und logistisch als idealen Ort dafür. Die frischvermählten Brautpaare konnten nach der Trauung mit wenigen Schritten den Ballsaal des Motcombe Hotel erreichen. Man wurde sich einig, und Daniel akzeptierte auch, dass Honoria künftig die Termine für die Trauungen vorgab. Als Pfarrer musste man flexibel sein, fand er, und seine Liberalität wurde belohnt mit höheren Spenden und zunehmend jüngeren Gemeindemitgliedern.

Die Zusammenarbeit mit Honoria erbrachte auch noch weitere Vorteile. Als Daniel sich überlegte, wie er die Obdachlosen verpflegen konnte, die sich allabendlich auf dem Kirchhof versammelten, begann Honoria, die Reste der Hochzeitsbüfetts zu spenden, die ansonsten im Müll gelandet wären. Weshalb die Obdachlosen dieses wohlhabenden Stadtviertels jede Menge Räucherlachs, Gänseleberpastete und gelegentlich sogar Kaviar speisten, bis Firmen aus der Gegend begannen, diese erlesenen Reste zu beanspruchen, und die Armen wieder einmal das Nachsehen hatten.

Als Daniel schließlich immer unzufriedener damit wurde, im reichsten Viertel von London Bescheidenheit zu predigen, erwähnte Honoria eines Morgens bei einem gemeinsamen Kaffee, dass das Pfarramt von Champton unbesetzt sei. Und Daniel stellte sich vor, dass in diesem ländlichen Sprengel die Uhren noch langsamer gingen, dass sich das hektische Tempo einer zunehmend gleichgültigeren Welt dort noch nicht so massiv auswirken würde.

Honoria, die das Leuchten in seinen Augen vorausgeahnt hatte, fädelte alles ein, und nachdem Daniel beim Lunch mit Bernard in Champton dem reichlichen Genuss von Gin, Weißburgunder und Bordeaux standgehalten hatte, war die Sache besiegelt.

Als Daniel jetzt die vielen Getränke seines Einstands vor seinem inneren Auge sah, musste er unwillkürlich wieder an die Toilette denken, und die besinnliche Stimmung verflog. Und erst jetzt fiel ihm auf, dass am Portal jemand auf ihn wartete. Es war Dora, die umgänglichere der beiden Sharman-Schwestern, und Daniel hatte eine Vorahnung, dass sie nicht das Wetter mit ihm erörtern wollte.

»Guten Abend, Dora, wie geht es Ihnen?«

»Danke, gut.«

»Ist Kath schon gegangen?«, erkundigte sich Daniel.

»Sie hat sich beim letzten Lied rausgeschlichen, weil sie irgendwas im Fernsehen gucken wollte. Das ist hoffentlich keine schlimme Sünde, oder?«

»Der Herr ist gnädig.«

»Aber ich wollte mit Ihnen über die Toilette sprechen.«

»Gewiss. Sind Sie dafür oder dagegen?«

»Darum geht's mir gar nicht. Sondern um die Kirchenbänke. Ich wünsche mir, dass sie da bleiben können, wo sie sind«, antwortete Dora.

»Können Sie mir diesen Wunsch näher erläutern?«

»Das sind unsere Plätze. Wir haben immer schon dort gesessen. Sie sollten uns nicht weggenommen werden.«

»Nichts bleibt, wie es ist, Dora. Was Sie aber immer haben werden, ist ein Platz in dieser Kirche, Sie und Ihre Schwester«, stellte Daniel klar. »Das ist Ihr Gotteshaus.«

»Das sagen Sie jetzt so. Aber ich glaube, Sie wollen uns zwingen wegzugehen«, entgegnete Dora verdrossen.

»Ich schlage doch nur vor, dass Sie zugunsten der Toilette einen anderen Platz einnehmen.«

»Warum geben *Sie* denn nicht *Ihren* Platz auf?«

Dieser absurde Vorschlag verblüffte Daniel so, dass es ihm kurz die Sprache verschlug. Schließlich sagte er: »Nun … weil mein Platz der des Geistlichen ist. An diesem Platz übe ich meinen Beruf aus. Sie würden doch auch nicht erwarten, dass der Organist auf der Kanzel steht, oder?«

»Ihr Platz ist also immer für Sie reserviert.«

»Nicht für mich persönlich, sondern für den jeweiligen Amtsinhaber.«

Dora dachte einen Moment nach und sagte dann: »Ich weiß, dass wir nicht nur zur Kirche gehen sollten, um auf unseren Lieblingsplätzen zu sitzen. Aber sie sind uns nun mal sehr wichtig, und wir wollen sie nicht verlieren. Einige von uns haben ohnehin nicht viel im Leben, und das Wenige, das uns gehört, wollen wir nicht verlieren. Verstehen Sie?«

»Gewiss, aber Sie würden gar nichts verlieren, Dora«, antwortete Daniel, »sondern nur an einer anderen Stelle sitzen.«

»Ja, aber genau *dieser* Platz ganz hinten ist unserer, und wir wollen ihn nicht aufgeben.«

Daniel unterdrückte ein Seufzen. »Aber Sie könnten doch immer noch ganz hinten sitzen, Dora, in der letzten Reihe.«

Dieses Argument fruchtete auch nicht, Dora war nicht bereit aufzugeben. »Warum muss denn die Toilette ausgerechnet dorthin?«

»Wo sollte man sie sonst einbauen?«

»Könnte man nicht die seitlichen Bänke rausnehmen?«

»Aber das würde doch den Kirchenraum in zwei Teile spalten, Dora«, erwiderte Daniel. »Von Ihrem Sitzplatz aus könnte man den Altar nicht mehr sehen, wenn man die Toilette weiter vorne anlegen würde. Außerdem müsste dann jeder, der sie aufsuchen will, das vor den Augen der gesamten Gemeinde tun.«

»Na ja, dann ... weshalb brauchen wir das Ding überhaupt? Wir sind doch jahrhundertelang ohne ausgekommen ...«

»Weil auch die Kirche den Gläubigen heutzutage einen gewissen Komfort bieten muss, um nicht unterzugehen, Dora. Und Pinkeln ist ein menschliches Bedürfnis.«

»Aber eine Kirche ist doch kein Kino!«

Daniel musste an eine Kirche in London denken, in der die Wandbilder inzwischen von kostspieligen audiovisuellen Gerätschaften verdeckt waren. Darauf wurden während des Gottesdiensts allerlei Texte projiziert, die Daniel nicht sonderlich religiös erschienen.

»Das Kirchensterben greift um sich, Dora«, sagte er. »Wir müssen uns anpassen, wenn uns dieses Schicksal nicht auch ereilen soll.«

»Manchmal müssen wir aber auch Traditionen bewahren, wenn wir verhindern wollen, dass etwas stirbt«, erwiderte Dora.

4

Audrey saß behaglich mit den Hunden vor dem Fernseher, als Daniel zurückkam. Cosmo und Hilda begrüßten ihr Herrchen wie immer, kehrten jedoch dann rasch auf Audreys Schoß zurück, wo sie sich auf der Wolldecke zu einem perfekten Yin und Yang einrollten.

Sonntagabends gab es grundsätzlich Suppe und Sandwiches bei den Clements, ein Ritual aus Daniels Kindheit. Audrey hatte die Sandwiches damals mit Resten vom Braten und Pickles zubereitet, die Tomatensuppe wurde aus einem Henkelbecher getrunken, und dabei hörte sich die Familie eine Komödie im Radio an. Es war die einzige Mahlzeit der Woche, die nicht ordentlich am Tisch eingenommen wurde.

Heutzutage gab es sonntags höchstens Eintopf oder Auflauf zum Mittagessen, keinen Braten mehr, weil die Zubereitung für Audrey zu anstrengend war und Daniel an diesem Tag zu viele Verpflichtungen hatte. Doch die Tradition von Suppe und Sandwiches wurde aufrechterhalten, wenn auch inzwischen vor dem Fernseher.

Als Daniel in die Küche ging, fand er dort bereits einen Teller voller pikanter Käse-Schinken-Sandwiches mit französischem Senf und Audreys hausgemachtem Pflaumen-Chutney vor. Während Daniel eine Dose Tomatensuppe öffnete und in einen Topf goss, um sie auf dem betagten Aga-Herd zu erwärmen, beschloss er, die Hunde zu füttern. Als die beiden Vierbeiner die Tür des

Schranks vernahmen, in dem ihr Essen aufbewahrt wurde, kamen sie sofort angeschossen wie geölte Blitze. Hilda hatte als Alphatier wie immer die Nase vorn. Dann standen beide schwanzwedelnd vor Daniel und starrten zu ihm hoch, als gäbe es nichts Aufregenderes auf der Welt.

In Bezug auf die Hunde hatte Audrey eigentlich strikte Regeln, die sie aber samt und sonders selbst missachtete. Die Hunde durften auf ihrem Schoß und auf dem Bett liegen und bekamen sogar Häppchen von ihrem Teller gefüttert, womit sie Daniels Trockenfutterdiät für die beiden effektiv untergrub.

Jetzt erteilte er das Kommando zum Sitzen, den einzigen Befehl, den Cosmo und Hilda befolgten, weil er mit Futter belohnt wurde. Nachdem er die Näpfe abgestellt hatte, mussten die Hunde warten, bis er ihnen das Zeichen gab. Dann verputzten die beiden die Mahlzeit mit derart wölfischem Appetit, dass zu ihrem eigenen Erstaunen binnen Sekunden nichts mehr übrig war und sie den Napf so säuberlich ausleckten, als sei vielleicht noch irgendwo etwas versteckt.

Der Appetit von Daniel und Audrey war weniger ausgeprägt, aber vorhanden, und so verzehrten sie gemütlich ihre Mahlzeit vor dem Fernseher, während die Hunde ausnahmsweise artig zu ihren Füßen lagen. Später sollte es einen Spielfilm geben, in dem Tom Conti einen Papst verkörperte, der in eine Krise mit seiner Berufung gerät; ein angemessenes Programm für einen Sonntagabend, fand Daniel. Zuvor musste er jedoch eine seichte Talkshow ertragen, in der aufgeblasene Prominente andere aufgeblasene Prominente interviewten. Was Audrey allerdings Gelegenheit gab, nach Herzenslust über die jeweiligen Gäste zu lästern, und je älter sie wurde, desto ausgiebiger tat sie es.

Daniel musste unwillkürlich an seine Großmutter denken, die ihren Lebensabend in einem Altersheim für gut betuchte ältere

Herrschaften verbracht hatte. Sie hatte ihm damals gesagt, dass sie nur noch an Schadenfreude und Überheblichkeit Spaß hätte. Mit einer Freundin hockte sie gerne im Aufenthaltsraum, wies hochnäsig Kontaktversuche von anderen Senioren ab, die sie für ihrer nicht würdig hielt, und kicherte hämisch, wenn mal wieder jemand vom Leichenwagen abgeholt wurde.

Als Daniel sie zum letzten Mal sah, nachdem sie einen schlimmen Sturz gehabt hatte und nicht mehr sprechen konnte, nahm er die letzte Salbung vor und sprach Gebete. Dann hielt er die Hand seiner Großmutter, aber offenbar zu kurz, denn als er aufbrach, wollte sie ihn nicht loslassen. Später am Abend starb sie alleine, und das hatte sich Daniel nie verzeihen können.

Jetzt begann der Film, der aber sterbenslangweilig war, weshalb Audrey auch prompt mitten in der Seelenkrise des gepeinigten Papstes einschlief. Daniel schob den Servierwagen zurück in die Küche und begann mit dem Abwasch.

Die Hunde fingen unvermittelt an zu bellen und ließen sich partout nicht beruhigen. Daniel hörte, wie draußen eine Autotür zugeschlagen wurde, was seltsam war, denn sonntags nach der Abendandacht kamen für gewöhnlich keine Besucher mehr. Als er zur Haustür ging, sah er einen ihm unbekannten Wagen auf der Zufahrt stehen. Es war ein nagelneuer Golf GTI, schimmernd und kompakt, mit modernem Fließheck. Daniel hatte in der Zeitung eine Lobeshymne über dieses Auto gelesen, das als bescheiden im Verbrauch, aber schnell und kraftvoll galt. Es gab nur eine Person, die für ein solches Fahrzeug infrage kam: Daniels Bruder Theo. Der natürlich wieder einmal unangekündigt auftauchte.

»Und, was hältst du von meinem neuen Schlitten, Dan?«, waren Theos erste Worte, als er ins Haus trat.

Sie umarmten sich. Theo war der einzige Mensch, den Daniel

umarmte, und das auch nur, weil ihm nichts anderes übrig blieb. Obwohl sein jüngerer Bruder kleiner und schmaler war, umschlang er Daniel immer mit eisernem Griff und klopfte ihm kräftig auf den Rücken, was sich jedes Mal wie ein Ringkampf anfühlte. Daniel hatte sich den Grund für dieses Verhalten nie erklären können. Vielleicht gehörte es in Theos Welt zum guten Ton? Oder verbarg sich Rührung dahinter, weil sie sich so selten sahen und die zehn Jahre Altersunterschied sich allmählich bemerkbar machten? Daniel ergraute zusehends, wohingegen Theo immer noch so jung wirkte, als habe er gerade erst die Schauspielschule abgeschlossen.

Jetzt löste sich Daniel so taktvoll wie möglich aus dem Klammergriff, trat zurück und sagte: »Du siehst prima aus. Läuft alles gut bei dir?«

»Tja, habe mich eben dem schnöden Mammon verschrieben, Bruderherz.«

»Das scheint dir aber nicht schlecht zu bekommen.«

»Süßigkeiten bringen Kohle.«

Theos Stimme war den Fernsehzuschauern aus der Werbung bekannter als sein Gesicht – aus Spots für Schokoriegel, Deos, Urlaub in Tunesien. Solche Aufträge schienen in der Tat lukrativ zu sein, denn Theo konnte sich nicht nur ein nagelneues Automodell leisten, sondern hatte sich auch im letzten Jahr ein Reihenhaus im Londoner Trendviertel Camden gekauft. Dennoch schien ihm diese Einnahmequelle ebenso peinlich zu sein wie seine kleine Rolle in einer erfolgreichen Vorabendserie, *Appletree End*, in der er als Polizist in einem kleinen Dorf rätselhafte Mordfälle aufklärte. Diese Rolle hatte ihn bekannt gemacht und ihm einige Türen geöffnet, doch als Daniel sich einmal lobend darüber geäußert hatte, war Theo gequält zusammengezuckt.

»Theo!« Audrey kam mit dem etwas verwirrten Gesichtsausdruck von Menschen, die schlagartig wach geworden sind, aus dem Wohnzimmer. »Was für eine schöne Überraschung! Hast du Hunger?«

Sie ließen sich am Küchentisch nieder, und Audrey verfiel sofort in einen Arbeitseifer, den sie nur entwickelte, wenn sie ihre beiden Söhne gleichzeitig bemuttern konnte. Sie bereitete weitere Sandwiches und mehr Suppe zu, und Daniel holte einen Chardonnay aus dem Kühlschrank. Die Flasche war schon einige Tage offen, aber dieser Weißwein aus Übersee war so aromatisch, dass er noch kein bisschen abgestanden schmeckte. Seine Mutter wollte dennoch lieber einen französischen Wermut, ihren Lieblingsaperitif Noilly Prat. Daniel kannte niemanden außer ihr, der diesen Wermut trank, und der Spirituosenladen in Braunstonbury hatte eigens für Daniel grundsätzlich einen kleinen Vorrat davon auf Lager.

Er holte die Flasche, die bei ihm immer Vorstellungen von einem französischen Straßencafé in der Sommersonne auslöste, aus dem Barschrank im Salon, wo sich auch noch eine Flasche Sherry befand, den sein Vater gerne getrunken hatte. Doch diese Flasche hatte seit Jahren niemand mehr angerührt.

Als sich alle ein paar Schlucke genehmigt hatten, platzte Theo mit der Neuigkeit heraus, die ihn hergeführt hatte.

»Ich werde demnächst in einer neuen Serie mitspielen, in der es um einen Pfarrer und eine Ärztin geht«, verkündete er. »Du fällst bestimmt aus allen Wolken, Dan, wenn du hörst, dass ich die Rolle des Pfarrers bekommen habe, Reverend Stanley Darnley, einen etwas ruppigen Typen aus Yorkshire. Die Ärztin, Shelagh Kennedy, ist eine Schottin aus Edinburgh.«

»Wann geht's los mit den Dreharbeiten?«, erkundigte sich Daniel.

»In ein paar Monaten. Ist ein Sechsteiler.«

»Wie wunderbar für dich, Liebling!«, sagte Audrey.

Theo lehnte sich zurück und verschränkte die Arme hinter dem Kopf, wobei ein Loch in seinem Pullover zum Vorschein kam, das Audrey bestürzt beäugte. Eigentlich war Theo nicht weniger ordentlich und gewissenhaft als sein Bruder. Äußerlich wirkte er zwar oft zerstreut und schusselig, doch in seinem Beruf arbeitete er mit nahezu besessener Präzision. Als er einmal in einer TV-Serie einen Kriegsgefangenen spielen musste, hatte Audrey erwähnt, dass Bob Achurch aus dem Dorf in japanischer Kriegsgefangenschaft gewesen war. Daraufhin hatte Theo den armen Mann so unerbittlich mit Fragen gelöchert, dass Daniel schließlich eingeschritten war.

Dementsprechend kam jetzt auch die Frage, die Daniel schon erwartet hatte: »Könnte ich vielleicht ein paar Tage hierbleiben und dich begleiten? Um ein Gefühl für deine Lebensweise zu bekommen?«

Eine ausladende Armbewegung mit dem fast leeren Weinglas in der Hand unterstrich Theos Frage.

Daniel schenkte ihm nach. »Was genau interessiert dich denn? Ich bin mir nicht sicher, wie viel Gemeinsamkeiten mein Leben mit dem eines derben Geistlichen aus dem Norden zu tun hat, der mit einer Ärztin verbandelt ist …«

»Na, weißt du, die Details müssen einfach stimmen – die Kleidung, die Gesten im Umgang mit Gegenständen und so weiter. Du glaubst gar nicht, was für böse Briefe wir bekommen, wenn man ein Gewand falsch zuknöpft oder irgendeine Busstrecke gar nicht existiert.«

Daniel bemerkte solche Ungereimtheiten in Filmen auch, doch er hatte irgendwann beschlossen, sich nicht darüber aufzuregen. Jetzt fiel ihm allerdings prompt ein massiver Fehler ein: In einer Serie war bei der Abendandacht ein Psalm gesungen worden, der schon seit Jahrzehnten nicht mehr zum Ritus gehörte. Daniel hatte das so ungeheuerlich gefunden, dass ihm vor Ärger der Rest der Handlung entgangen war.

Er dachte einen Moment nach und sagte dann: »Mir ist es zum Beispiel ein Rätsel, warum Kirchen im Film immer voller brennender Kerzen sind.«

»Weil das förmlich ›Kirche‹ schreit«, erwiderte sein Bruder.

»Aber das ist doch völliger Unsinn!«, wandte Daniel ein. »Man zündet in einer Kirche keine Kerzen an, um gemütliche Stimmung zu erzeugen, sie haben immer eine bestimmte Bedeutung! Und wieso ist der Geistliche jedes Mal in der Kirche, sobald jemand reinkommt? Pfarrer halten sich eigentlich recht selten in ihrer Kirche auf.«

»Na ja, eine Unterhaltungsserie ist kein Dokumentarfilm, Dan. In einer Serie werden erfundene Geschichten erzählt. Bei ›Romeo und Julia‹ denken die Leute bestimmt auch nicht: Sie hätte ihn doch auf diesem Balkon gar nicht hören können. Und wieso bist du nicht oft in deiner Kirche?«

»Weil der größte Teil meiner Aufgaben nicht dort zu erledigen ist«, antwortete Daniel. »Ein Pfarrer ist in der Kirche für die Gottesdienste und die Blumenfestivals – was mich daran erinnert, dass ich die Willkommensrede für die Jahresvollversammlung noch schreiben muss. Aber meistens sind wir in der Gemeinde unterwegs, haben Sitzungen mit anderen Kirchenvorständen, besuchen Trauernde oder Menschen im Krankenhaus, halten im Pflegeheim das Abendmahl ab. Noch mehr Zeit verbringe ich am Schreibtisch oder am Telefon mit Verwaltungsaufgaben. Es würde dir doch nichts nützen, mir dabei zuzuschauen, oder?«

»Was machst du denn am Schreibtisch?«, antwortete Theo mit einer Gegenfrage. »Predigten schreiben?«

»Auch, ja. Aber hauptsächlich Briefe und Protokolle.«

»Genau das will ich sehen«, erklärte Theo.

»Was erhoffst du dir davon, mich beim Verfassen einer Predigt zu beobachten?«, wollte Daniel wissen. »Es ist doch bestimmt ergiebiger für dich zu erleben, wie ich sie halte.«

»Nein, mich interessieren genau die Dinge, von denen man gewöhnlich überhaupt nichts mitbekommt. Die sind am anschaulichsten.«

»Verstehe«, sagte Daniel. »Könnte aber sehr langweilig für dich werden. Ich tue häufig nichts.«

»Wieso, ich denke, du hast ständig alle Hände voll zu tun?«

»Habe ich auch. Ich meine nicht Müßiggang. Sondern, dass ich nichts *tue*.«

»Verstehe ich nicht.«

»Ich bete zum Beispiel auch häufig. Da passiert äußerlich sehr wenig. Was soll dir das bringen?«

Theo überlegte und sagte dann: »Weißt du, Dan, am besten wäre es, du lässt mich einfach mal zuschauen. Das könnte doch für dich auch lehrreich sein. Weil du dich dann durch meine Augen siehst.«

»Vielleicht zögere ich genau deshalb.«

»Also, ich werde deshalb nicht in Heldenverehrung verfallen, falls du das befürchtest.«

Audrey, die ungewöhnlich lange geschwiegen hatte, lachte jetzt auf und sagte: »Du meinst, nicht so wie damals als Kind? Du warst so beeindruckt von deinem großen Bruder, hast ihn regelrecht vergöttert.«

»Das ist doch wohl nichts Schlechtes, oder?«, wandte Theo ein. »Er ist immer noch mein großer Bruder, und ich finde ihn immer noch beeindruckend.«

»Aber der kleine Theo hat es schließlich auch zu etwas gebracht, nicht wahr?«, erwiderte Audrey und reichte ihm eine

Glasschale mit seinem Lieblingspudding, der noch vom Mittagessen übrig war.

»Also gut«, sagte Daniel. »Aber du musst auf mich hören, Theo. Ich zeige dir nur, was du sehen darfst. Und wenn ich sage, dass du verschwinden sollst, musst du das auch tun.«

»Geht in Ordnung.«

»Jetzt zum Beispiel muss ich das Abendgebet sprechen. Willst du sehen, was ich mit Nichtstun meine?«

»Ja. Muss ich irgendetwas mitbringen?«

»Nein. Das findet ohne Publikum statt.«

Sie verließen das Haus durch die Hintertür, gefolgt von Hilda und Cosmo, und gingen durch die Gartenpforte zur Sakristei, einem Anbau an der Nordseite der Kirche mit eigenem Zugang. Es war ein wunderbarer Abend mit klarem Sternenhimmel, aber Daniel verweilte nicht lange draußen, weil die Hunde zwischen den Grabsteinen nach Dachskot schnüffelten, in dem sie sich mit Vorliebe zu wälzen pflegten.

»Cosmo! Hilda!«, rief er, nachdem er die Tür zur Sakristei geöffnet hatte, und die beiden kamen angeprescht. In der dunklen Kirche flitzten sie zwischen den Bänken umher, und Daniel hoffte, dass die beiden damit die Mäuse vertrieben, die sich hier häufig als Abendgäste einfanden.

Er wusste gar nicht mehr, wann er zuletzt beim Abendgebet Gesellschaft gehabt hatte. Es war traditionell das letzte Gebet des Tages, das in Klöstern gesprochen wurde, bevor Mönche und Nonnen sich schlafen legten. Auch im Gebetbuch für Seminaristen war es enthalten, um sie während der Ausbildung zum Priester daran zu erinnern, dass es Zeit war, ins Bett zu gehen. Die meisten nutzten es allerdings als Erinnerung für den Beginn von Partys bis in die frühen Morgenstunden auf den Zimmern. Derlei Ausschweifungen hatte Daniel auf dem Priesterkolleg immer widerstanden, und das Abendgebet war für ihn schon lange zu einer Gewohnheit geworden, die er nicht mehr aufgeben mochte. Er liebte auch den Übergang zur Nacht. In diesen Stunden fühlte er sich seiner Gemeinde besonders nah, all jenen, die seine Fürbitten am dringendsten benötigten, die Lebenden wie die Toten.

Daniel schritt zum Altar, ohne das Licht einzuschalten, er kannte seine Kirche gut genug, um darauf verzichten zu können.

Theo folgte ihm etwas zögernd. »Können wir nicht Licht machen?«

»Man spricht es aber im Dunkeln.«

»Ach so. Wo soll ich hin?«

»Setz dich hier im Altarraum an die Seite. Und versuch bitte, keine Geräusche zu machen.«

Daniel zündete die zwei Kerzen auf dem Altar an.

»Siehst du? Du zündest ja *doch* Kerzen an!«, bemerkte Theo prompt, aber Daniel reagierte nicht darauf. Er ließ sich in seinem Pfarrstuhl nieder, in dem penible Ordnung herrschte. In dem einen Bord rechter Hand standen Gesangbuch, Bibel und zwei Gebetbücher. Die Lesebänder in den altehrwürdigen Bänden hatte Daniel am Ende mit durchsichtigem Nagellack präpariert, damit sie nicht ausfransten. Linker Hand lagen stets bereit ein Druckbleistift (samt Ersatzmine), Radiergummi (ebenfalls mit Ersatz), einige Stimmgabeln, um für die Lieder den Ton anzugeben, und ein Post-it-Block; Post-its empfand Daniel als eine der großartigsten Erfindungen der Menschheit.

Er schlug sein Gebetbuch auf, was aber nicht nötig gewesen wäre, denn er kannte den Text auswendig. Zu Anfang sprach er immer leise das Jesusgebet: *Herr Jesus Christus, Sohn Gottes, hab Erbarmen mit mir Sünder*. Und während er im Rhythmus seines Atems betete, kamen Geist und Körper zur Ruhe. Alex de Floures' T-Shirt und Stella Harpers schroffes Benehmen verschwanden ebenso aus Daniels Gedanken wie die mühsame Toilettendebatte. Und in diese Leere hielt eine große Stille Einzug, tief wie das Meer.

Doch dann wurde diese Stille gestört durch die Hunde, die genüsslich glucksten, weil Theo – bereits gelangweilt – sie am Bauch kraulte.

5

St Mary's hatte, wie viele altehrwürdige Gemeindekirchen, seit jeher ebenso weltlichen wie religiösen Zwecken gedient. Früher waren dort anlässlich nationaler Feiertage feuchtfröhliche Dorffeste gefeiert worden, die allerdings im Laufe der Zeit immer ausschweifender gerieten, so dass schließlich der Gutsherr ebenso wie der amtierende Geistliche einschritten. Und unter der Herrschaft von Queen Victoria wurden ohnehin strengere Sitten eingeführt.

Doch inzwischen gestattete der Kirchenrat wieder größere Freiheiten, und so fand alljährlich das Treffen der Blumengilde in der Kirche statt. Stella Harper hatte den Termin auf einen Montagabend gelegt, obwohl Daniel montags frei hatte. (»Ist doch klar, dass sie das absichtlich macht«, hatte Audrey geäußert.)

Um diese Jahreszeit, Ende März, fand Daniel Champton immer am schönsten. Die Grasstreifen am Rande der Church Lane waren übersät mit Schneeglöckchen und Narzissen, den Vorboten des Frühlings, und das erste frische Grün zeigte sich. Morgens pflegte Daniel mit den Hunden einen Spaziergang zum Zeitschriftenladen zu machen, um die *Times* zu kaufen und sich über den Dorfklatsch zu informieren. Als Daniel noch Vikar gewesen war, hatte er gehofft, immer über alles auf dem Laufenden gehalten zu werden, was sich in seiner Gemeinde ereignete. Doch im Laufe der Zeit fiel ihm auf, dass er Neuigkeiten oft als Letzter erfuhr. Was dazu führte, dass ihm dann oft nur noch Schadensbegrenzung übrig blieb. Deshalb hatte er es sich angewöhnt, noch aufmerksamer und feinfühliger nach Anzeichen von Kummer und Sorgen bei seinen Schäfchen Ausschau zu halten.

Doch an diesem Abend sann er nicht über Schadensbegrenzung nach; er war ja sozusagen als Privatmann hier. Die Blumengilde hatte sich vollzählig eingefunden. An einem Klapptisch vor dem Altarraum saßen Anne Dollinger und Stella Harper neben Daniel und Anthony Bowness, der in seiner Funktion als Küster auch Bernard als Kirchenpatron repräsentierte. In der ersten Reihe hatten sich zwischen den Mitgliedern der Gilde Audrey und Theo niedergelassen. Stella Harper hatte zunächst skeptisch auf dessen Anwesenheit reagiert, lächelte Mutter und Sohn jetzt aber hoheitsvoll zu. Daniel dagegen fühlte sich doppelt beobachtet und bereute inzwischen beinahe, dass er Theo die Teilnahme erlaubt hatte.

Dann nahm das übliche Prozedere der Mitgliederversammlung seinen Lauf. Der Vorstand wurde ohne Zwischenfälle wiedergewählt, obwohl Audrey dabei demonstrativ zögernd die Hand hob. Nachdem der Kassenbericht von Schatzmeisterin Dollinger dargelegt und als korrekt durchgewinkt worden war, dankte sie der Vorsitzenden, Stella Harper, für ihren Einsatz, mit dem sie dafür sorge, dass »St Mary's nicht nur den Herrn im Gottesdienst ehre, sondern auch die Schönheit seiner Schöpfung durch die ausgestellte Blumenpracht«. Die Formulierung empfand Daniel als angemessen blumig.

Stella Harper erhob sich. »Wie Sie alle wissen, ist das Motto des Festes dieses Jahr der Weltraum. Dieses Thema wird uns Gelegenheit für fantastische Blumenarrangements geben.« Daniel musste unwillkürlich an die Explosion der *Challenger* denken.

»Es findet am Pfingstwochenende statt«, fuhr Stella fort, »an dem der Heilige Geist in Flammenzungen herabkam – oder auch in Gestalt einer weißen Taube.« Stella nickte Daniel zu, als wolle sie seine theologische Autorität würdigen. »Und kurz zuvor fand Christi Himmelfahrt statt, was in unserem Ostfenster ganz wundervoll dargestellt ist.« Sie deutete auf das Fenster. »Ich danke Ihnen, meine Damen, und dem Herrn« – Stella nickte Anthony zu, dem einzigen Mann, der sich angeboten hatte, ein Fenster mit Blumen zu dekorieren, und man hörte leises Kichern aus den Reihen – »für Ihre Ideen und Ihre gute Zusammenarbeit mit dem Komitee. Unser aller Ziel ist es ja, das diesjährige Blumenfestival zum schönsten aller Zeiten zu machen.«

Einige Frauen, deren etwas zu kühne Vorschläge beim Komitee keine Begeisterung ausgelöst hatten, warfen sich bedeutsame Blicke zu.

»Ich freue mich sehr über die Fortschritte, möchte aber daran erinnern, dass alle Fenster am Mittwoch, dem achtzehnten, komplett fertig dekoriert sein müssen. Der Reporter vom Evening Telegraph kommt am Freitag, am Donnerstagabend muss deshalb die letzte Inspektion stattfinden.«

Dieser Vorgang war intern als »Fegefeuer der Eitelkeiten« bekannt, denn dabei wurde noch so manche Blüte und Ranke aus einem Arrangement gerissen, das die Schöpferin als perfekt empfunden hatte.

»Gibt es noch weitere Punkte zu klären?«

Diese Frage wies stets auf das erlösende nahende Ende der Sitzung hin, denn danach wurde nur noch der Termin fürs nächste Treffen festgelegt. Doch diesmal meldete sich Anne Dollinger zu Wort.

»Ja, ich möchte noch ein Thema besprechen.«

Wer schon hoffnungsvoll zu Hut oder Tasche gegriffen hatte, ließ nun ergeben alles wieder sinken. Nur Dora Sharman schnalzte ärgerlich mit der Zunge und blickte demonstrativ auf ihre Uhr.

»Da das Blumenfestival von Jahr zu Jahr erfolgreicher wird, wurde der Vorschlag eingebracht, dass wir einen Plan zum Ausbau des Blumenraums in der Kirche entwickeln und die Ausstattung verbessern.«

Daniel, der dem Komitee angehörte, aber zum ersten Mal von diesem Vorschlag hörte, runzelte die Stirn.

Stella erhob sich. »Ja, meine Damen und Herren. Mrs Dollinger, das Komitee und ich sind bereits seit geraumer Zeit besorgt, dass wir den hohen Standard, der vom Blumenfestival erwartet wird, mit der vorhandenen Ausstattung von St Mary's nicht aufrechterhalten können. Wir haben zu wenig Platz und zu wenig Wasser und müssen uns die Räumlichkeiten sogar noch teilen«, ein Blick zu Audrey, »was uns die Arbeit sehr erschwert. Wie unser Herr Pfarrer uns gerade verdeutlicht hat«, jetzt folgte ein Blick zu Daniel, »müssen wir immer offen und bereit für Neues sein, und in diesem Sinne kann ich verkünden, dass wir eine außerordentlich großzügige Spende erhalten haben.«

Anthony, der ebenfalls dem Komitee angehörte, sah Daniel fragend an, doch der war nicht minder ahnungslos.

»Diese Spende ist eine gute Ausgangsbasis, um beim Kirchenrat einen Antrag auf weitere finanzielle Unterstützung zu stellen und unsere Vision zu verwirklichen.«

»Wer ist dafür?«, rief Anne.

Die meisten erhoben reflexartig die Hand, nicht jedoch Daniel, Ned, Anthony und Audrey, die aussah, als platze sie gleich vor Wut.

»Der Vorschlag ist angenommen!«, verkündete Anne, der die Enthaltungen entgangen zu sein schienen.

»Augenblick mal!«, rief Ned.

»Was gibt es?«, fragte Stella ungehalten.

»Welchen Einfluss wird das auf die anderen Pläne zur Verbesserung der Räumlichkeiten haben, die im Kirchenrat besprochen wurden?«

»Ich bin sicher, dass der Kirchenrat uns beipflichten wird.«

»Ich meine ganz konkret den Einbau der Toilette«, beharrte Ned.

Stella fixierte ihn erbost. »Der ist in unserem Vorhaben nicht vorgesehen. Wir haben den Eindruck gewonnen, dass der Einbau der Toilette in der Gemeinde nicht auf große Zustimmung stieß. Außerdem gibt es schließlich fußläufig die Möglichkeit, eine Toilette aufzusuchen.« Jetzt richtete Stella wieder den Blick auf Audrey. »Im Pfarrhaus nämlich.«

»Das ist mir bewusst«, erwiderte Ned. »Sie wurde auch soeben benutzt.« In diesem Moment kehrte Margaret Porteous vom Besuch ebendieser Örtlichkeit zurück und bemerkte zu ihrem Entsetzen, dass alle Blicke auf sie gerichtet waren. »Und da hier in der Kirche so großzügig Kaffee und Tee ausgeschenkt werden, sollte man doch wohl auch sanitäre Anlagen zur Verfügung haben, nicht wahr? Also ein bis zwei Toiletten?«

Audrey lächelte zufrieden. Nicht nur Stella Harper war in Champton imstande, Öffentlichkeit zu mobilisieren.

»Und noch etwas«, fügte Ned hinzu. »Würde dieser Plan nicht die Entfernung von Kirchenbänken erfordern?«

»Ganz und gar nicht«, antwortete Stella. »Es war immer unser Bestreben, die Bänke zu erhalten, die im gesamten County zu den schönsten Exemplaren aus dem fünfzehnten Jahrhundert gehören.«

»Oder ganz schlicht nur aus der viktorianischen Zeit stammen. Das weiß niemand so genau«, konterte Ned.

»Auf mich wirken sie keineswegs viktorianisch, Mr Thwaite. Und auch nicht auf Mr Bowness, der, wie Sie wissen, ein anerkannter Experte auf diesem Fachgebiet ist.«

Anthony stand auf. »Das ist so nicht ganz zutreffend, Stella. Ich halte es durchaus für möglich, dass einige der Bänke aus der viktorianischen Zeit stammen, aber wir müssten sie untersuchen lassen, um das eindeutig festzustellen. Wenn man sie entfernen könnte – entstünde dann nicht genügend Platz für beide Pläne?«

Audrey hob die Hand und begann nachdrücklich zu winken, als sie von Stella übersehen wurde.

»Mrs Clement?«

»Solange die historische Zuordnung der Bänke nicht geklärt ist«, sagte Audrey, »kann der Blumenraum also gar nicht erweitert werden, selbst wenn der Kirchenrat dem Plan zustimmt. Was auch noch lange nicht gesagt ist.«

»Was schlagen Sie vor?«, erwiderte Stella giftig.

»Man könnte die Spende doch für den Einbau der Toilette benutzen, der ja schon länger geplant ist.«

»Dafür müssten aber auch Bänke entfernt werden.«

»Nicht notwendigerweise«, widersprach Audrey. »Wir könnten die bestehenden räumlichen Gegebenheiten besser nutzen. Zum Beispiel ... nur so ein Gedanke ... indem wir den Blumenraum verkleinern, der so viel Platz einnimmt.«

»Dieser Vorschlag ist vollkommen absurd!«, rief Stella empört aus. »Die Spende erfolgte ausdrücklich für die Belange der Blumengilde, nicht zur Entsorgung menschlicher Exkremente!«

Anne Dollinger sprang auf. »Ich rufe die Anwesenden zur Ordnung. Das Thema wurde ausführlich genug erörtert, und es gibt einiges zu organisieren.« Sie sah Stella an. »An erster Stelle sollten wir sicher die Kirchenbänke untersuchen lassen. Solange deren Alter nicht geklärt ist, können wir nicht handeln.«

Aus den Reihen war zustimmendes Gemurmel zu vernehmen.

»Gut, wir werden uns Klarheit verschaffen über den historischen Wert der Bänke«, fuhr Anne fort. »Vielen Dank, meine

Damen und Herren. Unsere nächste Versammlung sollte zwei Wochen vor dem Blumenfestival stattfinden. Ich schlage Montag, den neunten Mai, um neunzehn Uhr vor.«

Handtaschen wurden geöffnet, Kalender und Stifte gezückt.

»Dann wird Pfarrer Clement nun das Abschlussgebet sprechen.«

»Die Gnade des Herrn Jesus Christus«, begann Daniel, und die Gemeinde sprach ihm im typischen monotonen Singsang vertrauter Gebete nach, »und die Liebe Gottes und die Gemeinschaft des Heiligen Geistes sei mit euch allen. Amen.«

Danach stand Stella Harper sofort auf und wandte sich zum Gehen, aber Daniel trat zu ihr, bevor sie ihm entkommen konnte. »Könnte ich kurz mit Ihnen sprechen, Stella?«

»Ja, natürlich. Einen Moment, muss nur noch kurz etwas erledigen.« Sie eilte zur Tür, wo Anne begonnen hatte, die Richtlinien der Blumengilde zu verteilen. Sie waren so außerordentlich rigide, dass schon trauernde Witwen und aufgeregte Bräute ihren Kranz oder Strauß noch hatten korrigieren müssen, während in der Kirche bereits die Orgelmusik ertönte.

Daniel begann die Klappstühle vom Komitee einzusammeln, Anthony kam ihm zu Hilfe. »Sie haben das wohl auch zum ersten Mal gehört, Daniel?«

»Allerdings. Und es erklärt einiges.«

»Inwiefern?«

»Meine Mutter hat neulich abends ein verdächtiges Licht in der Kirche bemerkt und dann Stella und Anne dort vorgefunden, die sich laut Audrey ›seltsam benahmen‹. Die beiden haben behauptet, sie würden aufräumen, aber danach sah es wohl nicht aus. Anne kroch nämlich auf allen vieren zwischen den Bänken herum, als suche sie etwas.«

»Und was meinen Sie, was sie da gemacht haben?«, fragte Anthony.

»Ich denke, das werde ich in Kürze erfahren.«

Jetzt waren die beiden Damen im Anmarsch, Anne mit einem Ordner unter dem Arm.

»Ich empfehle mich«, verkündete Anthony. »Erstatten Sie mir später Bericht, ja?«

Audrey schien sich angesichts der beiden Frauen schon zum Kampf zu wappnen, aber Anthony kam ihr zuvor und steuerte sie und Theo zum Ausgang.

»Sie wollten mich sprechen, Daniel?«, begann Stella.

»Ja. Ich war ein wenig erstaunt über diese Nachricht heute Abend.«

»Aber weshalb denn?«

»Nun, weil gesagt wurde, das Thema sei im Komitee erörtert worden«, antwortete Daniel. »Daran kann ich mich jedoch nicht erinnern.«

»Ach so, das hat im ständigen Ausschuss stattgefunden, hatte ich das nicht erwähnt?«

»Ich wusste gar nichts von dessen Existenz.«

»Ach, den gibt es schon seit Ewigkeiten. Wurde bereits vor Ihrer Zeit gegründet, glaube ich«, erklärte Stella, »für den Fall, dass wir eilig handeln müssen. Oder für Belange, die nicht wichtig genug sind, um sie in der Vollversammlung zu besprechen.«

»Und welches der beiden Kriterien trifft wohl auf Umbauten in der Kirche zu: eilig oder unwichtig?«

»Sie hören sich so vorwurfsvoll an, als hätten wir uns unkorrekt verhalten.«

»Nun, Sie haben behauptet, der Ausbau des Blumenraums sei mit dem Komitee abgesprochen worden. Was nicht zutrifft. Und das ist in der Tat kein korrektes Prozedere«, stellte Daniel klar.

»Worauf wollen Sie hinaus, Reverend?«, konterte Stella. »Wir würden doch nicht im Traum daran denken, ohne die Unterstützung des Kirchenrats zu handeln!«

Daniel kannte Stella gut genug, um zu ahnen, dass sie sich bereits Unterstützung in dessen Reihen gesichert hatte.

»Die Sache hätte dem Komitee vorgelegt werden müssen, bevor sie bei der Jahresversammlung als beschlossen verkündet wird«, beharrte Daniel.

»Gut, wir werden das künftig anders handhaben.«

»Und deshalb werde ich als Vorsitzender des Kirchenrats sorgfältig erwägen, ob diese Angelegenheit überhaupt in die Tagesordnung aufgenommen wird. Jedenfalls, solange ich nicht mehr darüber weiß.«

Mit diesem überraschenden Zug setzte er Stella offenbar schachmatt. Nach kurzem Zögern sagte sie: »Was möchten Sie wissen?«

»Ich will, dass mir der vollständige Plan vorgelegt wird.«

»Aber es ist noch gar kein richtiger Plan, Daniel. Nur ein paar Ideen. Die Ihnen bestimmt zusagen werden.« Stella nickte Anne zu, die etwas aus dem Aktenordner nahm.

»Darf ich?« Anne faltete ein Papier auf und breitete es auf dem Klapptisch aus.

Es handelte sich durchaus um einen Plan, und zwar um eine architektonisch höchst detaillierte Darstellung von einem geräumigen Blumenraum samt Küche mit langem Arbeitstresen. Das Ganze würde fast den gesamten hinteren Teil der Kirche in Anspruch nehmen.

»Eine kühne Vision, Stella«, sagte Daniel.

»Ist ja bisher nur ein Entwurf. Aber wie Sie sehen, entsteht durch die Umgestaltung des Blumenraums hier Platz«, Stella tippte auf den Plan, »für einen Arbeitsbereich.«

»Eine Küche?«

»Nein, nein, nur für einen Tresen mit Waschbecken, Abstellflächen für Tassen und Teller und eine Möglichkeit, etwas warm zu halten.«

»Und eine Toilette.«

»Dafür bliebe wohl eher kein Platz mehr.«

»Aber meinen Sie nicht, dass gerade die nötig wäre, wenn man hier verstärkt Tee und Kaffee anbietet?«, wandte Daniel ein.

Doch Stella ließ sich nicht ins Bockshorn jagen. »Nein, das denke ich nicht. Seit wann müssen wir denn alle fünf Minuten zum Klo rennen, bitte schön? Als ich letzte Woche im Rathaus war ...«

Daniel fragte sich sofort, was sie dort zu suchen gehabt hatte. War sie in der Baubehörde gewesen?

»... habe ich festgestellt, dass es heutzutage auf jedem Stockwerk Toiletten gibt. Aber früher existierten im ganzen Gebäude nur zwei, eine für Damen und eine für Herren. Unseren Vorfahren hat das völlig ausgereicht.«

»Ja, was ist nur aus uns geworden?«, warf Anne in klagendem Tonfall ein.

Daniel überlegte unwillkürlich, wie man das früher zur Zeit der ausschweifenden Bierfeste gelöst hatte. Für die Männer konnte er es sich vorstellen, denn die Hofmauer am Westtor der Kirche wurde zu diesem Zweck noch immer häufig genutzt. Aber was hatten die Frauen gemacht, wenn sie ein dringendes Bedürfnis hatten?

»Sie sehen also, Daniel«, sagte Stella jetzt siegesgewiss, »dass es in einer Kirche, die eine heilige geweihte Stätte ist, keine Notwendigkeit für einen Abort gibt ...«

»Aber für einen Blumenladen?«, fiel Daniel ihr ins Wort.

»Selbstverständlich beuge ich mich Ihrer Expertise bezüglich der Heiligen Schrift«, erwiderte Stella hochtrabend, »aber ich kann mich nicht erinnern, dass unser Herr Jesu bei der Tempelreinigung Tische von Floristen umgeworfen hätte.«

Das brachte Daniel einen Moment lang aus dem Tritt, weil er überlegte, was die Pilger, die zu Tausenden Schlange gestanden hatten, um im Jerusalemer Tempel Tieropfer zu bringen, wohl getan hatten, wenn sie pinkeln mussten.

»Diese Geldspende, Stella«, sagte er schließlich. »Von wem stammt die?«

»Der Spender möchte anonym bleiben.«

»Diesem Wunsch kann ich als Pfarramtsinhaber nicht nachgeben.«

»Der Spender hat es ausdrücklich verlangt.«

»Und ich muss meinerseits ausdrücklich verlangen, seinen Namen zu erfahren«, sagte Daniel fest. »Und zwar nicht aus Neugier, sondern weil ich als Gemeindepfarrer über jede Finanzierungsmaßnahme im Bilde sein muss.«

»Wir waschen hier nicht das Geld von Bankräubern«, erwiderte Stella pikiert.

»Das nehme ich auch nicht an, aber es kann über diesen Punkt keine Debatte geben. Spenden werden nur angenommen, wenn die Quellen identifizierbar sind.«

Jetzt schaltete sich Anne ein. »Ob wohl jemand vorher Erlaubnis eingeholt hat, als die de Floures die Kapelle in der Kirche finanziert haben?«

»Das war im Jahre 1465, Anne«, erwiderte Daniel. »Damals waren die Verwaltungsaufgaben des Pfarrers noch nicht so streng festgelegt.«

Besagte Kapelle befand sich im nördlichen Querschiff hinter einem Eisengitter. Darin waren Bernards Vorfahren zu besichtigen, die, aus Stein gehauen, mit leeren Augen auf die Betrachter blickten.

»Sie werden also gewiss verstehen«, sagte Daniel abschließend, »dass ich das Thema unter diesen Umständen nicht zur nächsten Sitzung des Kirchenrats zulassen werde.«

Stella hatte nicht die Absicht, sich geschlagen zu geben. Zwei rote Flecken erschienen auf ihren Wangen, als sie jetzt aufgebracht verkündete: »Dann berufen wir eine öffentliche Versammlung ein! Im Rathaus!«

»Bitte gerne, Stella. Ich werde kommen.«

6

In der Küche des Pfarrhauses wurde Daniel von Audrey und Theo gespannt erwartet.

»Was führt Stella im Schilde?«, fragte Audrey sofort. »Du wusstest nichts von diesem Vorhaben, oder?«

»Nein. Aber sie haben bereits einen fertigen Bauplan.«

»Für den Ausbau des Blumenraums?«

»Ja, und für eine Art kleine Küche. Ich finde die Idee gar nicht so schlecht. Dann wird eine Toilette allerdings umso notwendiger, oder?«

»Selbstverständlich! Aber darum geht es denen doch: Sie wollen den Einbau des Klos verhindern!«

»Ja, ist mir klar«, erwiderte Daniel trocken.

»Und außerdem«, fügte Audrey hinzu, »geht es in Wirklichkeit auch gar nicht nur darum, sondern um … alles Mögliche andere.«

»Auch das ist mir bewusst.«

»Die haben also eine langfristige Strategie«, stellte Audrey fest, »und wir brauchen eine schnelle Taktik. Hast du eine Idee, wie wir die beiden aufhalten können?«

»Ich denke, ja. Zum einen habe ich klargestellt, dass ich das Thema nicht in die Tagesordnung für die Sitzung des Kirchenrats aufnehmen werde, weil es dem Komitee nicht vorgelegt wurde. Und zum anderen will Stella den Namen des Spenders nicht preisgeben.«

»Wieso denn wohl nicht?«, fragte Theo.

»Das ist sie bestimmt selbst«, mutmaßte Audrey. »Und wahrscheinlich sind es bloß ein paar jämmerliche Kröten.«

»Solange ich nicht weiß, woher das Geld stammt, werde ich es jedenfalls nicht annehmen«, sagte Daniel.

»Dann hast du sie doch im Schwitzkasten«, sagte Theo.

»Schon, aber ich würde das Problem gerne ohne Machtausübung lösen. Eine Einigung in beiderseitigem Einverständnis ist langfristig immer die bessere Lösung.«

Audrey schürzte missbilligend die Lippen. Sie fand die Neigung ihres Sohnes zu versöhnlichen Kompromissen unendlich frustrierend. Wenn sie ihn herausforderte, antwortete er grundsätzlich, er sei Geistlicher und kein Monarch und habe deshalb nicht die Absicht, anderen Menschen seinen Willen aufzuzwingen. Das leuchtete Audrey überhaupt nicht ein, weshalb sie auch schon eingewandt hatte, ob denn der Apostel Paulus sanftmütig mit seinen Gegnern umgegangen sei. Wenn der beschlossen habe, es sei sinnvoll, für das Reich Gottes mal ordentlich durchzugreifen, dann könne Daniel das doch wohl auch tun.

»Stella Harper und ihre Adjutantin kannst du nicht mit Schläue besiegen, Daniel«, erklärte Audrey deshalb jetzt. »Die musst du ordentlich Mores lehren.«

»Ich finde, sie hat recht«, pflichtete Theo seiner Mutter bei. »Fair Play ist sinnlos bei Leuten, die sich nicht an Regeln halten.«

»Doch, Theo, genau das müssen wir tun«, entgegnete Daniel. »Das steht auch bereits in der Bibel.«

»Du meinst, die andere Wange hinhalten und so? Das fand ich immer schon idiotisch.«

»Es gibt Schlimmeres, als manchmal dazustehen wie ein Idiot.«

Audrey schnaubte aufgebracht und servierte den Lammeintopf. Beim Essen schwieg sie, und Daniel vermutete, dass seine Mutter Pläne für den Feldzug gegen die Blumengilde schmiedete.

Theo dagegen wollte sich weiter über seine Eindrücke unterhalten. »Diese Stella Harper hat dich ganz schön überrumpelt, wie? Macht sie das öfter?«

»Nein, ist in dieser Form noch nie vorgekommen.«

»Sie hat es ja manierlich gemacht, aber deshalb ist es nicht minder aggressiv. Mit ihrem formvollendeten Benehmen hat sie es nur kaschiert.«

»Das stimmt schon«, gab Daniel zu.

»Sollen Christen sich denn nicht immer wie gute Christen verhalten? Wie war das gleich wieder mit der Nächstenliebe?«

»Konflikte sind menschlich«, wandte Daniel ein. »Die kommen nun mal vor.«

»Ja, aber was ist dann deine Aufgabe als Geistlicher?« Theo ließ nicht locker.

»Menschen dabei zu helfen, ihre Konflikte besser zu bewältigen.«

»Ich wünschte, du könntest Gegner per Meuchelmord beseitigen lassen«, äußerte Audrey jetzt verdrossen. »Dann wäre die Sache ein für alle Mal erledigt.«

Daniel konnte nicht umhin festzustellen, dass seine Mutter sich besonders rachedurstig verhielt gegenüber Menschen, mit denen sie viele Ähnlichkeiten hatte. Stella Harper und Audrey waren nahezu gleich alt und beide alleinstehend. Überdies war Daniel der Ansicht, dass beide Frauen ein glücklicheres Leben geführt hätten, wenn sie die Rolle ihrer Ehemänner hätten übernehmen können. Stellas Ex-Gatte ein penibler Verwaltungsangestellter, hatte sich in seine Arbeit geflüchtet, um dem rastlosen Ehrgeiz seiner Frau zu entgehen. Was sie dann wohl auch so passend fand, dass sie sich scheiden ließ.

Daniels Vater, ebenfalls eher ein scheuer, zurückhaltender Mann, war gezwungen gewesen, im Familienunternehmen die Nachfolge seiner männlichen Vorfahren anzutreten, die allesamt dynamische tatkräftige Geschäftsmänner gewesen waren. Das entsprach überhaupt nicht seinem Temperament, Audrey dagegen verfügte über all diese Charaktereigenschaften. Hätte sie die Firma leiten können und ihr Mann sich um Haushalt und Kinder kümmern dürfen, wären wohl beide glücklicher gewesen, und Audrey hätte womöglich eine steile Karriere gemacht. Doch das Leben hatte ihr nicht genügend Gelegenheit geboten, ihre Führungsqualitäten zum Einsatz zu bringen.

Das trat für Daniel immer besonders deutlich zutage, wenn seine Mutter vom Krieg erzählte. Sie hatte ihre Schulzeit auf einem schottischen Internat verbracht, und Audreys Erwachsenwerden fiel mit dem Beginn des Zweiten Weltkriegs zusammen. Audrey trat sofort dem Frauenfreiwilligendienst bei, machte Tee und Sandwiches für Kriegsheimkehrer, fuhr Krankenwagen, erledigte Lieferdienste und rüstete sich innerlich für die Invasion. Daran fand sie so großen Gefallen, dass sie beinahe enttäuscht war, als die Deutschen schließlich doch nicht an Englands Küsten landeten. Nach dem Krieg flossen Audreys Energien dann in ihre beiden Söhne.

»Ein Maßband!«, rief sie jetzt aus. »Das war es!«

»Wovon redest du?«, fragte Daniel.

»Anne und Stella. Ich habe dir doch erzählt, wie ich die beiden letzte Woche abends in der Kirche überrascht habe. Sie krochen auf allen vieren zwischen den Bänken herum, und als ich höflich fragte, was sie da machten, habe ich ein komisches Geräusch gehört. Klang wie eine zuschnappende Mausefalle, aber jetzt fällt mir gerade eine andere Erklärung ein: Es war bestimmt eines dieser Metallmaßbänder. Die beiden haben dort den Raum vermessen und ihren Plan ausgeheckt.«

Daniel seufzte verärgert über die Intrigen der Blumendamen, sagte aber lediglich: »Ich gehe mal mit den Hunden raus.«

»Ich komme mit«, verkündete Theo sofort.

In der Küche nahm Daniel die Leinen vom Haken neben der Tür. Er hatte gar nicht vor, die beiden anzuleinen, wusste aber, dass sie bei dem vertrauten Geräusch sofort von ihrem Schlafplätzchen neben dem Herd aufspringen würden, obwohl es eigentlich nicht ihre übliche Gassi-Zeit war.

Sobald die Hintertür geöffnet wurde, schossen Cosmo und Hilda auch begeistert hinaus und rasten durchs Friedhofstor bis zu Sextons Cottage mit dem gepflegten Strohdach und dem zauberhaften Garten, der von Bob Achurch hingebungsvoll betreut wurde. Zuerst blühten im Garten die Kirschbäume, anschließend Ringelblumen und im Sommer die Rosen, die regelmäßig liebevoll geschnitten wurden, sodass sie bis in den Herbst ihre Blütenpracht zeigten. Danach folgten die farbenfrohen Malven und Dahlien.

Auch jetzt war Bob im Garten und grub Beete um.

»Schönen guten Abend, Daniel«, rief er über den Zaun. »Hallo, Theo.«

Die Hunde machten zunächst Radau, aber nachdem sie Bob erkannt hatten, hockten sie sich hin und hielten nach anderen Objekten Ausschau, die sie anbellen konnten.

»Guten Abend, Bob«, grüßte Daniel. »Alles in Ordnung bei Ihnen?«

»Danke, alles bestens. Neues Auto?«

»Gehört Theo, der Schlitten.«

»Golf GTI«, bemerkte Bob. »So was bringt der Ruhm mit sich, wie?«

»So berühmt bin ich nicht«, erwiderte Theo.

»Noch nicht«, sagte Daniel. »Sie hätten ihn mal in dieser Serie über das japanische Kriegsgefangenenlager sehen sollen.« Im nächsten Moment hätte er sich am liebsten auf die Zunge gebissen wegen dieser Bemerkung, und Bob sagte auch sofort: »So was ist nichts für mich.«

»Das verstehe ich.«

Bob war ein schweigsamer Mann, der sich niemals über seine Gefühle ausließ, aber noch immer von seinen Kriegserlebnissen heimgesucht wurde. Deshalb hatte Daniel ihn damals auch vor Theos neugierigen Fragen gerettet.

An die erinnerte sich Bob jetzt wohl auch, denn er wandte sich wieder dem Beet zu. »Ich mach mal besser weiter hier.«

»Hat mich gefreut, Sie wiederzusehen, Bob«, sagte Theo. »Und beste Grüße an Ihre Frau. Ihre Scones habe ich nie vergessen!«

Daniel konnte sich lebhaft vorstellen, wie Mrs Achurch Theo mit Gebäck vollgestopft hatte, damit er aufhörte, ihren Mann mit Fragen zu löchern.

»Werd ich ihr ausrichten, das freut sie bestimmt.«

Die Dämmerung setzte allmählich ein, und die Primeln auf den Rasenflächen am Straßenrand leuchteten im Zwielicht. Daniel und Theo gingen bis zum Ende der Church Lane. Dort stand das alte Schulhaus, in dem die Staveleys lebten, ein düsteres Gebäude mit Türmchen, das von einem der de Floures erbaut worden war, der seinen Pächtern Zugang zu Bildung verschaffen wollte. Das architektonisch ausgefallene Gebäude erwies sich jedoch als ungeeignet für Schulzwecke und wurde nach dem Bau der neuen Schule eine Zeit lang als kirchliches Gemeindezentrum genutzt, bis Norman Staveley es gekauft und umgebaut hatte. Ihm gehörte somit ein Teil des Anwesens der Familie de Floures, und an schönen Abenden saß Norman gerne mit einem Bier und einem Zigarillo behaglich auf der Terrasse und genoss die Aussicht.

Heute war er nicht da, bemerkte Daniel, als die beiden Brüder die kleine Brücke über den Bach betraten, der sich an der Main Street entlangschlängelte. Sie blieben stehen und schauten hinunter aufs Wasser.

»Hast du die Brücke mal auf Fotos aus der Kriegszeit gesehen?«, fragte Daniel.

»Ich glaube, ja. Bei Bob. War das bei Kriegsende?«

»Kann sein. Da war Bob allerdings nicht hier.«

»Seine Frau hat mir mal Bilder gezeigt ... wie heißt sie gleich wieder?«, fragte Theo.

»Cynthia.«

»Ja, genau, Cynthia. Kann übrigens wirklich fantastisch backen. Auf dem Foto waren auch Franzosen, soweit ich mich erinnere. Erkannte man auf den ersten Blick, die sahen so nach Bohemiens aus.«

Seit den Zeiten von Queen Victoria war jede Generation des Dorfes auf der Brücke fotografiert worden, weil sie das malerischste Motiv von ganz Champton war. Hochzeitsgesellschaften, die Damen mit hochgeschlossenen langen Kleidern und riesigen Hüten, junge Männer in Uniform, bevor sie 1916 in den Krieg zogen, die Teddy Boys der Fünfzigerjahre, Mädchen in Hot Pants und sogar Alex de Floures als Punk in Bondagehose und einem historischen Waffenrock von seinen Vorfahren.

Daniel drehte gerne seine Runden im Dorf; manchmal tagsüber, um sich beiläufig mit Leuten unterhalten zu können, manchmal auch spätabends wie ein Nachtwächter.

Die beiden schlenderten die Straße zum Anwesen entlang, und während in den Cottages nach und nach Lichter angingen, erklärte Daniel seinem Bruder, wer in welchem Haus wohnte.

Jetzt kamen sie gerade am Cottage der Sharman-Schwestern vorbei. Beide hatten früher auf dem Anwesen gearbeitet, ihr Vater war dort Wildhüter gewesen. Sie hatten nie geheiratet und besaßen einen Jack-Russell-Terrier namens Scamper, den Daniel für den übellaunigsten Hund unter der Sonne hielt. Das biestige Tier spähte auch prompt durchs Fenster und knurrte Cosmo und Hilda an, die natürlich erbost zurückknurrten.

»Du könntest auch mal die Sharman-Schwestern besuchen«, schlug Daniel vor. »Sie sind beide ganz vernarrt in *Appletree End*. Oder zumindest eine von den beiden, Kath, glaube ich.«

»Und warum sollte ich die besuchen?«

»Weil sie nie irgendwo anders gelebt haben und alle Pfarrer vor mir kannten. Sie können dir bestimmt viel über deren Leben erzählen ... und nicht nur die offizielle Version.«

Neben den Sharman-Schwestern, ganz am Ende der Siedlung für ehemalige Angestellte des Herrenhauses, wohnte in einem winzigen Häuschen der griesgrämige Eigenbrötler Gilbert Drage. Gegenüber befand sich das Haus von Anne Dollinger, das sich in ihrem Besitz befand. Dass es nicht mehr von den Gutsherren verwaltet wurde, erkannte man auf den ersten Blick an seinem gepflegten Zustand.

In einem größeren Haus, etwas von der Straße zurückgesetzt, in dem früher der Gutsverwalter gewohnt hatte, war jetzt Bernards Cousin und Archivar Anthony Bowness untergebracht. Das Haus war renoviert worden, aber Anthony hätte sich durchaus zusätzliche Neuerungen gewünscht.

»Ein Gespräch mit Anthony könnte auch nützlich für dich sein«, fuhr Daniel fort. »Er kennt sich bestens mit der Kirche und der Geschichte von Champton House und den ganzen Zusammenhängen aus. Und er ist klug und aufmerksam, dem entgeht so leicht nichts.«

»Ich würde eigentlich lieber dich bei einem offiziellen Besuch begleiten«, erwiderte Theo. »Wäre das nicht möglich?«

»Kommt darauf an, worum es sich handelt.«

»Na ja, mir ist vor allem wichtig, *dich* bei deiner Arbeit beobachten zu können.«

»Aber das hast du doch alles schon mal miterlebt«, wandte Daniel ein.

»Schon, aber da habe ich dich nicht bewusst *studiert*. Stell dir doch vor, ich sei ein neuer Vikar, der von dir lernen muss.«

Diese Vorstellung wollte Daniel nicht recht gelingen.

»Du könntest am nächsten Wochenende zum Tag der offenen Tür kommen«, schlug er schließlich vor. »Das ist der wichtigste Termin des Jahres für Champton House. Dann ist das ganze Anwesen öffentlich zugänglich, jede Menge Leute sind unterwegs, und ich bin auch im Einsatz.«

»Das klingt schon mal gut«, äußerte sein Bruder.

Sie kamen am Haus von Ned und Jane Thwaite vorbei, einem umgebauten Stall mit kleinen Fenstern, die man in die Steinmauern gehauen hatte, und einem Anbau. Darin war Ned Thwaites Büro untergebracht, wo er sich als Chronist seiner großen Leidenschaft widmete, der Dorfgeschichte.

Auf der anderen Seite des Baches sah man Stella Harpers Haus aus den Siebzigerjahren, ein Fremdkörper als letztes Gebäude am Ende der Reihe strohgedeckter Cottages aus dem siebzehnten Jahrhundert. Ihr Mann hatte es für ihren gemeinsamen Ruhestand gebaut, bevor Stella ihren Gatten vorzeitig aus ihrem Leben befördert hatte. Das Haus hatte ein steiles Ziegeldach, Erker und im Erdgeschoss bodentiefe Fenster. Hinter den Gardinen flackerte das bläuliche Licht eines Fernsehers.

»Hier wohnt Stella«, erklärte Daniel.

»Ah, die Festung der Blumenfürstin«, bemerkte Theo.

Es war inzwischen schon fast dunkel, und Daniel konnte nur noch die Umrisse seiner Hunde erkennen, die unten am Bach herumstöberten. Als er nach ihnen pfiff, kamen sie angerannt, und sie machten sich auf den Rückweg zur Pfarrei.

An Anthony Bowness' Haus bewegte sich plötzlich eine Gestalt im Dunkeln, und die Hunde schlugen sofort an. Es war Anthony selbst, der sagte: »Ich habe Sie vorhin gesehen. Störe ich Ihr Gespräch?«

»Nein, gar nicht«, beruhigte ihn Daniel.

»Ich hatte gehofft, Sie kurz sprechen zu können, Daniel. Hätten Sie einen Moment Zeit?«

»Ja, natürlich.« Daniel hielt seinem Bruder die Hundeleinen hin.

Theo zögerte. »Du meinst … ich soll mit den beiden nach Hause gehen?«

»Ja. Aber nimm sie an die Leine, sie hören nicht auf dich.«

Etwas widerstrebend leinte Theo die Hunde an, die winselten und zerrten, während Daniel Anthony ins Haus folgte.

Anthony konnte sich nicht für Hunde begeistern. Daran gab es keinen Zweifel, denn Daniel hatte schon häufig beobachtet, wie der Küster Cosmo und Hilda skeptisch beäugte, wenn sie sich in der Kirche den Gebetskissen auf den Bänken näherten. Und es war auch keine Hilfe, dass die beiden sich in Anthonys Haus gerne eingehend mit dem Saum eines edlen Vorhangs aus dem Herrenhaus oder den gedrechselten Beinen einer antiken Kommode beschäftigten. Anthony sah dann immer sehr gequält aus.

Heute jedoch hätten ihn vielleicht auch die Hunde nicht weiter gestört, da er offenbar bereits zwei Drinks von seiner Abendration intus hatte. Der dritte wurde gerade zubereitet, mitsamt einem Whisky Soda für Daniel. Anthony trank Gin mit reichlich Eiswürfeln, und Daniel fragte sich unwillkürlich, ob er für deren

Herstellung überhaupt einen Kühlschrank brauchte, denn es war eiskalt im Haus.

Die beiden erörterten zunächst Stella Harpers Komplott und kamen zu dem Schluss, dass sie beim Kirchenrat nicht damit durchkommen würde. Nachdem das Thema beendet war, beugte sich Anthony vor, als wolle er etwas Vertrauliches besprechen.

»Daniel … was für einen Eindruck haben Sie zurzeit von Bernard?«

»Mir ist nichts Außergewöhnliches aufgefallen. Warum fragen Sie?«

Anthony schwenkte die Eiswürfel im Glas und sagte dann langsam: »Ach, wissen Sie, Bernard und ich waren als Kinder wie Brüder. Ich hatte irgendwie immer das Gefühl, auf ihn aufpassen zu müssen, obwohl er zwei Jahre älter ist als ich.«

Daniel war nicht sicher, ob Bernard das als notwendig empfunden hatte.

»Mein Vater, der mit Bernards Tante verheiratet war«, fuhr Anthony fort, »ist 1944 in der Schlacht um Anzio gefallen. Ich habe kaum Erinnerungen an ihn, weil er Berufssoldat und so gut wie nie zu Hause war. Meine Mutter hat kurz darauf wieder geheiratet. Ihr neuer Mann war auch beim Militär und erwartete, dass sie ihr Leben nach ihm ausrichtete statt nach mir. Weshalb ich dann mit acht Jahren auf eine Privatschule geschickt wurde.«

»Ja, verstehe«, erwiderte Daniel. »Heutzutage empfindet man das als sehr früh, oder?«

»Ach, für mich war es gut, ich fand es daheim unerträglich. Bernard meint, ich hätte meine Mutter wohl so sehr an meinen leiblichen Vater erinnert, dass sie mich lieber nicht in ihrer Nähe haben wollte.« Anthony starrte gedankenverloren in sein Glas. »Einmal habe ich zu Ferienbeginn darauf gewartet, dass ich abgeholt wurde, aber niemand kam. Stellte sich dann heraus, dass meine Mutter die Ferien komplett vergessen hatte und irgendwo im Skiurlaub war. In der Schule konnte sich auch niemand um mich kümmern, und so wurde arrangiert, dass mich jemand von den de Floures abholte. Von da an habe ich alle Ferien dort verbracht, und deshalb sind Bernard und ich ein Stück weit zusammen aufgewachsen und fühlen uns eher wie Brüder als wie Cousins.«

»Obwohl Sie so unterschiedlich sind«, warf Daniel ein.

»Tja, das stimmt. Bernard war von Haus aus zu Höherem bestimmt.« Anthony machte eine ausladende Handbewegung, wobei der Gin im Glas gefährlich in Wallung geriet. »Ein bisschen wie in dieser Fernsehserie mit der Adligen, die ihr Schloss aufgeben und an diesen reichen Emporkömmling verkaufen muss. Kennen Sie die?«

Daniel nickte. Es war eine von Audreys Lieblingsserien, was ihm vollkommen einleuchtete. Er konnte sich seine Mutter mühelos in der Rolle der kampflustigen Schlossherrin vorstellen.

»Ich dagegen«, fuhr Anthony fort, »war zu gar nichts geboren. Während Bernard immer mehr in seine Rolle als Adliger hineinwuchs, verkroch ich mich in die Welt der Bücher. Bücher waren meine Rettung, und es gelang mir, in Oxford Geschichte zu studieren und alle zu verblüffen, indem ich hervorragend abschnitt. Alle dachten, dass ich eine akademische Laufbahn einschlagen würde, aber ich wollte nicht.«

»Warum nicht?«, erkundigte sich Daniel, dem dieser Teil von Anthonys Vergangenheit bislang unbekannt war.

»Fand es zu naheliegend. Zu bequem«, antwortete Anthony. »Und wollte auch nicht irgendwann tot und verstaubt in der Bibliothek unter alten Zeitungen aufgefunden werden, verstehen Sie?«

»Hm, ja, ich glaube schon …«, sagte Daniel etwas zögernd.

»Deshalb habe ich mich dem Journalismus zugewandt und Buchrezensionen für Wissenschaftszeitschriften geschrieben. Das lag mir, und ich war ziemlich schnell erfolgreich damit. Weshalb ich es dann wohl auch wieder aufgegeben habe.«

»Wieso?«

»Tja ...« Anthony genehmigte sich einen großen Schluck. »Ich hatte immer schon Mühe damit, etwas länger durchzuhalten.«

Daniel konnte sich den Grund dafür denken, denn er hatte an seiner theologischen Universität das Amt des Kellerers innegehabt. Zu seinen Aufgaben hatte es gehört, immer für einen gut gefüllten Barschrank zu sorgen und nach den Trinkgelagen im Gemeinschaftsraum aufzuräumen. So unangenehm das gewesen war, hatte Daniel dabei jedoch einiges fürs Leben gelernt, zum Beispiel ein feines Gespür für den Alkoholkonsum seiner Mitmenschen. Wobei die Folgen des übermäßigen Gingenusses bei Anthony so offensichtlich waren, dass wohl das ganze Dorf darüber Bescheid wusste.

»Danach«, fuhr Anthony fort, »schrieb ich für das Magazin einer ziemlich glücklosen Fluglinie, die bald darauf pleite ging. Was dann auch für mich galt. Wissen Sie eigentlich überhaupt, warum ich in Champton bin?«

»Weil Sie der Archivar des Anwesens sind. Und ein ganz hervorragender«, fügte Daniel aufmunternd hinzu.

»Richtig. Ich habe mir übrigens auch ein eigenes Archiv angelegt. Das befindet sich in einem Aktenschrank in der St-Luke's-Klinik, wo ich auf Entzug war. Vorübergehend jedenfalls.« Wie um das unter Beweis zu stellen, stand Anthony auf, um sich nachzuschenken. »Wegen des Entzugs kam ich nach Champton zurück. Musste in der Klinik Gruppentherapie machen. Absurde Erfahrung, sage ich Ihnen. In meiner Gruppe war eine Frau, die verrückt war nach Fuchsien, und der heroinsüchtige Sohn eines Topmanagers aus Hongkong. Und alle mussten Trampolin springen.«

»Ach ja? Wie war das für Sie?« Daniel hatte allmählich den Eindruck, dass Anthony den Faden seiner Erzählung verlor.

»Blöd. Hab ein ganz schlechtes Gleichgewichtsgefühl. Na, jedenfalls stattete uns eines Tages Bernards Vater, der im Vorstand der Klinik war, einen Besuch ab. So perplex habe ich den Mann nie wieder erlebt wie damals, als er mich auf diesem Trampolin herumhopsen sah.« Anthony lachte in sich hinein.

Daniel, der sich beim besten Willen nicht erklären konnte, worauf der Archivar hinauswollte, fragte schließlich vorsichtig: »Finden Sie Ihr Leben zurzeit besonders schwierig, Anthony?«

Die Antwort lautete lediglich: »Ich finde das Leben immer schwierig, Daniel. Sie nicht?«

7

Der Tag der offenen Tür in Champton House fiel in diesem Jahr auf das Wochenende des dreiundzwanzigsten April, an dem auch der Tag des englischen Schutzpatrons St George und Shakespeares Geburtstag gefeiert wurden. Entsprechend wehte auf den Türmchen die rot-weiße Flagge des heiligen Georg, und in der Bibliothek wurde in einer Glasvitrine eine aufgeschlagene Ausgabe von Shakespeares Werken präsentiert.

Bernard de Floures war allerdings am Tag der offenen Tür niemals festlich zumute, denn er empfand ihn als kolossale Zumutung. Er hatte sich nur darauf eingelassen, weil »mich die Scheißregierung ansonsten ohne Unterstützung hängen lässt«, wie er es auszudrücken pflegte. Im Austausch gegen Steuererleichterungen musste er zulassen, dass an Feiertagen und im Sommer, wenn das Wetter am schönsten war (und Bernard sich in sein Ferienhaus in Frankreich flüchten konnte), Touristen durch das Anwesen tappten. Sie wurden geführt – und dabei argwöhnisch beobachtet – von den Pächtern und besonders neugierigen Dorfbewohnern. Margaret Porteous organisierte die Führungen, genoss dabei ihre Wichtigkeit und teilte mit Klemmbrett in der Hand den Ehrenamtlichen die Bereiche des Herrenhauses zu, die sie für die jeweilige Person als besonders geeignet empfand.

Um neun Uhr morgens versammelten sich am St George's Day die Freiwilligen im Foyer, wo Daniel und Margaret sie begrüßten.

»Die Stanilands übernehmen den Ausschank«, legte Margaret

los. Der Tee wurde stets in der Orangerie serviert. »Und immer *zehn* Stücke aus einem Kuchen, ist das klar? Kath und Dora bitte in die alte Küche. Fantastisch, wenn jemand dort die Führung übernimmt, der noch in dieser Küche gearbeitet hat und erklären kann, wie das ablief.«

»Aber sie ist ja gar nicht mehr wie früher«, wandte Kath ein. »Ist durch den Umbau nach dem Krieg völlig verhunzt worden.«

»Weiß ich, weiß ich«, erwiderte Margaret ungeduldig, »aber Sie können doch wohl einen Eindruck vermitteln. Die hohen Herrschaften und das Küchenpersonal und so fort.« Sie ließ den Blick über die Gruppe schweifen. »Stella und Anne bitte in den Salon und den Speisesaal. Ich stelle Ihnen noch ein paar Aufpasser zur Seite.«

In einem Jahr war es wahrhaftig vorgekommen, dass jemand ein kleines Porträt von einer Schönheit der Familie de Floures hatte mitgehen lassen. Später war es in einer Antiquitätenshow im Fernsehen aufgetaucht und zu einem schockierenden Schleuderpreis verkauft worden.

»Ned, Sie übernehmen die Bibliothek. Und absolut *niemand*, inklusive Ihrer selbst, darf die Bücher berühren! Diese Leute können sie ohnehin nicht wertschätzen.« Margaret warf einen Blick auf ihr Klemmbrett. »Dann brauche ich noch Freiwillige für die Dienstbotenkammern unter dem Dach. Kath und Dora, teilen Sie sich bitte auf, sodass Sie dort auch präsent sein können?«

»Wie in alten Zeiten«, sagte Kath mürrisch. »Treppauf, treppab. Nur dass wir heutzutage keine jungen Hüpfer mehr sind!«

»Ach, Sie schaffen das schon«, erwiderte Margaret ungerührt. »Dot Staveley – sie sind für Schlafzimmer und Ankleideraum zuständig. Ich bin wie üblich in der Gemäldegalerie zu finden, falls mich jemand braucht.«

»Wird auch jemand von der Familie im Einsatz sein, Margaret?«, erkundigte sich Norman Staveley, der zum Empfangskomitee im Foyer gehörte.

»Lord de Floures steht heute nicht zur Verfügung«, antwortete Margaret, die inständig hoffte, dass selbiger sich zumindest an den Anlass erinnern und in seinem Privattrakt verbleiben würde. Beim letzten Mal hatte er es nämlich vergessen, war im Morgenmantel im Foyer erschienen und hatte sich angesichts der Menschenmenge dort so rüde benommen, dass jemand vom Denkmalschutz sich später schriftlich beschwert hatte. Und noch Schlimmeres war denkbar ... »Alex könnte eventuell auftauchen«, fügte sie hinzu. »Falls da was schiefläuft, sag Honoria Bescheid.«

»In welchen Bereichen ist kein Zutritt?«, fragte jemand.

»Der Ostflügel, die Loggia, der Garten hinter der Mauer und natürlich die privaten Schlafzimmer. Und unbedingt daran denken: keinerlei Klatsch und Tratsch über die Familie! Falls nach Lady de Floures gefragt wird: Sie ist auf Reisen. Und sorgt dafür, dass die Leute in Bewegung bleiben! Je mehr wir durchschleusen können, desto besser! Nathan, Sie übernehmen den alten Küchengarten, die ehemaligen Spülküchen und die Gewächshäuser.«

Nathan Liversedge, der Jeans – mit offenem Hosenschlitz, wie Daniel bemerkte –, Tarnjacke und derbe Stiefel trug und sich im Ambiente des Herrenhauses sichtlich unwohl fühlte, nickte. Er war Anfang zwanzig und lebte bei seinem Großvater Edgy, dem halboffiziellen Wildhüter des Anwesens. Er stammte vom Volk der Sinti und Roma ab, und Nathan hatte die gleichen üppigen dunklen Locken wie sein Großvater. Edgy war zwar sesshaft geworden, hatte aber seine Freiheitsliebe bewahrt und sie auch seinem Enkel vermittelt. Die beiden hatten sich unentbehrlich gemacht, indem sie alle Arbeiten auf dem Anwesen ausführten, die früher einmal von diversen Gärtnern erledigt worden waren. Bernard hatte den Liversedges als Unterkunft das ehemalige Cottage des Waldarbeiters zur Verfügung gestellt, das dunkel und feucht war, aber die beiden hatten sich nie darüber beklagt.

Von dort aus gingen sie ihren Geschäften nach, erledigten Arbeiten auf dem Gelände und lieferten als Nebenerwerb Wild an Restaurants. Die beiden säuberten Rohre, besserten Asphalt aus, töteten Schädlinge und zogen Wildtiere groß. All diese Tätigkeiten hatte Nathan von seinem Großvater gelernt, nur dessen Begabung zum Warzenbesprechen hatte er nicht geerbt. Ein paar von den alten Dorfbewohnern fanden sich gelegentlich noch mit ihren Hautwucherungen bei Edgy ein, und Ned Thwaite, immer wissbegierig, hatte Margaret doch wahrhaftig gefragt, ob Edgy nicht am Tag der offenen Tür Warzen besprechen könnte. Margaret hatte Edgys Teilnahme aber grundsätzlich abgelehnt, weil sie seine derbe Ausdrucksweise fürchtete. Deshalb musste nun Nathan die Führung durch die Außenbereiche übernehmen, obwohl er die Anwesenheit von Fremden auf dem Anwesen nicht minder verabscheute, als Bernard es tat. Außerdem fiel es Nathan so schwer, höflich und charmant zu sein, dass ihm schon tagelang vorher mulmig war.

»Noch zwanzig Minuten«, verkündete Margaret jetzt. »Alle auf ihre Plätze. Und denkt bitte daran, dass ihr heute Botschafter der Familie de Floures seid.«

Alle begaben sich auf ihre Positionen, wie früher die Angestellten in Livree oder Hausmädchenkleidung. Statt Kohle für den Kamin oder Briefe auf silbernem Tablett hielten die Freiwilligen jedoch Thermosflaschen, Platten mit Sandwiches und Keksen und ihre Spickzettel von Margaret bereit, auf denen beispielsweise stand:

Auf dem großen Gemälde über dem ersten Kamin im Salon ist der dreiundzwanzigste Baron abgebildet, Lord Gilbert de Floures, der im Zulukrieg in Südafrika zu Tode kam. Ihm folgte der vierundzwanzigste Baron, dessen Porträt im Billardsaal hängt, wo er auch den größten Teil seiner Tage verbrachte, bevor er an den Folgen seiner Trunksucht starb.

Daniel, der im Foyer blieb, fragte sich, ob Nathan wohl wusste, dass seine Hose nicht geschlossen war, und erinnerte sich an ein peinliches Vorkommnis, das er unlängst erlebt hatte. Bei einer Konferenz im Diözesanhaus von Daventry hatte der Diakon eine vierzigminütige Rede mit offenem Hosenschlitz gehalten. Anschließend war natürlich nicht der Inhalt des Vortrags erörtert worden, sondern der Zustand der Kleidung des Geistlichen.

Als Nathan sich zum Gehen wandte, trat Daniel rasch zu ihm. »Entschuldigen Sie bitte, Nathan, aber Sie sind nicht korrekt gekleidet … um es mal dezent auszudrücken.«

»Weiß ich, ich wollte mich gleich noch umziehen.«

Zusammen gingen sie in den Innenhof hinaus.

»Wie geht's Ihrem Großvater?«, erkundigte sich Daniel.

»Gut. Braucht sich hier nicht blicken zu lassen, der Glückspilz.«

Daniel schmunzelte. »Und was steht bei Ihnen heute auf dem Plan?«

»Führung durch den Küchengarten, Gewächshäuser und Gärtnerei. Aber am Parkplatz findet ein Pflanzenverkauf statt, mit ein bisschen Glück gehen die meisten dahin.«

Beim letzten Tag der offenen Tür hatte es einige Beschwerden über Nathan gegeben. Als ein Besucher ihn gebeten hatte, einen typischen Arbeitstag zu beschreiben, hatte Nathan berichtet, wie er Kätzchen in einer Wassertonne ertränkt hatte, worauf sämtliche anwesenden Kinder in Tränen ausgebrochen waren.

»Versuchen Sie, sich das Fluchen zu verkneifen, Nathan«, riet Daniel. »Und die Kätzchen lassen Sie dieses Mal auch lieber weg.«

Nathan nickte, wirkte aber zutiefst verunsichert.

Nach und nach trafen die Besucher ein: Busreisegruppen, die sich besonders für die Gärten von Champton House, das Porzellan oder die Gemälde interessierten; Touristen, die hauptsächlich auf Tee und Toilettenbesuch aus waren; Intellektuelle, die mit Kunstreiseführern anrückten und sich bereits besser mit den Details von Architektur und Einrichtung auskannten als das Führungsteam.

Neu war das Interesse der Besucher an der Welt der Dienstboten und Hausangestellten. Das hatte wohl mit der erfolgreichen Fernsehserie *Das Haus am Eaton Place* zu tun, in der das Leben der Angestellten ebenso viel Raum einnahm wie das der hohen Herrschaften. Bernard fand dieses Interesse sehr unverständlich, da er aus einer Welt stammte, in der seine Großmutter die Hausmädchen und die Lakaien mit jeweils einem einzigen Vornamen angesprochen hatte, damit sie sich keine Namen merken musste.

Und doch gab es geheime Verbindungen zwischen den Herrschaften und den Bediensteten, die nicht selten dramatische Auswirkungen hatten. Als Bernard das Anwesen erbte, entdeckte er eine Liste von Leuten, denen man bestimmte Summen gezahlt hatte, weil sie uneheliche Kinder von weiblichen Hausangestellten aufgenommen hatten. Die Väter galten offiziell als unbekannt, aber Bernard entdeckte den Namen eines Mannes aus dem Nachbardorf mit roten Haaren und blauen Augen, der niemandem in der Familie ähnlich sah, in der er aufgewachsen war, wohl aber Ähnlichkeit mit den de Floures hatte.

Im Keller, in den Arbeitsräumen von Butler und Haushälterin, hatte Anthony Bowness Ausgabenbücher gefunden, in denen die kümmerlichen Löhne von Dienstboten aufgeführt waren, die in kargen Dachkammern hausen mussten, unter schlimmeren Bedingungen als im Armenhaus. Die beiden Weltkriege und die Arbeiterbewegung hatten diese Situation verändert, inzwischen wurde sie aber in Fernsehserien verklärt und romantisiert.

Anthony Bowness jedoch, der sich mit den Hauptbüchern und Personalakten auskannte, wusste, dass die Wirklichkeit anders ausgesehen hatte. Heute studierte er gerade im Dienstraum der Hausdame Unterlagen aus der Schreinerei des Anwesens, in der früher ein Meister, vier Gesellen und ein Lehrling beschäftigt gewesen waren. Anthony fiel es allerdings schwer, sich zu konzentrieren, weil draußen ständig Scharen von Touristen vorbeigeführt wurden, auf dem Weg zum Dienstbotenraum mit den Klingeln für die zahllosen Räume des großen Herrenhauses. Dann flog auch noch die Tür auf, und eine Gruppe, angeführt von Alex, kam hereingetrampelt, ohne Anthony überhaupt zu bemerken.

»Und das hier«, verkündete Alex, »ist der Raum, in dem früher die Hausdame über die Schar der Dienstboten beiderlei Geschlechts ein strenges Regiment führte. Wer Kohle oder Rinderknochen klaute oder mit den hohen Herrschaften herumpoussierte, konnte sofort seine Sachen packen – ganz besonders, wenn es sich um Mitglieder aus der Familie meiner Ahnen handelte.«

Anthony, der an einem Tisch in der Ecke saß, stand jetzt auf, um sich bemerkbar zu machen. »Kann ich irgendwie behilflich sein?«, fragte er ungehalten.

»Ach, hallo Anthony!«, rief Alex aus und erklärte den Anwesenden: »Das ist Mr Bowness, Cousin meines Vaters, unser neuer Archivar und Geheimnisträger. Wobei er bestimmt auch ein paar eigene zu verbergen hat.«

Unterdrücktes Kichern war aus der Gruppe zu vernehmen.

Anthony seufzte und sagte: »Momentan arbeite ich an den wenig spektakulären Geheimnissen der Schreinerei, was ebenso mühsam wie zeitaufwendig ist, wie ich gerade merke. Ich kann also nicht mit spannenden Dramen aufwarten, vom massenhaften Auftreten des Holzkäfers vielleicht abgesehen. Wenn du mich also entschuldigen möchtest, Alex?«

»Natürlich, Verzeihung, dass wir so hereingeplatzt sind. Aber ich wollte diesen interessierten Menschen doch mal die Zentrale zeigen, von der aus so ein Anwesen organisiert wurde. Um ihnen einen realistischen Blick auf das harte Leben der unterbezahlten Dienstboten zu geben, der geschändeten Hausmädchen …«

»Aber hatte nicht eher der Butler die Kontrolle über die Hausangestellten?«, wandte Anthony ein.

»Beide, soweit mir bekannt ist«, erwiderte Alex, während er seine Schar wieder hinausbegleitete. Anthony fragte sich, weshalb er wohl Bernards altes Barett von der Armee trug.

Der Archivar beschloss, Pause zu machen, vor dem Radau in den Hinterraum des Royal Oak zu flüchten und sich dort ein Bier und einen deftigen Brotzeitteller zum Lunch zu gönnen.

Im Schlafgemach scharte Dot Staveley eine Gästegruppe um sich, die bereits über unzählige Haupt- und Hintertreppen den Keller und die Dienstbotenquartiere unter dem Dach besichtigt hatte.

»Dieses Schlafzimmer wurde um 1690 für das Königspaar eingerichtet«, begann Dot.

»Welches denn?«, fragte jemand.

»Für King William und Queen Mary«, antwortete Dot. »Der damalige Lord de Floures war ein einflussreicher Höfling und Garderobier. Es war eine große Ehre für ihn, als das Königspaar 1692 zu Besuch kam. Allerdings geriet dieser Besuch äußerst kostspielig für den Lord, denn die Hoheiten mussten ja entsprechend untergebracht werden. Deshalb holte man die besten Tischler, Stuckateure und Inneneinrichter nach Champton House – mit diesem Ergebnis.« Dot machte eine ausladende Armbewegung, um zum Bewundern des riesigen Schlafzimmers einzuladen. Es war unlängst komplett restauriert worden, weil Nicolas Meldrum, Bernards Gutsverwalter, einem Hollywoodproduzenten für den Dreh eines Historienschinkens in den Räumen eine große Summe abgeknöpft hatte. Die Gobelins, die ebenso ausgebleicht wie ausgefranst gewesen waren, leuchteten nun wieder in strahlenden Farben, Gemälde und Stuck sahen aus wie neu.

Die Besucher gaben pflichtschuldig anerkennendes Raunen von sich, interessierten sich aber noch mehr für das Badezimmer, das im neunzehnten Jahrhundert in einem ehemaligen Ankleideraum eingebaut worden war. Es war ausgestattet mit einer schmiedeeisernen Badewanne und einem kastenförmigen Holzabort.

»Ist der König hier aufs Klo gegangen?«, erkundigte sich jemand unverblümt.

»Nicht König William, es ist erst zu Zeiten von Queen Victoria installiert worden«, antwortete Dot. »Aber ihr Sohn, Edward VII., der damalige Prince of Wales, dürfte es wohl … aufgesucht haben. Er war mit dem dreiundzwanzigsten Lord de Floures befreundet und zwischen 1880 und 1900 des Öfteren hier zu Besuch.«

»Also hat der Prince of Wales diese Toilette hier benutzt?«

»Das kann sein. Aber es gibt noch ein genauso prächtiges anderes Schlafzimmer, das sogar nach ihm benannt wurde. Oder war es Edward VIII.? Ich bin mir gerade nicht ganz sicher …«

Die Besucher, die stumm den glänzenden Thron aus bemaltem Porzellan und Mahagoni betrachteten, ließen vermutlich gerade ihrer Fantasie freien Lauf.

Durch die offene Tür sah Dot jetzt Kath Sharman auf einer ihrer Touren zwischen Dachboden und Keller vorbeigehen und rief: »Kath, wissen Sie zufällig, ob es Edward VII. oder VIII. war, nach dem das Prince-of-Wales-Schlafzimmer benannt wurde?«

»Keine Ahnung, aber sie haben es meines Wissens nach beide bewohnt«, antwortete Kath. »Und waren dabei ziemlich laut, wenn ich mich an Aussagen meiner Mutter und meiner Oma erinnere. Hat Ihre Mutter Ihnen nichts davon erzählt? Die war ja auch hier in Diensten.«

»Danke für die Auskunft.« Die Abneigung zwischen Dot und den Sharman-Schwestern beruhte auf Gegenseitigkeit. Grund dafür war die Tatsache, dass Dot die Tochter einer ehemaligen Zofe war und mit Norman »nach oben« geheiratet hatte. Sein Vater hatte sich vom Chauffeur des Anwesens zum vermögenden Besitzer einer Autowerkstatt hochgearbeitet. Dot und Norman gehörten jetzt der Mittelschicht an und verkehrten mit Leuten wie Margaret Porteous und ihrem Mann, den Harpers und den Dollingers. Aber die Sharman-Schwestern kannten Dot noch aus der Zeit, als ihre Mutter sich in diesem Schlafzimmer nur aufgehalten hatte, wenn nach ihr geklingelt wurde.

Norman, der gerade ins Schlafzimmer trat, hatte noch das Ende des Dialogs mitgehört.

»Was war denn los?«, fragte er, sobald die Touristen zur Gemäldegalerie weitergezogen waren.

»Ach, du kennst doch die biestigen Schwestern. Lassen keine Gelegenheit aus, um boshaft zu sein. Sie hat mich wegen Mutter bloßgestellt vor den ganzen Leuten.«

Norman schüttelte entrüstet den Kopf. »Ich wollte nur mal kurz schauen, ob du vielleicht tauschen willst.«

»Eine Pause hätte ich gern, ist es nicht schon so weit?«

»Erst in einer Stunde. Aber wenn ich solange hier übernehme, kannst du dir zehn Minuten gönnen. Margaret und Daniel sind im Foyer im Einsatz.«

»Gut, danke, mein Schatz.«

Dot eilte so schnell davon, wie ihr beträchtliches Körpergewicht es zuließ. Ihre Mutter war gertenschlank gewesen, vielleicht genetisch bedingt, vielleicht hatte sie aber auch durch ihre anstrengende Arbeit Kalorien schnell verbrannt. Dot jedenfalls war ab Mitte vierzig mehr als rundlich geworden, was auch für Norman galt. Sein Bauch war so weit angewachsen, dass Norman nackt nicht einmal mehr seine Füße sehen konnte, weshalb er es vermied, sich unbekleidet im Spiegel zu betrachten. Nur im Smoking, in der Ratsherrenrobe oder im Sonntagsanzug fühlte er sich wohl, weil er auf keinen Fall daran denken wollte, dass er ein »Parvenü« war, wie die vorletzte Lady de Floures einmal so laut gesagt hatte, dass er sie unweigerlich hören musste.

Das war nichts Neues für Norman, dem bewusst war, dass sowohl seine Eltern als auch die von Dot in Diensten der Herrschaft von Champton House gestanden hatten. Aber er hatte sich gefragt, ob besagte Lady de Floures wohl im Bilde gewesen war über das Geheimnis, das sein Vater ihm anvertraut hatte, kurz bevor er starb, vermutlich um sein Gewissen zu erleichtern. Dieses Geheimnis passte ganz und gar nicht zu der offiziellen Geschichte, dass Normans Vater es durch Fleiß, Intelligenz und Entschlossenheit geschafft hatte, sich eine erfolgreiche Firma aufzubauen. Und nach wie vor lebte Norman in ständiger Angst, dass Dot dieses Geheimnis eines Tages herausfinden könnte.

8

Eine große, schlanke Frau kam mit energischen Schritten auf Daniel zu, der sich nach wie vor als Teil des Empfangskomitees im Foyer aufhielt.

»Hallo, Daniel, erkennen Sie mich noch?«

Er versuchte angestrengt, sich zu erinnern, hatte jedoch keinen Erfolg.

»Ich bin Angela, die Tochter von Ned und Jane Thwaite.« Ihr Händedruck war fest, ihr Blick entschlossen. Das Outfit erinnerte Daniel ein wenig an Honoria: Jeans und Stiefel, Pullover unter einem gut sitzenden Blazer, Seidenschal und Perlenohrringe. Etwa Mitte vierzig, schätzte er, aber ihr Alter ließ sich durch ein raffiniert dezentes Make-up schwer bestimmen.

»Ah ja, Angela. Die Anwältin, richtig?«

»Genau.«

»Und Sie haben doch noch eine Schwester, die … keine Juristin ist?«

»Ja, Gillian ist in die Fußstapfen unseres Vaters getreten und Lehrerin geworden. Wie geht es Ihnen? Dad hat mir erzählt, dass es in der Gemeinde Querelen wegen Kirchenbänken gibt.«

»Sagen wir es mal so: Wir müssen den gemeinsamen Nenner noch finden.«

»Ich bin Anwältin, Daniel.«

Er lächelte. »Ich hoffe, Ihre Dienste nicht in Anspruch nehmen zu müssen.«

Angela lächelte auch, sagte dann jedoch: »Aber ich würde Ihre gerne in Anspruch nehmen.«

»Jederzeit.«

»Können wir einen Gesprächstermin vereinbaren?«, fragte Angela. »Ich muss allerdings morgen zurück nach London.«

»Wir wäre es denn jetzt gleich?«

»Jetzt? Ja, warum nicht. Wenn Sie nicht hier vor Ort bleiben müssen?«

»Ach, ich kann schon mal kurz weg.« Daniel deutete auf die offene Tür zum Innenhof.

Draußen sagte Angela sofort: »Ist Ihnen in letzter Zeit an meinem Vater irgendetwas Besonderes aufgefallen?«

»Was meinen Sie?«

»Dass er irgendwie abbaut?«

»Nein«, sagte Daniel. »Er hinkt ein wenig, aber das kenne ich nicht anders bei ihm. Im Gegenteil: Ich finde ihn sogar lebhafter als sonst. Er beschäftigt sich sehr intensiv mit der Lokalgeschichte.«

»Ja, das hat er uns auch alles erzählt, und damit meine ich wirklich *alles*.« Angela ließ den Blick über den Hof schweifen. »Ich meine auch keinen körperlichen Abbau, sondern geistigen.«

»Inwiefern?«

»Ich finde, dass er nicht mehr so klar im Kopf ist wie sonst. Wenn ich mit ihm rede, ist er manchmal so … abwesend. Mir fällt das schon bei Telefonaten und gelegentlichen Besuchen auf. Deshalb frage ich mich, wie es Leute wahrnehmen, die ihn öfter sehen.«

»Haben Sie mit Ihrer Mutter darüber gesprochen?«, fragte Daniel.

»Um Himmels willen, nein. Dann würde sie sich noch mehr Sorgen machen als ohnehin schon.«

»Und Ihre Schwester? Ist die auch hier?«

»Ja, irgendwo im Garten. Aber sie ist wie Mum. Total ängstlich.«

Daniel überlegte. »Mir ist wirklich nichts aufgefallen, aber ich muss auch sagen, dass ich nicht speziell darauf geachtet habe. Das werde ich ab jetzt tun.«

»Danke.« Angela nahm eine Visitenkarte aus ihrer Handtasche und gab sie Daniel. »Rufen Sie mich bitte jederzeit an. Meine Privatnummer steht auf der Rückseite.«

»Mit so einer Karte kann ich leider nicht aufwarten«, sagte Daniel. »Meine Nummer ist die Vorwahl von Champton, dann 431. Wie das Jahr des ersten Konzils von Ephesos, falls das eine hilfreiche Eselsbrücke ist.«

»Schreiben Sie sie mir lieber hier hinten drauf.« Angela reichte ihm eine weitere Visitenkarte und einen eleganten schwarzen Füller.

Daniel betrachtete ihn bewundernd. »Oh, das Meisterstück 146 von Montblanc! Das ist ja ein echter Schatz!«

»Von meinem Ex-Mann. Wie das Auto und mein Haus. Nennen Sie mich ruhig sentimental.«

Daniel schrieb seine Nummer auf die leere Rückseite der Karte. Er vermutete, dass Angela mehrere Versionen besaß, je nach Wichtigkeit des Klienten mit unterschiedlichen Angaben. Vermutlich hatte sie sogar eine Handynummer, und Daniel musste der Versuchung widerstehen, in die Handtasche zu spähen, als Angela sie wieder öffnete, denn er hatte tatsächlich noch nie ein Mobiltelefon gesehen. Aber Angela brachte stattdessen einen Filofax zum Vorschein, und einen Moment lang empfand Daniel beinahe etwas wie Neid, weil er nur über einen Pfarrerkalender verfügte. Der enthielt zwar jede Menge nützliche religiöse Daten, war aber technisch betrachtet etwa so modern wie Hosenklammern beim Fahrradfahren. Sie legte die Karte in den Kalender, verabschiedete sich und marschierte in Richtung Küchengarten.

Daniel kehrte ins Foyer zurück, wo er prompt von einer Dame mit französischem Akzent angesprochen wurde, die staunend das große Fenster betrachtete.

»Wohnt die Familie noch hier?«, wollte die Dame wissen.

»Ja, das Anwesen ist bis heute in Familienbesitz und wird bewohnt.«

»Und was … *macht* die Familie so?«

»Nun, sie betreibt Landwirtschaft. Das Gelände umfasst mehr als sechstausend Hektar, das macht viel Arbeit, wie Sie sich bestimmt vorstellen können.«

»Ja, aber was unterscheidet denn einen Lord von einem Landwirt?«, fragte die wissbegierige Dame weiter.

»Lord de Floures ist im Parlament«, antwortete Daniel, »er gehört dem Oberhaus an, dem House of Lords.«

»Also wird das Land noch vom Adel regiert?«

»Nein, sondern von gewählten Mitgliedern des Parlaments, von denen eine Person von der Königin für die Regierungsbildung ernannt wird«, erklärte Daniel. »Allerdings nur, wenn diese Person im Parlament über die Mehrheit der Stimmen verfügt.«

»Dann hat die Königin letztlich doch die alleinige Macht?«, hakte die Französin nach.

»Sie ist das Staatsoberhaupt, und ohne ihre Zustimmung kann nichts beschlossen werden. Aber sie handelt auf Rat von Ministern.«

»Merkwürdige Regierungsform«, bemerkte die Frau.

»Im Großen und Ganzen scheint es aber zu funktionieren.«

»In meinem Land wurde der König geköpft.«

»Ja, das ist hier auch mal vorgekommen, aber dann gab es doch wieder einen neuen König«, sagte Daniel. »Dabei hat übrigens die Familie de Floures eine entscheidende Rolle gespielt.«

»Das war in Frankreich auch immer so, aber nie … von langer Dauer. Vielleicht weil es nicht solche Familien wie die de Floures gab?«, sinnierte die Dame. »Der Name ist ja französisch. Vielleicht sind sie im Zuge der normannischen Eroberung nach England gekommen? Und nun konferieren die Nachfahren in London mit der Königin …«

»Ich weiß nicht genau, inwieweit der jetzige Lord de Floures am politischen Geschehen beteiligt ist«, erwiderte Daniel etwas ausweichend. Er war nämlich nicht sicher, ob Bernard die Regierungsgeschäfte nicht hauptsächlich mit anderen Parlamentsmitgliedern in Bars erörterte. »Aber die Verbindung zu Frankreich ist auf jeden Fall stark. Dieses Anwesen hier war übrigens im Zweiten Weltkrieg ein Erholungsheim für Soldaten. Es wurde sogar von General de Gaulle besucht.«

Die Frau nickte. »Ja, das weiß ich, mein Onkel war damals hier. Deshalb wollte ich das Anwesen immer schon mal besichtigen. Er hat intensive Erinnerungen an den Ort.«

»War er verwundet?«

»Das auch, glaube ich. Aber er war nicht deshalb hier, sondern weil er … *instructeur* war, bei den *Fusiliers marins*.«

»Marineinfanterie«, assistierte Daniel.

»Ich weiß jedenfalls, dass es ihm hier gut gefiel. Was ich nicht verstehe – wie kann es einem im Krieg irgendwo gefallen? Nur das Essen fanden er und seine Kameraden so schrecklich, dass sie versucht haben, den Köchinnen einfache französische Gerichte wie *Hachis parmentier* oder *Soupe à l'oignon* beizubringen. Aber sogar die Salate waren wohl zu schwierig für sie.«

»Ich fürchte, von diesen Bemühungen ist heutzutage nichts mehr zu spüren«, gestand Daniel. »*Roastbeef* ist hier schon das höchste der Gefühle …«

9

Es wurde schon dunkel, als Anthony die Kirche betrat. Sie war ausnahmsweise den ganzen Tag über für Besucher geöffnet gewesen, und die freiwilligen Helfer hatten hoffentlich Diebstählen vorbeugen können. Die Kapelle mit den Gruften der de Floures war auch zugänglich gewesen, und Ned Thwaite, der gut erzählen konnte und über einen unermesslichen Reichtum an Dorfgeschichten verfügte, hatte die Besucher dort betreut.

Anthony hatte versprochen, abends abzuschließen, woran er sich erst erinnerte, nachdem er im Royal Oak den Brotzeitteller und einige Biere genossen und sich lange mit einer Französin über die Unterschiede zwischen englischer und französischer Monarchie unterhalten hatte. Als im Pub eine Uhr schlug, fiel Anthony ein, dass die Kirche nicht abgeschlossen und sicher auch nicht mehr betreut war, und er brach hastig auf.

Jetzt ließ er sich etwas atemlos in einer der hinteren Bänke nieder, die man wohl entfernen würde, sollte der Umbauplan genehmigt werden. Der Kirchenraum wirkte so ganz anders, dachte Anthony, ohne die Gemeinde. Das Ende der Bänke allerdings, mit den kunstvoll geschnitzten Rosen oder Mohnblüten, erinnerte ihn aus dieser Perspektive ein wenig an reglose Köpfe. Von diesem Unterschied im Schnitzwerk abgesehen, sahen die Bänke nahezu identisch aus. Aus welcher Zeit sie stammten, würde wohl wirklich nur eine Person ermitteln können, die über große Expertise auf diesem Gebiet verfügte.

Anthony griff nach einem Gebetskissen – aus unerfindlichen Gründen war es mit einem Border Collie bestickt – und kniete sich damit auf die Bank. Dort nahm er eine sonderbare Haltung ein: die Unterarme auf die Pultleiste gestützt, das Kinn auf die vordere Bank gelegt, die Augen konzentriert zusammengekniffen.

Die Stanilands tauchten aus der Orangerie auf, wo sie den ganzen Tag furchtbar geschwitzt hatten. Doch der Einsatz hatte sich gelohnt, Tee und Kaffee waren in Strömen geflossen, die Blechdosen, die als Kasse dienten, entsprechend gut gefüllt. Die Sharman-Schwestern fegten die Treppen, man schloss Fensterläden, strich Teppiche und Läufer glatt. Danach kehrte in dem großen Gebäude nach und nach wieder Stille ein. Um Viertel nach sieben waren nur noch Daniel, Margaret und die Haushälterin, Mrs Shorely, damit beschäftigt, in den öffentlich zugänglichen Räumen die Alarmanlagen einzuschalten.

»Ein großer Erfolg, meinen Sie nicht auch, Daniel?«, sagte Margaret.

»Ja. Und das war noch nicht alles für dieses Wochenende, denke ich.«

Am morgigen Sonntag würde Champton House ab zwölf Uhr mittags öffnen, und auch die Kirche würde nach dem Gottesdienst frei zugänglich bleiben. Viele Leute wanderten nach der Führung im Herrenhaus durch den Park, um die Kirche und ihre Schätze zu besichtigen.

Daniel bemerkte jedoch, dass die Touristen sich von Jahr zu Jahr weniger mit Religion auskannten, und die Achtung vor dem Gotteshaus ließ auch rapide nach. Die Leute redeten laut und saßen mit Thermoskannen oder Coladosen auf den Bänken oder betraten einfach den Altarraum. Einmal hatte ein Mann geraucht und die Zigarette wahrhaftig in der Piscina ausgedrückt, dem Becken für liturgische Waschungen.

Anthony Bowness regte sich über solches Benehmen enorm auf und wies die Leute schroff zurecht, aber Daniel hatte ihm nahegelegt, das zu unterlassen. Die Achtlosigkeit gegenüber heiligen Räumen machte Daniel zwar auch betroffen, aber er sagte sich, dass es manchen Leuten einfach an Wissen mangelte. Wenn sie streng gerügt wurden, würden sie sich nur unwohl oder gekränkt fühlen, und das wollte Daniel unter allen Umständen vermeiden. Selbst wenn diese Menschen zum ersten Mal eine Kirche betraten, war es schließlich denkbar, dass sie wiederkommen würden – vorausgesetzt, sie hatten erfreuliche und keine abschreckenden Erlebnisse dort.

Jetzt verabschiedete er sich von Margaret und machte sich auf den Heimweg. Theo hatte den Tag mit Beobachtungen verbracht und würde sicher beim Essen jede Menge Fragen stellen. Daniel hoffte, dass es etwas leicht Verdauliches geben würde, weil er sich verpflichtet gefühlt hatte, in der Orangerie mehrere Stücke des Dattel-Walnuss-Kuchens zu verzehren.

Doch wie sich dann herausstellte, war Theo gar nicht zu Hause. Er hatte Audrey angerufen, um ihr zu sagen, dass er im Pub essen würde, wo er sich mit Anthony Bowness und einer Französin stundenlang angeregt über die Erlebnisse ihrer Landsleute in Champton während des Zweiten Weltkriegs unterhalten hatte.

»Klingt ja nach sehr gründlicher Recherche«, sagte Audrey jetzt säuerlich. »Der kommt wahrscheinlich erst heim, wenn sie schließen, und stinkt dann meilenweit nach Bier und Zigarettenrauch. Ich habe einen Auflauf mit Huhn gemacht, ist im Ofen, aber mir ist gerade gar nicht danach, ich möchte nur ein Sandwich. Willst du was vom Auflauf?«

»Ich habe auch keinen großen Hunger«, antwortete Daniel. »Ist es schlimm, wenn ich heute nichts davon esse?«

»Gar nicht. Schmeckt morgen ohnehin noch besser.«

Sie verspeisten ein Sandwich vor dem Fernseher. Danach zückte Audrey ihr Vergrößerungsglas mit Elfenbeingriff und begann die TV-Zeitschrift zu studieren. Das Glas benutzte Audrey jetzt immer fürs Kleingedruckte (obwohl sie noch erstaunlich gut sehen konnte, wenn sie wollte).

Daniel begab sich in sein Studierzimmer, um seine Predigt zu überarbeiten. Er war beim Schreiben extrem abgelenkt gewesen, weil Theo ihm die ganze Zeit über die Schulter geschaut hatte, und er wollte sichergehen, dass ihm keine peinlichen Fehler unterlaufen waren.

Nach einer Weile wurden die Hunde, die zu seinen Füßen lagen, unruhig, weil sie spürten, dass es Zeit für Daniels stille Abendandacht wurde. Er warf einen Blick ins Wohnzimmer, wo Audrey vor dem Fernseher eingeschlafen war. Der aufregende Tag – dem ein weiterer dieser Art folgen würde – hatte seinen Tribut gefordert.

Gefolgt von Cosmo und Hilda, trat Daniel durch die Küchentür in die Nacht hinaus. Die Hunde schnüffelten an den Grabsteinen herum und verzogen sich dann wie üblich für dringende Bedürfnisse an den Rand des Kirchhofs, wo der dichte Efeu an den Mauern dem hohen Gras begegnete, das nie gemäht wurde. Als die beiden fertig waren, öffnete er die Tür zur Sakristei, und sie kamen angerannt.

Die Kirche lag im Dunkeln, und Cosmo und Hilda inspizierten heute besonders aufgeregt die Bänke, die aufgrund der vielen Besucher – und Hunde – wesentlich interessanter rochen als sonst. Daniel ließ sich in seinem Pfarrstuhl nieder und sprach langsam das Jesusgebet. Dabei ging ihm noch einmal der Tag durch den Kopf, an dem er weder gütig noch geduldig oder großherzig gewesen war, weil er unentwegt an die Intrige der Blumengilde, Stella Harpers eigenmächtige Pläne und die Streitsucht seiner Mutter gedacht hatte.

Nach einer Weile empfand er ein unerklärliches Unbehagen; irgendetwas störte ihn, lenkte ihn ab von der inneren Einkehr und seinem stummen Zwiegespräch mit Gott. Einen Moment lang saß er ganz still und horchte, bis ihm klar wurde, was nicht stimmte.

Die vertrauten Geräusche der Hunde waren verstummt.

Normalerweise hörte Daniel während seines Gebets immer Schnüffeln, Scharren und das Klacken ihrer Krallen auf dem Steinboden. Jetzt dagegen war nur ein seltsamer Laut zu vernehmen, der klang, als würden sie etwas auflecken. Er rief nach ihnen, aber sie reagierten nicht.

»Cossy! Hildy! Hierher!«, rief er lauter. Jetzt kamen sie angetrabt, aber hinter ihnen sah er im Mondlicht glitzernde Abdrücke ihrer Pfoten auf dem Boden, als seien sie durch eine Flüssigkeit gelaufen. Was konnte das sein? Hatte ein Besucher etwas fallen lassen?

Er folgte der Spur Richtung Eingang, und mit jedem Schritt wurde es Daniel unbehaglicher.

An den hinteren Bänken lag eine Gartenschere auf dem Boden; wie nachlässig von der Blumengilde, so etwas hier zurückzulassen. Und dann sah Daniel jemanden zwischen den Bänken am Boden liegen. Eine Person, die ein Tweedsakko mit Ellbogenschonern trug. Es war Anthony Bowness, und aus seinem Hals quoll dunkles Blut, das am Boden eine immer größer werdende Pfütze bildete – die Flüssigkeit an den Pfoten der Hunde, die jetzt aufgeregt schwanzwedelnd zu ihrem Fund zurückgekehrt waren.

10

Blaulicht flackerte gespenstisch in der Nacht, als sich St Mary's in einen Tatort verwandelte. Polizisten hatten die Eingänge zur Kirche mit Flatterband abgesperrt, und ein Team der Spurensicherung wartete in unförmigen weißen Anzügen und klobigen Schuhen, die Daniel an die Galoschen seines Großvaters erinnerten, auf seinen Einsatz.

Audrey war im Badezimmer damit beschäftigt, Anthony Bowness' Blut von den Pfoten der Hunde zu entfernen. In der Küche bewirtete Daniel die beiden Constables, die wenige Minuten nach seinem Anruf eingetroffen waren, mit Tee. Nach den Constables hatten sich ein Krankenwagen, die Kriminalpolizei und ein Arzt eingefunden, der bestätigt hatte, dass es demnächst eine weitere Bestattung auf dem Friedhof geben würde.

Constable Scott nahm einen Becher Tee in Empfang und gab mehrere Löffel Zucker hinein. »Schreckliche Sache, Reverend.«

»Allerdings. Entsetzlich«, erwiderte Daniel. »Solche Mordfälle erleben Sie sicher eher selten, oder?«

»Nein, in Champton wirklich nicht«, antwortete Scott. »Ich kann mich nicht mal mehr erinnern, wann es hier zuletzt einen Mord gegeben hat. Aber auch solche Verbrechen liegen nun mal in der Natur des Menschen, man ist nie dagegen gefeit, nicht mal in einem kleinen Ort wie Champton. Sie als Geistlicher kennen sich ja sicher auch gut mit menschlichen Abgründen aus.«

»Ja, natürlich. Aber so etwas habe ich noch nie erlebt.«

Scott nickte sinnend und trank einen Schluck Tee.

»Was passiert jetzt?«, fragte Daniel.

»Die Kriminalpolizei übernimmt den Fall«, antwortete Scott. »Wenn die Spuren gesichert sind, beginnen die Ermittlungen. Da das Opfer zur Familie von Lord de Floures gehörte, werden sich garantiert die höchsten Ränge für den Fall interessieren. Und die Medien. Sprechen Sie bitte mit niemandem über Details bis zur offiziellen Vernehmung morgen. Sie wollten jetzt sicher nicht verreisen, Reverend?«

Daniel schüttelte den Kopf.

»Leben Sie alleine?«

»Nein, meine Mutter wohnt bei mir, sie kümmert sich gerade um meine Hunde. Und mein Bruder ist zurzeit zu Besuch, aber im Moment noch im Pub.«

Es klopfte an der Hintertür, und Bernard kam herein, eine Flasche Whisky in der Hand. Daniel erkannte ihn sofort als edlen zwölfjährigen Tropfen und war dem Gutsherrn aufrichtig dankbar.

Scott sprang so abrupt auf, als wolle er Habtachtstellung annehmen. »Sir!«

»Constable Scott, ich vermute, Sie kennen Lord de Floures, den Cousin von Mr Bowness?«, fragte Daniel.

»Ja, wir kennen uns.«

»Ach, Sie sind es, Scott, das ist gut«, sagte Bernard. »Haben Sie schon eine Vermutung, wer diese grauenvolle Tat begangen haben könnte?«

»Dafür ist es noch zu früh, Mylord.«

Daniel rückte einen Stuhl zurecht. »Tee, Bernard?«

»Danke, ich ziehe das hier vor.« Er stellte die Flasche auf den Tisch. »Sie auch, Scott?«

»Nein, danke, Sir.«

Als Daniel mit zwei Schwenkern aus dem Wohnzimmer zurückkehrte, verkündete Bernard gerade entschieden: »Und wir müssen verhindern, dass die Presse auf dem ganzen Gelände ausschwärmt. Ob ich am besten mit dem Chief Constable darüber spreche?«

»Ja, das würde ich an Ihrer Stelle tun, Sir«, antwortete Scott.

»Und ich will auch keine Schaulustigen im Dorf, aber dagegen können wir wohl kaum etwas unternehmen …«

»Wir werden tun, was möglich ist«, versicherte ihm der Polizist.

»Danke, Scott, das wäre vorerst alles«, sagte Bernard, der offenbar vergessen hatte, dass er nicht der Gastgeber war.

Scott erhob sich. »Sollte Ihnen irgendetwas Sachdienliches einfallen, wissen Sie ja, wo Sie mich finden.«

Nachdem Daniel den Polizisten hinausbegleitet hatte, goss Bernard ihnen beiden reichlich Whisky ein. »Ich hätte gern einen Spritzer Wasser dazu, Daniel. Und Eis. Ich weiß, dass es barbarisch ist.«

Daniel stellte Eiswürfel und einen Wasserkrug auf den Tisch und ließ sich dann neben Bernard nieder, sodass sie sich nicht anschauen mussten. Aus Erfahrung wusste Daniel, dass schwierige Gespräche dann leichter fielen.

»Wissen Sie, Anthony ist nur wegen mir nach Champton gekommen«, begann Bernard. »Ich wollte, dass jemand Ordnung in unsere Unterlagen bringt. Und Anthony war ziemlich ziellos im Leben unterwegs.«

»Inwiefern?«

»Ach, er lebte ohne Bindungen, fast wie ein Vagabund. Ich dachte, hier in Champton könnte er endlich zur Ruhe kommen.«

»Wie genau hat er denn gelebt?«, fragte Daniel.

Bernard sah unbehaglich aus. »Genaueres weiß ich auch nicht.

Aber er hatte jedenfalls keine feste Rolle, so wie ich. Solche Rollen geben ja auch Halt, nicht wahr?«

»Können aber auch beengend sein«, gab Daniel zu bedenken. »Wissen Sie, ob Anthony Feinde hatte? Oder irgendwelche Probleme, Schulden zum Beispiel? Gab es Menschen, die ihm schaden wollten?«

»Ich habe keine Ahnung«, antwortete Bernard. »Er war Alkoholiker, aber das wissen Sie ja bestimmt. Eine Zeit lang war es schlimm mit ihm. Er hat nicht gearbeitet und verwahrloste. Hatte immer wieder Blackouts, einmal sogar bei einem Gedenkgottesdienst, bei dem leider dieser scheußliche Dempster von der *Daily Mail* war. Der hat darüber geschrieben und Anthony öffentlich blamiert. Und einmal war er kurz vorm Exitus. Da war er sturzbetrunken in der Nationalbibliothek in London eingeschlafen und hat eine Keilerei angefangen, als ein Angestellter neben ihm einen Gong geschlagen hat, um ihn wach zu kriegen. Als mir das zu Ohren kam, habe ich dafür gesorgt, dass er einen Entzug in der St-Luke's-Klinik hier macht. Danach war erst mal alles besser. Und Archivar in Champton ist doch eine gute Stelle, oder?«

Daniel fragte sich, ob es Anthony wirklich gutgetan hatte, ständig die Leistungen seiner Ahnen vor Augen zu haben, nachdem sein eigenes Leben schiefgelaufen war. Und dann auch noch finanziell abhängig zu sein von seinem adligen Cousin …

Die beiden Männer widmeten sich ihrem Whisky und verfielen eine Weile in Schweigen. Schließlich sagte Bernard seufzend: »Armer Anthony.«

Es klopfte an der Küchentür, und ein Polizist streckte den Kopf herein. »Ihr Bruder ist hier, Reverend.«

»Ja. Lassen Sie ihn bitte herein.«

Theo stolperte fast, als er in die Küche stürzte, entweder aus Eile oder weil er dem Guinness zu sehr zugesprochen hatte. »Was zum Teufel ist hier los, Dan? Ich musste fast eine Blutprobe abgeben, um an der Polizei vorbeizukommen.«

»Ich habe vorhin Anthony Bowness tot in der Kirche aufgefunden.«

»Großer Gott! Was ist passiert?«

»Wahrscheinlich dürfte ich es dir nicht sagen, aber du wirst es ja ohnehin erfahren. Er wurde ermordet.«

»Das gibt's doch nicht!«, rief Theo entsetzt aus, und Bernard zückte schon mal die Whiskyflasche.

11

Am nächsten Morgen öffnete Daniel, noch etwas schläfrig, den Hunden die Hintertür. Doch kaum waren die beiden draußen, fingen sie erbost an zu bellen, weil in ihrem Revier jede Menge Fremde herumstromerten. Rund um die Kirche waren Polizisten unterwegs, und Daniel rief Cosmo und Hilda zurück. Hin- und hergerissen zwischen Gehorsam und Angriffslust, kamen die beiden Dackel schließlich angetrottet, und er ließ sie durch die Haustür raus, damit sie ihr Geschäft auf dem Rasen vor dem Pfarrhaus verrichten konnten, wo sie sich auch sofort beruhigten.

Daniel, kraft seines Amtes vermutlich noch gewissenhafter als andere Menschen, war in Gedanken bei der bevorstehenden Vernehmung. Eigentlich hatte er seine Aussage nicht einstudieren wollen, konnte es aber aus irgendeinem Grund nicht lassen. Am Abend hatte er sich nach dem Gespräch mit Bernard sogar ein paar Notizen gemacht, um am nächsten Tag seinem Gedächtnis auf die Sprünge zu helfen. Erfahrungsgemäß wurden Erinnerungen rasch unpräzise, und er wollte die Fragen der Polizei so exakt und hilfreich wie möglich beantworten und angesichts dieses schrecklichen Verbrechens kühlen Kopf bewahren.

Jetzt fühlte er sich plötzlich beobachtet und stellte fest, dass am Ende der Zufahrt Margaret Porteous stand und ihm zuwinkte. Er steckte noch in Schlafanzug und Morgenmantel und erwiderte das Winken zögernd, bereute es jedoch sofort, da Margaret nun auf ihn zusteuerte. Daniel wich in den Flur zurück und erwog für einen Moment, den schweren schwarzen Wollmantel anzuziehen, den er zu Bestattungen trug. Doch dann band er nur den Morgenmantel fester zu und stellte sich in die Tür, damit Margaret draußen bleiben musste.

»Daniel! Entschuldigen Sie bitte, dass ich so früh störe, aber ich wollte fragen, ob ich irgendwie helfen kann. Was für eine entsetzliche Nachricht!«

Die meisten Einwohner von Champton hätten sicher behauptet, dass sie keine Klatschmäuler seien, aber Neuigkeiten verbreiteten sich hier so schnell wie ein Lauffeuer. Das Blaulicht war gesehen worden, und nachdem Bernard Alex angewiesen hatte, Stillschweigen über Anthonys Tod zu bewahren, hatte Alex der Haushälterin davon erzählt und ihr strikt aufgetragen, es nicht weiterzuerzählen. Binnen Kurzem wusste so gut wie das ganze Dorf Bescheid.

»Entschuldigen Sie bitte, Margaret«, sagte Daniel. »Aber ich bin insgesamt noch nicht in der richtigen Verfassung für Gespräche.«

Die Hunde kamen ins Haus geflitzt, und Daniel machte Anstalten, ihnen zu folgen.

»Aber was sollen wir jetzt tun?«, verlangte Margaret zu wissen.

»Wie meinen Sie das?«

»Ich meine, in der Kirche. Heute findet doch sicher kein Gottesdienst statt, oder?«

»Doch, wir werden um sechs Uhr in der Kapelle eine Abendandacht abhalten. Vielleicht könnten Sie das allen erzählen?«, sagte Daniel, was gewiss eine überflüssige Aufforderung war.

»Natürlich, mache ich. Und was wird nun aus dem Tag der offenen Tür?«

»Bernard findet es unpassend, das Haus heute zu öffnen«, antwortete Daniel. »Ich hoffe, dass die Besucher nicht allzu enttäuscht sein werden.«

»Unter solchen Umständen haben sie bestimmt Verständnis«, erwiderte Margaret. »Die Polizei wird uns wohl vernehmen wollen, oder?«

»Ja, davon ist auszugehen.«

»Vielleicht haben wir ja etwas bemerkt, was uns erst dann einfällt. Womöglich haben wir sogar den Mörder gesehen!«

»Wir wissen noch nicht viel, Margaret«, erwiderte Daniel.

»So eine schreckliche Tat! Und dieses ganze Blut! Wird die Bestattung schon geplant?«

»Das weiß ich nicht«, antwortete Daniel. »Aber es wäre vielleicht am besten, wenn wir vorerst vor allem für jene beten, die direkt betroffen sind, meinen Sie nicht?«

Das schien Margaret zu ernüchtern. »Gewiss, ja. Armer Anthony. Wer kann nur so etwas Furchtbares getan haben ... Und der arme *Bernard*. Die beiden standen sich sehr nahe, wissen Sie.«

Daniel trat demonstrativ einen Schritt zurück. »Ich habe jetzt zu tun, Margaret. Wiedersehen.«

Sie marschierte den Weg entlang und überlegte dabei sicher schon, wen sie zuerst anrufen sollte. Daniel schloss die Tür und ging in die Küche, um Kaffee und Toast zu machen. Dabei dachte er darüber nach, was ihn wohl an diesem Tag erwartete. Sicher würden die Dorfbewohner viele Fragen haben, man würde an Champton House die Touristen abweisen müssen, die Polizei würde mit den Verhören beginnen. Mit den Bestattungsvorbereitungen musste man warten, bis die Gerichtsmedizin den Leichnam freigab. Das konnte ziemlich lange dauern, und Daniel fragte sich, was wohl in der Zwischenzeit zum Vorschein kommen mochte. Ein Gewaltverbrechen hatte meist Auswirkungen wie eine Unterwasserbombe: Wenn eine Gemeinschaft mit einer solch schrecklichen Tat konfrontiert wurde, trieb oft Verborgenes aus der Tiefe an die Oberfläche.

Daniel erlebte so etwas nicht zum ersten Mal. In seiner ersten Gemeinde hatte es schon in der ersten Woche seiner Amtszeit einen Mord gegeben, und in den folgenden Jahren war es immer wieder vorgekommen. Einige hatte man aufgeklärt, andere nicht, und manche waren vielleicht gar nicht als Straftat registriert worden. Nicht selten hatte Daniel das Gefühl gehabt, dass sich der Täter unter den Sargträgern befand.

Und dann gab es die indirekten Morde, wenn Menschen sich selbst überlassen wurden und verwahrlosten. Und die Fälle, in denen Menschen über einen langen Zeitraum seelisch so schlecht behandelt wurden, dass sie sich zu Tode tranken oder ihr Leben beendeten.

Aber wer konnte Anthony Bowness so brutal ermordet haben? Und warum? Hatte es mit seiner Vergangenheit in London zu tun? Hatte Anthony dort Feinde gehabt? Oder etwa hier, in der Pfarrgemeinde, deren Seelsorger Daniel war?

Während Daniel seine Kleidung zurechtlegte, feilte er in Gedanken an seiner Predigt. Seine Mutter kam ins Zimmer, einen Marmeladentoast in der Hand, und sagte ohne Umschweife: »Habe Margaret Porteous vor dem Haus gesehen, die schien ja fast zu platzen vor Neugierde. Was hast du ihr erzählt?«

»Rein gar nichts. Ich hatte gehofft, dass mein Aufzug sie abschrecken würde, aber dem war leider nicht so.«

Etwas Marmelade tropfte auf den Boden, weil Audrey den Toast schief hielt. »Ich mache mal einen kleinen Spaziergang, um mir die Primeln anzusehen. Und zu hören, was die Leute so reden.«

»Muss das sein, Mum? Es wäre wirklich besser, jetzt Stillschweigen zu bewahren.«

»Ich bin doch nicht blöd, Liebling«, entgegnete Audrey spitz. »Selbstverständlich gebe ich *nichts* preis, registriere aber jedes Detail ...« Sie biss in den Toast und kaute genüsslich.

In diesem Moment klingelte jemand energisch an der Tür.

»Was will sie denn jetzt noch?«, sagte Audrey. Doch als Daniel öffnete, stand nicht Margaret auf der Schwelle, sondern ein junger Mann mit einem Aufnahmegerät sowie ein Fotograf, der sofort die Kamera zückte und Daniel im halb geöffneten Morgenmantel ablichtete.

»Reverend Clement?«, sagte der Reporter. »Wir sind vom *Daily Express*, können Sie uns etwas über den Mord letzte Nacht erzählen?«

»Nein, das kann ich nicht«, sagte Daniel und schloss die Tür. Es klingelte erneut, und durch das kleine Fenster sah Daniel, wie weitere Reporter aufs Haus zusteuerten, bewaffnet mit Kamera und einem in graues Fell gehüllten Mikro.

Die Treppenstufen knarrten, und Theo kam herunter, in T-Shirt, Boxershorts und Daniels zweitbestem Morgenmantel.

»Guten Morgen, Liebling«, trällerte Audrey.

»Morgen. Wer klingelt denn hier um diese unmögliche Zeit?«

»Zeitungsreporter«, antwortete Daniel.

»Ach herrje, dann sollte ich mir wohl was Anständiges anziehen!«, rief Theo aus.

»Es ist kein Fototermin, Schatz«, sagte Audrey beruhigend. »Na, jedenfalls nicht für dich. Kommt lieber frühstücken, ihr zwei.«

In der Küche tischte Audrey Rühreier mit Bratspeck, Pilzen, Tomaten und Würstchen auf, weil sie der Meinung war, für einen anstrengenden Tag müsse man sich ordentlich stärken. Die Würstchen holte sie immer in Braunstonsbury beim Schlachter Dennis, und Daniel hatte gelegentlich schon den Eindruck gehabt, dass seine Mutter dort ihren ganzen Charme spielen ließ, um die besten Fleischwaren zu ergattern.

Theo war nicht nur dankbar für die deftige Mahlzeit gegen seinen Kater, sondern auch für die ausführliche Berichterstattung über die Ereignisse. Am Abend war er nämlich nach zwei Gläsern von Bernards Whisky am Tisch eingeschlafen. Und Daniel empfand es als praktische Vorbereitung für das Polizeiverhör, das Geschehen so detailliert wie möglich zu schildern.

»Du Ärmster«, sagte Theo am Ende. »Zum Glück musste ich das nicht miterleben.«

Weil er aber etwas enttäuscht klang, sagte Audrey sofort: »Mit dir will die Polizei bestimmt auch sprechen, Theo, um zu wissen, was du gestern gemacht hast. Wo warst du überhaupt? Ich habe dich in Champton House kaum zu Gesicht bekommen.«

»Hab die Gemeinde erkundet. Das hatte Dan vorgeschlagen.« Theo sah plötzlich beunruhigt aus. »Das hast du doch hoffentlich auch der Polizei gesagt, oder, Dan? Ich habe mit ganz vielen Leuten über dich und deine Aufgaben gesprochen. Die Menschen sind alle vollkommen begeistert von dir!«

»Ich bin nicht auf Lobhudelei aus, Theo.«

»Weiß ich. Wollte dir nur sagen, dass alle sehr zufrieden sind. Nicht nur die vornehmen Leute.«

»Wen meinst du?«, fragte Daniel.

»Na, ich habe nicht nur die Bewohner von Champton House befragt, sondern auch diesen jungen Gärtner – Nathan heißt er, oder? Er hat mir erzählt, wie viel du für ihn und seine Familie getan hast. Deshalb habe ich auch gleich noch seinen Großvater besucht.«

»Edgy? Hat er dich ins Haus gelassen?«

»Ja. War sogar sehr nett zu mir«, berichtete Theo. »Wir saßen in seiner Küche. Hat mich an einen Film über ländliches Leben auf dem Balkan erinnert. Und es gab so einen selbst gemachten Pflaumengin, der aber eher wie Wein schmeckte.«

»Eine regionale Spezialität«, erklärte Audrey.

»Mann, das Zeug hat es in sich«, sagte Theo kopfschüttelnd. »Wir hatten echt einen sitzen – ich jedenfalls. Und dann hat Edgy mir Papier und Tabak gegeben, und wir haben Selbstgedrehte geraucht und gequatscht. Faszinierender Typ. Er war Berufsboxer, das merkt man auch. Lädiertes Gesicht, Hände wie Hufe.«

»Edgy ist ein echtes Unikum«, warf Audrey ein. »Kann einem immer einen Fasan oder einen Hasen beschaffen. Tut ihm gut, dass sein Enkel jetzt bei ihm ist. Und für Nathan ist es auch hilfreich.«

»Das schätze ich so an Orten wie Champton«, sagte Daniel, »dass sie durch den Generationenwechsel erhalten bleiben. Fertigkeiten werden weitergegeben, man sorgt für die Alten und Schwachen, während die Kinder heranwachsen. Nathan wird in die Fußstapfen seines Großvaters treten, ebenso wie Bernard das Vermächtnis seiner Ahnen bewahrt. Als sich die alten Traditionen im Herrenhaus auflösten und es keinen Wildhüter mehr gab, hat Edgy diese Funktion übernommen.«

»Und macht er das gut?«, fragte Theo.

»Bestens.«

»Er mag dich übrigens. Hat große Achtung vor dir. Auf so eine traditionelle Art.«

»Das hat mit meinem Beruf zu tun«, erklärte Daniel. »Viele Roma und Sinti sind sehr gläubig. Was hast du danach gemacht?«

»Na ja, so angeschickert wie ich war, konnte ich nur noch in den Pub gehen. Da habe ich den Rest des Tages verbracht.« Theo blieb einen Moment stumm. Dann sagte er: »Anthony war auch da und unterhielt sich mit einer Französin. Ich bin wahrscheinlich einer der letzten Menschen, der ihn lebend gesehen hat.«

»Schreib dir alles genau auf, woran du dich erinnerst«, riet Daniel. »Das kann dir im Gespräch mit der Polizei nützlich sein. Dir natürlich auch, Mum. So, und nun muss ich mich endlich anziehen …«

12

In seinem eigenen Studierzimmer vernommen zu werden, empfand Daniel als sonderbar und eher unangenehm. Der Polizist ihm gegenüber, Detective Sergeant Vanloo von der Kriminalpolizei Braunstonbury, war etwa Mitte dreißig, blond, blauäugig und so wuchtig und breitschultrig, dass Daniel ihn eher der Bereitschaftspolizei oder einer Rugbymannschaft zugeordnet hätte. Er trug einen schlecht sitzenden Anzug, in dem er sich nicht sonderlich wohlzufühlen schien.

Audreys Getränkeangebot hatte der Detective dankend abgelehnt und nur gefragt, ob er sich irgendwo unter vier Augen mit dem »Herrn Pfarrer« unterhalten könne. Jetzt zückte Vanloo einen linierten Notizblock mit Spiralbindung und einen Druckbleistift. Daniel entging nicht, dass es sich um einen Pentel SP 0.9 mm handelte, weshalb ihm der Mann auf Anhieb sympathisch war.

»Verzeihen Sie, Sir«, begann Vanloo, »dass ich Ihnen zu Anfang banale Fragen stellen muss. Aber würden Sie mir bitte zunächst Ihren Namen, Ihre Adresse und Ihren Beruf nennen?«

»Ich bin Reverend Canon Daniel Clement, Pfarrer der Kirchengemeinde Champton. Ich wohne hier im Pfarrhaus.«

»Seit wann leben Sie hier, Reverend?«

»Seit acht Jahren.«

»Wohnt außer Ihnen noch jemand hier?«

»Ja, meine Mutter, Mrs Audrey Clement.«

»Auch seit acht Jahren?«

»Nein, seit vier Jahren. Sie ist nach dem Tod meines Vaters bei mir eingezogen. Gegenwärtig ist auch mein Bruder Theo zu Besuch, er lebt aber in London.«

»Danke. Ich muss von Ihnen allen so präzise wie möglich erfahren, was Sie gestern gemacht haben.«

»Ich war von morgens bis abends beim Tag der offenen Tür in Champton House im Einsatz«, sagte Daniel. »Das ist ein wichtiger Tag für die Gemeinde, an dem viele Besucher ins Dorf kommen. Die letzten verließen kurz nach halb sechs das Anwesen, und ich glaube, ich war ungefähr um halb sieben zu Hause. Ja, genau, die Nachrichten waren gerade zu Ende. Meine Mutter und ich nahmen einen kleinen Imbiss zu uns, dann ging ich in die Kirche, um für mich alleine die Abendandacht zu sprechen.«

»Wann war das?«

»Gegen neun, glaube ich.«

Der Detective machte sich Notizen. »Und Ihr Bruder?«

»Theo kam erst später zurück, als die Polizei schon hier war.«

Das Telefon klingelte.

»Müssen Sie rangehen?«, fragte Vanloo.

»Meine Mutter macht das.«

Ein etwas unbehagliches Schweigen trat ein, während beide darauf warteten, dass das Klingeln aufhörte.

»Wissen Sie, wo Ihr Bruder sich zwischen sechs und acht Uhr abends aufgehalten hat?«, fragte Vanloo schließlich.

»Im Pub. Er kam kurz nach halb elf zurück, als geschlossen wurde.«

»Und wann haben Sie die Leiche von Anthony Bowness gefunden?«

»Um kurz nach neun. Das weiß ich deshalb ziemlich genau,

weil diese Krimiserie mit den beiden Frauen gerade begonnen hatte, *Cagney und Lacey*.«

»Sind Sie deshalb in die Kirche gegangen?«

»Es war Zeit für die Abendandacht, und ...« Daniel fiel erst jetzt auf, dass der Polizist versucht hatte zu witzeln. »Ich muss zugeben, dass ich nicht so begeistert davon bin. Aber meine Mutter liebt Krimiserien.«

»War die Kirche beleuchtet?«, fragte Vanloo.

»Nein, es war dunkel.«

»Also haben Sie Licht gemacht?«

»Nein.«

»Warum nicht?«

»Ich brauche dort kein Licht.«

Der Detective, der sich etwas notiert hatte, schaute auf. »Das würden die meisten Menschen ziemlich ... ungewöhnlich finden.«

»In der Kirche gibt es nichts, wovor ich mich fürchten würde«, sagte Daniel, korrigierte sich aber gleich: »Jedenfalls normalerweise nicht. Ich habe ein kleines Licht in meinem Pfarrstuhl im Altarraum, aber ich mag es, wenn der Rest der Kirche dunkel ist. Ich setzte mich also in den Pfarrstuhl und begann mit dem Gebet ...«

»Und Ihre beiden Hunde waren bei Ihnen?«

»Ich nehme sie abends immer mit in die Kirche. Sie müssen vor dem Schlafengehen Pipi machen.« Daniel fand das Wort plötzlich sehr kindisch und nahm sich vor, das anders zu formulieren, falls er vor Gericht aussagen musste. »Die beiden sind gerne in der Kirche, weil sie dort herumschnüffeln und nach Mäusen suchen können. Manchmal finden sie auch einen Keks. Und ich dachte mir, weil wir an diesem Tag so viele Besucher, auch mit Hunden, gehabt hatten, würden Cosmo und Hilda das sicher besonders genießen. Aber dann ...« Daniel unterbrach sich einen Moment und dachte an die Szene zurück. »Dann waren sie plötzlich so still, und das fand ich ungewöhnlich. Als ich nach ihnen rief, kamen sie nicht, erst beim zweiten Mal. Und da sah ich die Pfotenabdrücke auf dem Boden.«

»Im Dunkeln?«, hakte der Detective nach.

»Im Mondlicht. Die Abdrücke glänzten. Deshalb sah ich nach, woher das kam. Und entdeckte Anthony Bowness.«

»Woran haben Sie ihn im Dunkeln erkannt?«

»An seinem Sakko mit den Lederflicken auf den Ellbogen.«

»Dachten Sie, er sei ohnmächtig geworden?«

»Nein, ich wusste sofort, dass er tot war«, antwortete Daniel.

»Woran haben Sie das gemerkt?«

»An der Art, wie er da lag. Wie eine Puppe. Sie kennen das ja sicher.«

Vanloo nickte. »Weshalb haben Sie sich ihm dann genähert? Sie wussten doch sicher, dass man eine Leiche unter solchen Umständen nicht berühren soll, oder?«

»Daran habe ich leider in dem Moment nicht gedacht«, gestand Daniel. »Ich habe ein Gebet für ihn gesprochen. Aber da war überall so viel Blut, und die Hunde waren furchtbar aufgeregt, deshalb bin ich dann mit ihnen nach Hause gegangen und habe die Polizei angerufen. Meine Mutter wurde wach, und erst da habe ich gemerkt, dass auch an mir Blut haftete.«

»Aus welchem Grund war Mr Bowness wohl so spätabends noch in der Kirche?«

»Er war unser Küster, deshalb hatte er einen Schlüssel und konnte kommen und gehen, wie es ihm passte. Ich glaube, am Tag der offenen Tür war er abends mit Abschließen dran. Aber er kam oft zum Beten. Manchmal leistete er mir morgens oder abends beim Gebet Gesellschaft, er war aber auch oft alleine hier. Das hat er vermutlich auch getan, als er starb.«

»Wie kommen Sie darauf?«

»Aufgrund seiner Haltung. Wie er am Boden lag.«

»Was meinen Sie damit?«

»Er war zwischen zwei Bänke gefallen und hatte vorher gekniet.«

»Woher wissen Sie das?«, fragte der Detective.

»Anthony hatte ein Gebetskissen benutzt, um die Knie zu schonen, das tat er immer«, antwortete Daniel. »Die Kissen hängen hinten an den Bänken, unsere Jugendgruppe hat sie für uns genäht. Sie haben sich so viel Mühe damit gegeben …«

Schaudernd erinnerte sich Daniel an die klebrigen Blutlachen auf dem Steinboden. Er hatte auf dem Kissen gekniet, um Anthony zu segnen, und dabei gesehen, wie das dunkle Blut aus seinem Hals quoll.

»Muss der Mörder nicht komplett blutbedeckt gewesen sein?«, fragte er den Detective. »Er muss doch mit enormer Wucht zugestochen haben und komplett bespritzt worden sein. Eine Gartenschere ist eine eher unübliche Tatwaffe, oder?«

»Der Obduktionsbericht wird uns Klarheit über die Tatwaffe verschaffen«, antwortete Vanloo mit einem Achselzucken.

»Und Fußabdrücke …?«

»Auch das wird im Bericht stehen. Sagen Sie, können Sie sich erklären, warum Mr Bowness eine Taschenlampe bei sich hatte?«

»Ja. Im Dunkeln braucht man eine Taschenlampe, um aufzuschließen und zur Sakristei zu gehen, wo sich die Lichtschalter befinden.«

»Aber Sie brauchen keine Taschenlampe.«

»Nein, ich finde mich auch ohne zurecht.«

»Glauben Sie, dass Mr Bowness erst in die Kirche ging, als es schon dunkel war?«

»Das wäre denkbar und würde die Taschenlampe erklären. Vielleicht hatte er auch immer eine bei sich. Das weiß ich nicht.«

»Aber als Sie die Kirche betraten, war es dunkel. Sind Sie absolut sicher?«

»Ja, das bin ich.«

»Könnte das nicht bedeuten, dass Mr Bowness deshalb kein Licht angemacht hat, weil es noch hell war, als er die Kirche betrat?«

»Das wäre denkbar«, antwortete Daniel. »Dann müsste er ... vor acht Uhr dort gewesen sein. Oder eine andere Person hat das Licht ausgeschaltet.« Daniel ertappte sich bei dem albernen Gedanken, ob der Täter vielleicht eine Neigung zur Sparsamkeit hatte.

»In welcher Beziehung standen Sie zu Mr Bowness, Reverend?«

»Anthony war Küster von St Mary's und außerdem der Archivar von Champton House. Wir hatten deshalb häufig miteinander zu tun.«

»Gab es auch eine private Ebene zwischen Ihnen?«, fragte Vanloo. »Hätten Sie Mr Bowness als Freund bezeichnet?«

»Ja, ich mochte ihn, kannte ihn aber nicht näher. Er lebte noch nicht lange in Champton. Er war allerdings früher oft zu Besuch gewesen, da er ja ein Cousin von Lord de Floures war.«

»Wo hat er gewohnt?«

»In einem der Häuser für die Bediensteten des Anwesens«, antwortete Daniel. »Sein Arbeitsplatz als Archivar war im Herrenhaus. Und als Küster war er organisatorisch und in technischen Belangen für die Kirche zuständig, etwa wie ein Hausmeister, aber auch als Ansprechpartner für die Gemeinde.«

»Wissen Sie, ob Mr Bowness Feinde hatte?«

»Mir fällt niemand ein. Aber wie gesagt: So gut kannte ich Anthony nicht. Vielleicht erfahren Sie von seinen Verwandten mehr.«

Vanloo machte sich eine letzte Notiz und verkündete dann: »Jetzt möchte ich mit Ihrer Mutter und Ihrem Bruder sprechen.«

Inzwischen versuchten Presseleute und Fernsehreporter, auf der Main Street und im Postamt redewillige Dorfbewohner aufzuspüren, holten sich aber bei den meisten eine Abfuhr, weil man gegenüber der Familie de Floures Diskretion wahrte. Stella Harper allerdings hatte keinerlei Skrupel und ließ sich von einem Reporter vom *Express* interviewen. Der junge Journalist hatte bereits vor Stellas Laden herumgelungert, als sie öffnete, und Audrey hatte beobachtet, wie er Stella – ganz in Schwarz und mit Leichenbittermiene – vor der Kirche ablichtete.

Normalerweise sah Audrey nur während des Wimbledon-Turniers tagsüber fern. An diesem Tag jedoch schaltete sie die Mittagsnachrichten ein und schrie sofort: »Daniel, komm schnell, wir sind im Fernsehen!« Der Reporter, dem Daniel erfolgreich aus dem Weg gegangen war, stand mit seinem Mikro vor der Kirche (nicht von ihrer schönsten Seite gefilmt, bemerkte Daniel missbilligend).

»Gestern Abend wurde eine männliche Leiche in der St-Mary's-Kirche in Champton entdeckt. Die Kirche befindet sich auf dem Grundstück des historischen Anwesens Champton House, seit der normannischen Eroberung Sitz der Adelsfamilie de Floures.« Die Kamera schwenkte auf das Friedhofstor, das jetzt mit Flatterband abgesperrt war. »Offenbar wurde der Tote vom Pfarrer der Gemeinde, Daniel Clement, gefunden. Es wird vermutet, dass der Tote ein Mitglied der Familie de Floures war, von der jedoch niemand für eine Aussage zur Verfügung stand.« Ein Foto von Bernard und seiner Gattin wurde eingeblendet. »Ein Polizeisprecher ließ lediglich verlauten, man habe die Leiche eines Mannes mit ungeklärter Todesursache gefunden, und die Ermittlungen seien in vollem Gange.«

Plötzlich sah man Daniel, wie er auf der Zufahrt in seinen Land Rover stieg, und dazu war zu hören: »Pfarrer Clement ist der Bruder des Schauspielers Theo Clement, der in *Appletree End* die Rolle des Polizisten Heseltine spielt.«

»Oh, da wird Theo sich aber freuen!«, rief Audrey entzückt aus.

An diesem Nachmittag lief in den meisten Haushalten von Champton der Fernseher, weil es nicht nur den Pfarrer zu bestaunen gab, sondern auch das Fußballpokalfinale. Arsenal trat gegen Luton an, und wohl niemand erwartete sich von diesem Spiel große Überraschungen.

Norman Staveley war schon sein Leben lang Arsenal-Fan. Wegen der ganzen Aufregung telefonierte seine Frau Dot ständig, weshalb es an diesem Tag nicht wie üblich Braten zum Mittagessen gab, sondern nur ein schnelles Kotelett. Danach ließ sich Norman mit Bier und Aschenbecher in seinem Lieblingssessel nieder, um sich das Spiel anzusehen. Während des endlosen Geredes davor verspeiste er noch eine Schale Milchreis, der so einschläfernd wirkte, dass Norman eindöste. Da er aber die wundersame Fähigkeit besaß, immer im richtigen Moment aufzuwachen, versäumte er den Anpfiff nicht.

Während er schläfrig nach Schwächen in Arsenals Abwehr Ausschau hielt, hörte er Dot in der Küche weiter nonstop telefonieren. »Bei uns steht die Polizei sicher auch bald vor der Tür, bei den Porteouses und Achurchs waren sie schon, aber ich hoffe, sie lassen sich noch Zeit, weil Norman gerade Fußball schaut, und wehe dem, der …«

Norman zuckte erschrocken zusammen, als Arsenal eine Chance vermasselte und prompt die falsche Mannschaft ein Tor schoss.

»Wir waren erst nach sieben zu Hause«, redete Dot weiter. »Ich habe mit Margaret die Abrechnung gemacht, und Norman hat noch mal alle Räume überprüft, um sicherzugehen, dass niemand sich irgendwo verirrt oder versteckt hat. Hast du übrigens die Sache mit Alex mitgekriegt? Er hatte in Anwesenheit von Touristen einen Streit mit Anthony ...«

Norman zündete sich eine Zigarette an und feuerte stumm seine Mannschaft an. Aber Luton war in der Verteidigung unerwartet stark.

»Ja, ja, genau, die Sharman-Schwestern haben sich beklagt, dass sie so viele Treppen laufen mussten, und waren vor dem Aufräumen spurlos verschwunden. Die Stanilands haben sich aber auch verdrückt. Und meinst du nicht, dass die Liversedge-Männer als Täter in Frage kämen? Nathan ist mir ohnehin unheimlich, und der Großvater würde doch bestimmt mir nichts, dir nichts jemandem die Kehle durchschneiden ...«

Norman stand auf und schloss die Tür, wobei Dot ihm einen irritierten Blick zuwarf. Aber es war Halbzeit, und er wollte die Fußballkommentare hören und nicht die Gerüchteküche wegen des Mordes. Das Spiel war ihm wichtiger als diese ganzen Mutmaßungen und endlosen Erörterungen, wer wann wo gesehen worden war.

»Pech für Arsenal, aber auch ein eindeutiger Abwehrfehler ...«, sagte einer der Kommentatoren, und auch Norman wurde von der gedrückten Stimmung einer drohenden Niederlage erfasst.

13

Da St Mary's nun ein Tatort war, würde die Kirche den Gläubigen bis auf Weiteres verschlossen bleiben. Daniel sinnierte darüber, dass durch den gepeinigten Leib Christi letztlich jedes Gotteshaus ein Tatort war, aber er musste jetzt praktisch denken und sich überlegen, wo er für seine Gemeinde den Gottesdienst abhalten konnte. Bernards Angebot, die Kapelle von Champton House zu nutzen, erwies sich als ideale Lösung. Sie war recht geräumig, da die Familie de Floures über die Jahrhunderte zahlreiche Geistliche beschäftigt hatte. Die Kapelle, mit ihren Spitzbögen und dem schönen Gewölbe ein ansehnliches Beispiel der Gotik, stammte aus dem zwölften Jahrhundert, doch unter den Steinplatten ruhten Knochen, die noch über ein Jahrhundert älter waren.

Als die Familie de Floures zunehmend wohlhabender geworden war und nach prächtigeren Grabmälern verlangt hatte, war St Mary's dafür ausgebaut worden. Im nüchternen achtzehnten Jahrhundert ließ dann ein Lord, geprägt von den Gedanken der Aufklärung, im zweiten Stock des Herrenhauses eine schlichte kleine Kapelle anlegen, mit hohen Fenstern, durch die das Tageslicht fiel. Abends wurde sie durch einen ausladenden Kronleuchter beleuchtet. Wer in der Familie de Floures und ihrer Dienerschaft der Frömmigkeit zugetan war, fand sich fortan morgens dort zum Gebet ein.

Deshalb blieb die ursprüngliche Kapelle, kalt und schmucklos wie sie war, weitgehend ungenutzt und kam nur noch gelegentlich für Taufen, schlichte Hochzeiten, Aufbahrungen und Konzerte zum Einsatz, die Daniel und Anthony gemeinsam für das Kunstfestival im Sommer organisiert hatten. Einmal hatte es auch eine Theateraufführung von *Mord im Dom*, einem Stück des Dichters T. S. Eliot, gegeben, die Bernard so anstrengend fand, dass er für weitere Theaterproduktionen nicht mehr zu gewinnen war.

Trotz ihrer Geräumigkeit gab es in der Kapelle nicht genug Platz für die außergewöhnlich große Menschenmenge, die sich an diesem Sonntag zum Abendmahlsgottesdienst einfand. Anthonys gewaltsamer Tod hatte die Gemeinde von Champton erschüttert, und einige erschienen schon früh, um sich einen Platz zu sichern. Als Daniel den Altar vorbereitete, war die Kapelle bereits überfüllt, und die Leute drängten sich um die Familienbänke wie in einem voll besetzten Zug. Erleichtert stellte Daniel fest, dass die von der Leseordnung für diesen Tag vorgeschriebenen biblischen Textstellen keine grausamen oder aufwühlenden Details enthielten, keine schauerlichen Morde oder dergleichen. Stattdessen sprach Jesus in Rätseln, als er seinen Jüngern mitteilte: »Noch eine kleine Weile, dann werdet ihr mich nicht sehen, und abermals eine kleine Weile, dann werdet ihr mich sehen, und: Ich gehe zum Vater.« Die Jünger wussten nicht, was das bedeuten sollte, und während seiner Predigt sinnierte Daniel darüber, dass Ungewissheit und Unsicherheit wohl zu jedem authentischen Glauben dazugehören.

Er betete um Frieden für Anthonys Seele, um Gerechtigkeit für jene, denen Unrecht widerfahren war, und um Gnade für diejenigen, die Unrecht getan hatten – an diesem Punkt wurde die Gemeinde spürbar unruhig. Nach dem gemeinsamen »Amen« spielte Jane Thwaite auf dem ächzenden Harmonium das letzte Lied, bei dem die Sharman-Schwestern und Mrs Shoreley bereits

Richtung Küche steuerten. Daniel nahm seinen Platz auf der Treppe zum Innenhof ein, aber an diesem Abend gab es kein eiliges Gedränge nach draußen, und er hörte, wie drinnen die Gerüchteküche brodelte.

»... die Kehle aufgeschlitzt ...«

»... Pfarrer hat die letzten Worte gehört ...«

»... zuletzt gesehen am Bach ...«

Honoria kam als Erste heraus. »Ist das ein Getümmel da drin. Die Leute sind so versessen auf Dramen. Wie geht es Ihnen, mein lieber Daniel?«

»Okay so weit. Und Ihnen? So ein furchtbares Ereignis.«

Honoria nickte. »Ja, absolut entsetzlich. Und ich verstehe auch überhaupt nicht, weshalb jemand Anthony ermorden wollte. Der Mann hat keiner Fliege etwas zuleide getan. Es war doch Mord, oder?«

»Das wird behauptet.«

Honoria warf ihm einen strengen Blick zu. »Kriminalpolizei und Flatterband, da gibt's keinerlei Zweifel. Außerdem weiß ich es von Dad.«

Daniel schwieg hartnäckig.

»Nun kommen Sie schon, Daniel, machen Sie mir nichts vor. Was ich mich frage, ist: War das ein geplanter Mord, oder hat jemand im Affekt gehandelt?«

Darüber hatte Daniel auch schon nachgedacht. Hatte ein geisteskranker Mörder willkürlich nach einem Opfer Ausschau gehalten und hätte beliebig jeden getötet? Das war zwar nicht undenkbar, selbst im beschaulichen Champton nicht, denn menschliche Leidenschaften brechen überall hervor. Dennoch hielt Daniel das für unwahrscheinlich, und zwar wegen der Wunde. Er hatte nur eine einzige gesehen, und ein Geisteskranker hätte sicher in Rage mehrfach zugestochen.

»Kommen Sie und Ihr Bruder nachher noch auf einen Drink in die Bibliothek?«, fragte Honoria.

»Sind wir da unter uns?«

»Ja, die Gemeinde wird auf ein Glas Wein in den Salon gebeten. Also bis nachher?«

Daniel nickte, und Honoria verschwand gerade noch rechtzeitig, bevor alle aus der Kapelle strömten, angeführt von Bernard und Margaret Porteous, die eine theatralische Trauermiene aufgesetzt hatte. Bernard, der gestresst aussah, geleitete sie zu Daniel, um dann rapide die Flucht zu ergreifen. Der Lord mochte zwar gelegentlich ruppig sein, hielt aber immer noch etwas von der Devise »Adel verpflichtet«. Deshalb hatte er an diesem Tag die Nutzung dcr Kapelle ermöglicht und ließ jetzt von den Sharman-Schwestern einen australischen Chardonnay ausschenken (den er allerdings wegen seines starken Eichenfassaromas selbst nicht leiden konnte).

»Wie schrecklich, Daniel«, begann Margaret dramatisch, »dass Sie an diesem furchtbaren Tag auch noch von der Polizei vernommen wurden.«

Daniel lächelte milde und hüllte sich in Schweigen.

»Gibt es denn schon Hinweise, wer … und warum … und wann …?«

»Ich kann dazu nichts sagen, Margaret«, antwortete Daniel.

»Ja, sicher, sicher.« Sie eilte davon, um beim Weinausschank die Nase vorn zu haben.

Als Daniel später die Bibliothek betrat, saß Honoria auf dem breiten Sofa am Kamin, neben drei Porträts von Ahninnen, die ebenso weißhäutig und rothaarig gewesen waren wie sie. Ihr kupferrotes Haar schimmerte im Schein der Flammen.

»Daniel, wie schön!«, rief Honoria aus. »Champagner? Ich weiß, bei Trauerfällen eher unüblich, aber … das Leben geht schließlich weiter.« Sie reichte ihm ein Glas, und während Daniel einen Schluck trank, sagte sie mit bedeutsamem Unterton: »Und Anthony hätte sicher nichts dagegen gehabt.«

Daniel hatte nicht die Absicht, in die Falle zu gehen.

»Sie wissen doch bestimmt, dass er Alkoholiker war?«, fragte Honoria, als keine Reaktion kam. »Deshalb war er überhaupt hier. Dad hatte ihn in einer Klinik in der Nähe in den Entzug geschickt, und danach blieb Anthony in Champton. Haben Sie eine Ahnung, warum?«

»Nein, das weiß ich nicht, Honoria.«

»Wirklich nicht? Oder wollen Sie mich nur abwimmeln?«

»Tatsächlich würde ich lieber über etwas anderes sprechen«, gab Daniel zu.

Honoria war nicht bereit, auf diesen Wunsch einzugehen. »Meist ist es ja so, dass Trinker auch jede Menge andere Probleme haben«, redete sie weiter. »Ich habe genug Zeit in Bars verbracht, um mich damit auszukennen. Vielleicht hatte er Schulden? Vom Glücksspiel zum Beispiel? Oder sonst irgendwelche Geheimnisse?«

»Es gibt sicher viele Gründe, warum Menschen alkoholsüchtig werden«, antwortete Daniel, ärgerte sich aber sofort, dass er ihr nun doch auf den Leim gegangen war.

In diesem Moment steuerte Theo, der gerade an der Anrichte sein leeres Glas gegen ein volles getauscht hatte, auf das Sofa zu und ließ sich neben den beiden nieder.

»Du hast ja ziemlich um den heißen Brei herumgeredet in deiner Predigt«, bemerkte Theo.

»Die Texte für den Abendmahlsgottesdienst sind festgelegt«, erwiderte Daniel.

»Ja, aber in dem freien Teil hast du kein Wort über den Mord an Anthony verloren.«

»Wir haben für ihn gebetet, und für Gnade und Gerechtigkeit. Das ist doch ausreichend, meinst du nicht?«

»Meinen Sie, er war vielleicht schwul, Daniel?«, warf Honoria unvermittelt ein.

Das hatte sich Daniel in der Tat auch schon gefragt. Nach einer Kirchenratssitzung hatte er einmal mit einem Whisky bei Anthony am Kamin gesessen. Es war spät am Abend gewesen, und nach längerem Schweigen hatte Anthony angesetzt, etwas zu sagen, war aber dann verstummt. Daniel war damals der Gedanke gekommen, dass Anthony ihm vielleicht etwas über eine geheime Liebe anvertrauen wollte (denn solche Themen kamen im Alltag eines Pfarrers häufig vor). Hatte der Archivar tatsächlich ein Geheimnis gehabt? Hatte ihn vielleicht deshalb jemand getötet?

»Ich weiß nicht«, sagte Daniel schließlich. »Meinen Sie, er könnte sich jemand anderem anvertraut haben?«

»Daddy, meinen Sie? Glaube ich eher nicht. Dem würde ich so was jedenfalls nicht erzählen. Sie sehe ich da eher als Ansprechpartner.«

Daniel zuckte mit den Achseln. »Dem war aber nicht so.«

»Sind Sie denn nicht neugierig?«, fragte Honoria.

»Nein.«

Theo sah seinen Bruder forschend an. »Wirklich nicht?«

»Ich habe mir das abgewöhnt«, antwortete Daniel. »Wenn jemand sich mir anvertraut, freue ich mich darüber. Aber ich erwarte es von niemandem. Ich kann nur die Tür öffnen, hindurchgehen muss jeder Mensch von sich aus.«

»Bei Anthony denke ich übrigens eher, dass er überhaupt keine Lust auf andere Menschen hatte«, sagte Theo. »Was mich bei seiner Kindheit auch nicht wundern würde.«

»Was wissen Sie denn über seine Vorgeschichte?«, fragte Honoria.

»Na ja, wir haben uns manchmal unterhalten, hier und in London. Da haben wir uns einmal betrunken zusammen, und Anthony hat davon erzählt. War ziemlich herzzerreißend.« Theos Stimme klang brüchig. »Ich war froh, dass Bernard ihn aufgefangen und ihm den Entzug ermöglicht hat, als es dann ganz übel wurde. Und jetzt … so ein schlimmes Ende. Wird eigentlich jemand seine Arbeit fortsetzen?«

»Als Archivar, meinen Sie?«, fragte Honoria. »Ehrlich gesagt, habe ich gar keine Ahnung, womit Anthony beschäftigt war. Aber Dad weiß das sicher.« Sie winkte ihrem Vater zu, der sichtlich lustlos Konversation mit einem Freund von Alex machte, der übers Wochenende zu Besuch war und nicht zu erspüren schien, dass man sich bei einem traurigen Anlass wie diesem beizeiten zurückziehen sollte.

»Dad, wir brauchen dich hier mal!«, rief Honoria. Bernard entschuldigte sich bei seinem Gesprächspartner und ließ sich erleichtert auf dem Sofa gegenüber nieder.

»Wir fragen uns gerade, Dad«, begann Honoria, »was Anthony eigentlich *genau* hier gemacht hat.«

Bernard überlegte. »Tja, so ganz bin ich auch nicht im Bilde«, sagte er dann. »Er sagte mir einmal, dass er die Rechnungsbücher von vor hundert Jahren durchgehe … obwohl es auch etliche gibt, die bis zu fünfhundert Jahre zurückreichen. Aber was er damit bezweckte, weiß ich nicht. Sind ja erst mal nur Unmengen an Zahlen.«

Daniel fragte sich, wie man wohl die Geschichten hinter diesen nüchternen Zahlen entschlüsseln konnte. »Wissen Sie vielleicht, ob er sich mit bestimmten Bereichen intensiver befasst hat? Anthony hat sicher methodisch gearbeitet, das entsprach seinem Naturell. Er hat sich bestimmt nicht beliebig irgendwelche Akten vorgenommen.«

»Na ja, er meinte, durch den Zweiten Weltkrieg sei alles sehr durcheinandergekommen«, antwortete Bernard. »Als die Franzosen abzogen, war hier alles in furchtbarem Zustand, und mein Vater musste viel Geld investieren, um alles renovieren zu lassen. Anthony hat erwähnt, dass durch die Einkommensteuerreform ein Großteil des Familienvermögens draufging, davon hat sich das Anwesen nie mehr erholt. Es gibt immer noch ganze Flügel des Hauses, die dringend sanierungsbedürftig sind. Ein gesamtes Stockwerk mit Gästezimmern aus der viktorianischen Zeit zum Beispiel. Die sind seit dem Abzug der Franzosen unverändert – nur staubiger. Und ich möchte gar nicht darüber nachdenken, in welchem Zustand das Dach wohl ist.«

»Das Haus wurde als Genesungsheim für Soldaten genutzt, nicht wahr?«, fragte Theo. »Das hat mir jedenfalls gestern im Pub eine Französin erzählt ...«

»Ja, das stimmt. Die Männer haben versucht, es sich hier so angenehm wie möglich zu machen. Mit dem Essen waren sie so unzufrieden, dass einer von ihnen, der Koch war – Franck, reizender Mann –, schließlich selbst die Küche übernommen hat. Gab aber weiterhin Klagen, weil die einen aus dem Süden und die anderen aus dem Norden Frankreichs kamen, und jeder hatte einen anderen Geschmack ...« Bernard schmunzelte. »Und es gab einige echte Originale. Ein Künstler, der wohl sogar vor dem Krieg ziemlich berühmt gewesen war, hat Plakate gestaltet. Ein Chemiker hat sich ein Labor eingerichtet. Wir durften da nie rein, deshalb haben wir angenommen, dass er Sprengstoffe oder Giftgas zusammenbraut. Haben Sie auch gehört, dass de Gaulle zu Besuch war?«

»Anthony hat mir sogar ein Foto gezeigt«, warf Daniel ein. »Können Sie sich noch an den Besuch erinnern?«

»Wir waren nicht da, Anthony und ich. In den Ferien wurden

wir immer zu Großtante Elizabeth nach Argyll geschickt oder auf unser Gut in Norfolk. Aber das wurde dann auch schwierig, als man mit einer Invasion rechnete.«

»Anthony war immer dabei?«, fragte Honoria.

»Ja. Nach dem Tod seines Vaters hat er quasi bei uns gelebt«, antwortete Bernard. »War bestimmt seltsam für ihn. Vielleicht wollte er deshalb auch mehr über die Familiengeschichte herausfinden, obwohl das mit dem Chaos in den Papieren sicher mühsam war.«

»Wir könnten uns doch mal in Anthonys Büro umsehen«, schlug Honoria vor. »Vielleicht finden wir heraus, woran er gerade gearbeitet hat.«

Bernard schüttelte den Kopf. »Die Polizei hat alles mitgenommen, was auf dem Schreibtisch lag.«

Jetzt kam Audrey hereingeschwirrt, und Daniel kam sie in diesem Moment vor wie eine aufgeregte Biene, die von Blüte zu Blüte flattert. Seine Mutter schien keinerlei Interesse an Muße und Selbstreflexion zu haben und blieb auch völlig unbeeindruckt von den Stimmungen einer Gemeinschaft. Immerhin hatte es buchstäblich vor ihrer Haustür nicht nur einen Todesfall, sondern einen brutalen Mord gegeben. Doch das schreckliche Ereignis schien Audrey eher zu beflügeln als zu bedrücken.

Nach dem Krieg hatte sie sich hauptsächlich gelangweilt und war erst aufgeblüht, als sie als ehemaliges Mitglied des Kriegshilfsdienstes bei einer Übung für einen Atomangriff auf Braunstonbury zum Einsatz kam. Mit glühendem Eifer hatte Audrey Decken verteilt, Tee ausgeschenkt und Kekse bereitgestellt, was freilich alles vollkommen nutzlos gewesen wäre im Falle eines nuklearen Angriffs.

»Wie *wunderbar*, die alte Kapelle einmal so voll zu erleben!«, zwitscherte sie jetzt munter. »Und wie *großartig*, dass die Einwohner von Champton so einen guten Zusammenhalt haben! Alle sind vollkommen *erschüttert* über Anthonys Tod. Und natürlich warten alle auf Erklärungen der Polizei … wann mag es wohl endlich so weit sein?«

»Vielleicht morgen?«, mutmaßte Daniel.

»Haben wir hier nicht mal den Polizeipräsidenten kennengelernt?«, fragte Audrey, an Bernard gewandt. »Könnte er nicht wenigstens eine klitzekleine Information herausgeben, um die Leute ein bisschen zu beruhigen? Und müssten wir nicht eigentlich alle ungeheuer wachsam sein? Auf Fremde achten und auf Personen, die sich verdächtig benehmen, bis dieser Schuft gefasst ist?«

Bernard zuckte mit den Achseln und hüstelte verlegen. »Ähm, na ja … Charlie wird vermutlich auch nicht mehr wissen als wir hier. Der erfährt meist alles zuletzt.«

Daniel erinnerte sich daran, dass der Bischof einmal etwas Ähnliches geäußert hatte: Je höher die Position, desto weniger wurde einem mitgeteilt, was wirklich wichtig war.

»Alles zu seiner Zeit, alles zu seiner Zeit«, sagte Bernard nun vage und fügte hinzu: »Aber natürlich müssen wir die Augen offen halten …« Mit diesen Worten wanderte er davon.

Die Clements verabschiedeten sich und machten sich auf den Heimweg. Audrey hakte sich bei ihren beiden Söhnen ein, und trotz ihrer Lebhaftigkeit spürte Daniel, dass ihre körperlichen Kräfte mit dem Alter nachließen, sie stützte sich mehr auf ihn als früher.

Es war schon fast dunkel, der Weg im Park nur noch undeutlich erkennbar. »Ich bin mir sicher, dass Bernard Kontakt mit dem Polizeipräsidenten hatte«, sagte Audrey. »Ein Mord an einem Mitglied der Familie de Floures? Auf dem Landsitz von Champton? Da würde es mich nicht überraschen, wenn sämtliche Polizeichefs der Region plötzlich hinter dem Sofa hervorspringen würden.« Und dann brach es ungehemmt aus ihr heraus: »Wer kann Anthony nur umgebracht haben, Daniel? Warum? Sag mir jetzt endlich, was passiert ist. Und mach bloß nicht dieses gepeinigte Gesicht, ich durchschaue dich.«

Daniel wusste nur allzu gut, wann jeglicher Widerstand seiner Mutter gegenüber zwecklos war.

»Jemand hat ihm eine Gartenschere in den Hals gebohrt. Ich vermute, sie stammte aus dem Blumenraum.«

»Dem *Blumenraum*?«

»Ich wüsste nicht, woher sonst. Es sei denn, der Mörder wollte hinterher noch Sträucher schneiden. Ich bin mir auch sicher, dass ich Anne Dollinger schon mit dieser Schere gesehen habe.«

»Die Schatzmeisterin der Blumengilde?«, fragte Theo.

»Ja, genau.«

»Also, die kann ich mir als Mörderin aber nicht vorstellen«, sagte Audrey. »Es sei denn, sie hat auf Befehl von Stella Harper gehandelt.«

»Und man muss auch die Art und Weise der Tat bedenken«, sagte Daniel. »Die Gildefrauen waren in der Kirche gewesen, um die Blumen zu wässern und zu pflegen, aber würden sie einfach so eine Gartenschere herumliegen lassen? Oder hat die Person ihre eigene Schere mitgebracht? Es muss ja auch kein Mann gewesen sein …«

»Du meinst, eine Frau könnte die Tat begangen haben?«, fragte Theo.

»Ich habe solche Scheren bislang nur bei Frauen gesehen.«

»Aber jeder Gärtner besitzt Scheren dieser Art«, gab Audrey zu bedenken. »Kann mir nur nicht vorstellen, wie man damit jemandem die Kehle durchschneiden soll.«

»Das ist auch nicht passiert«, sagte Daniel. »Es war wohl eher ein Hieb, und dabei wurde vermutlich die Halsschlagader getroffen.«

»Das klingt ja sehr geplant«, sinnierte Theo.

»Ja, das habe ich auch gedacht«, erwiderte Daniel. »Außerdem wurde Anthony von hinten angegriffen.«

»Woher weißt du das?«, fragte sein Bruder.

»Er hat gebetet, auf der Bank gekniet. Der Mörder – oder die Mörderin – muss sich von hinten genähert und zugestochen haben.«

Ein geläufiges Motiv in der christlichen Kunst, dachte Daniel bei sich: ein Heiliger, ins Gebet versunken, als er gemeuchelt wird. Aber Anthony war kein Heiliger gewesen und hätte sich garantiert auch gewehrt, wenn er sich bedroht gefühlt hätte.

»Dann muss aber viel Blut gespritzt sein, schwallartig«, bemerkte Audrey, die sich mit derlei auskannte, seit sie im Krieg Krankenwagen gefahren hatte.

»So war es auch«, sagte Daniel.

»Das weist auf zweierlei hin«, schlussfolgerte Audrey. »Erstens: Der Mörder müsste blutbefleckt gewesen sein. Zweitens: Es war jemand, der sich mit so etwas auskannte. Dann könnte die Person eventuell sogar dem Blutschwall ausgewichen sein.« Sie dachte nach und sagte schließlich: »Ich könnte mir sogar vorstellen, dass es ein Profikiller war. Aber was ist das Motiv? Etwas aus Anthonys Vergangenheit? Die war ja wohl ziemlich schwierig … habe ich im Dorf immer wieder gehört.«

»Was reden die Leute denn?«, erkundigte sich Daniel.

»Dass er Alkoholiker war und in einem üblen Schlamassel steckte. Deshalb war er überhaupt hier. Vielleicht hatte er Spielschulden oder so etwas? Aber hätte Bernard die nicht für ihn bezahlt?«

»Wäre denkbar. Aber falls es so war – vielleicht wusste Bernard nichts davon.«

»Auf jeden Fall muss es etwas mit Anthonys Vergangenheit zu tun haben«, sagte Audrey entschieden.

Jetzt tauchte das Pfarrhaus vor ihnen auf. Der Weg war erhellt vom Licht in der Küche, das sie eigens zu diesem Zweck angelassen hatten.

Audrey bereitete das rituelle Sonntagabendessen vor, Suppe und Sandwiches. Theo brach danach auf Geheiß seiner Mutter zum Pub auf, weil sie wissen wollte, was die Leute dort redeten. Daniel und sie sahen sich eine langweilige Komödie im Fernsehen an, bei der Audrey, wie zu erwarten, einschlief.

Kurz darauf wurden die Hunde unruhig, die eine innere Uhr hatten und wussten, dass es Zeit wurde fürs Abendgebet und ihren Ausflug zur Kirche. Sie winselten enttäuscht, als Daniel nicht zur Hintertür, sondern in sein Studierzimmer ging, da er vorerst zu seiner eigenen Kirche keinen Zugang hatte.

Er ließ sich an seinem Schreibtisch nieder, an dem bereits sein Großvater und sein Vater gesessen hatten. Auf der schimmernden Oberfläche lagen, so fein säuberlich angeordnet wie Elemente einer Teezeremonie, Druckbleistifte und Notizblocks. Daniel schlug sein Gebetbuch bei dem goldenen Leseband für die Abendandacht auf und begann stumm zu beten.

Als er beim Nunc dimittis angelangt war, dem wundervollen Lobgesang des Simeon, hörte Daniel ein Klopfen an der Terrassentür. Er hatte die Vorhänge noch nicht zugezogen und sah draußen eine Gestalt stehen, die er beim zweiten Blick als Bob Achurch identifizierte.

Daniel ließ ihn ein. »Bob. Was gibt es?«

»Tut mir leid, dass ich so spät noch auftauche. Aber ich habe etwas auf dem Herzen und wollte Ihre Frau Mama nicht stören.«

Wie rücksichtsvoll, dachte Daniel und lud Bob mit einer Handbewegung ein, sich zu setzen.

»Im Dorf hört man Gerüchte«, begann Bob, »dass Anthony Bowness angeblich von jemandem ermordet wurde, der sich mit

Töten auskannte. Ich erwartete nicht, dass Sie sich dazu äußern, aber ich möchte etwas sagen. Sie wissen ja sicher, dass ich im Krieg Kommandosoldat bei den Royal Marines war.«

»Ja, das haben Sie mir einmal erzählt.«

»Und ich frage mich jetzt«, fuhr Bob fort, »ob ich deshalb automatisch verdächtigt werde.«

»Aber warum denn?«

»Weil ich gelernt habe, auf die Art und Weise zu töten, wie Anthony zu Tode kam.«

»Und wie war das?«

»Man hat ihm die Kehle durchgeschnitten, sagen alle.«

»Hat die Polizei denn durchblicken lassen, dass Sie verdächtigt werden?«, fragte Daniel.

»Der Detective Sergeant war bei mir, und ich habe ihm von meiner Militärzeit erzählt und ausgesagt, dass ich zur Tatzeit mit Cynth zu Hause war. Aber da hat uns niemand anders gesehen. Bin ich jetzt deshalb verdächtig?«

»Sie hätten also Gelegenheit und Mittel gehabt«, antwortete Daniel. »Aber was ist mit dem Motiv, Bob?«

»Habe ich natürlich keins. Aber mit zwei von drei Punkten komme ich trotzdem infrage. Deshalb mache ich mir jetzt Sorgen.«

»Ich kann dazu natürlich nichts sagen, Bob, das ist Sache der Polizei.«

Er nickte. »Hab ich mir schon gedacht.«

»Haben Sie denn mit der Polizei über Ihre Befürchtungen gesprochen?«

»Nein, ich wollte zuerst mit Ihnen reden.«

»Das bringt mich in eine etwas unangenehme Lage, Bob.«

»Aber meine könnte noch viel unangenehmer werden«, erwiderte Bob.

»Verstehe. Nun machen Sie sich mal keine Gedanken, es wird sicher alles bald aufgeklärt werden. Möchten Sie einen Schlummertrunk?«

»Nein, danke. Muss nach Hause zu meiner Frau. Wird nervös, wenn sie allein ist.«

»Ah, ja. Dann gute Nacht.«

Daniel geleitete Bob hinaus auf die Terrasse und kehrte dann an den Schreibtisch zurück, um sein Abendgebet zu vollenden.

14

Am nächsten Morgen beim Frühstück verkündete Theo, dass er nach London zurückfahren wolle. Er hatte einen Auftrag als Synchronsprecher, aber spätestens nach zwei Tagen war er des Landlebens ohnehin immer überdrüssig und vermisste den guten Kaffee in der Bar Italia und das Snookerspiel in seinem Club, dem Groucho.

»Aber ich muss bald noch mehr recherchieren und dir bei der Arbeit zusehen, Dan«, fügte Theo hinzu. »Wann passt es dir?«

»Das muss jetzt wohl warten«, antwortete Daniel.

»Wieso denn?«

»Nun, es hat hier einen Mord gegeben.«

»Ist mir nicht verborgen geblieben. Ich könnte mich ja in dem Zusammenhang auch nützlich machen.«

»Weißt du, Theo, ich finde es schon unter normalen Umständen nicht angenehm, in meinem Alltag ständig beobachtet zu werden«, erwiderte Daniel. »Aber die Umstände sind gerade *alles andere* als normal. Die Menschen im Dorf sind verstört und haben Angst. Champton befindet sich in einer Art Ausnahmezustand, da können wir nicht auch noch Zuschauer gebrauchen. Versteh das bitte.«

»Aber ich bin doch kein Zuschauer, sondern Teil des Geschehens«, wandte Theo ein. »Und ich habe bei der Polizei eine Aussage gemacht, da muss ich vielleicht auch erneut zur Verfügung stehen.«

»Du solltest wiederkommen, wenn die Lage sich beruhigt hat«, beharrte Daniel. »Tut mir leid, Theo, aber das Wohl meiner Gemeinde geht vor.«

»Willst du dir das nicht noch mal überlegen?«, insistierte sein Bruder hartnäckig.

»Habe ich bereits getan. Du musst deine Recherchen hier verschieben.«

»Aber ich kann nicht so lange warten! Ich muss mich auf meine Rolle vorbereiten!«

»Theo, mein Schatz, ob du mich wohl unterwegs bei Stellas Boutique absetzen könntest«, schaltete sich Audrey ein. »Ich möchte mir ein hübsches buntes Frühlingskleid zulegen. Die trübe Stimmung vertreiben, tralala!«

Daniel konnte die Gedanken an das schreckliche Ereignis nicht so leicht abschütteln wie seine Mutter, sie hatten ihn die halbe Nacht wach gehalten. Während er seine Mutter und seinen sichtlich verstimmten Bruder zu dem neuen Golf begleitete, sagte Audrey: »Und vor dem Postamt bitte ganz langsam fahren, Theo, damit mich alle in deinem tollen Auto sehen können!«

Nachdem Daniel den beiden zum Abschied gewunken hatte, beschloss er, zugunsten seines Seelenfriedens mit den Hunden einen langen Spaziergang um den See zu machen.

Mittlerweile kamen Daniel seine wertvollsten Gedanken, wenn er zu Fuß ging. Früher hatte er beim Radfahren am besten nachdenken können; dabei hatte er zum Beispiel die hypostatische Union, die Einheit der menschlichen und der göttlichen Natur in Jesus Christus, so gut begriffen, dass er sein Theologiestudium mit Eins abschließen konnte.

Heutzutage jedoch fand er am ehesten Klarheit in seinen Gedanken, wenn er mit den Hunden unterwegs war – vielleicht weil er dabei besonders aufmerksam Details am Wegesrand wahrnahm, die beim Radfahren einfach vorbeigerauscht wären.

Da sich Lämmer auf den Weiden tummelten, behielt Daniel Cosmo und Hilda an der Leine, bis sie am See ankamen. Dort ließ er die beiden frei, damit sie sich am Ufer vergnügen konnten.

Der See war die Schöpfung der zwei herausragendsten englischen Landschaftsarchitekten, Capability Brown – der Berge versetzt und das Wasser geteilt hatte – und Humphry Repton, der nach Browns Tod dessen Nachfolge angetreten und sein Werk ergänzt hatte. Am See von Champton House hatte Repton zum Beispiel ein wunderliches zweistöckiges Häuschen erbaut, eine Mischung aus einem strohgedeckten Cottage und einer Skihütte. Es lag über dem Bach, der in den See floss, und war ursprünglich als Badehaus genutzt worden. Im Obergeschoss befand sich ein Raum für Festlichkeiten, im Erdgeschoss eine Art Grotte rund um ein Wasserbecken, das durch den Bach entstand. Das Baden darin galt seinerzeit als gesund, bis sich irgendwann jemand dort eine Krankheit zuzog und daran starb.

An einem kleinen Steg vor dem Häuschen war ein Ruderboot festgemacht, und Daniel, der ein Stück entfernt stehen geblieben war, bewunderte die malerische Szenerie als Spiegelbild auf dem stillen Wasser des Sees. Er sann darüber nach, dass er aus der Ferne betrachtet vielleicht wie einer jener Mönche gewirkt hätte, die häufig auf Landschaftsbildern der Romantiker vorkamen – in seinem Fall allerdings mit zwei kastanienbraunen Dackeln zu seinen Füßen. Und dann bemerkte er plötzlich eine Bewegung auf dem Spiegelbild.

Eine Person erschien im Fenster des Badehauses.

Daniel drehte sich um, aber die Gestalt war verschwunden. Er überlegte, ob es vielleicht Alex gewesen sein könnte, der zeitweilig sämtliche kleineren Bauten des Anwesens entweder als Atelier oder für Installationen und Happenings in Beschlag genommen hatte (die Orangerie hatte er beispielsweise verwüstet, als er für Yves Kleins Malerei schwärmte und sich dort auf sein Geheiß nackte Menschen farbtriefend auf Leinwänden wälzten). Oder trafen sich vielleicht heimlich Jugendliche im Badehaus zum Rauchen, Trinken und Knutschen?

Dann wurde Daniel schlagartig flau im Magen, weil er auf den Gedanken kam, dass sich vielleicht Anthonys Mörder dort versteckte. Jetzt erschien wieder jemand im Fenster, blieb aber stehen und winkte schwungvoll. Zögernd erwiderte Daniel das Winken, sagte sich, dass ein Mörder ihn wohl kaum grüßen würde, und machte sich auf den Weg zu dem Häuschen.

Kurz darauf trat Daniel zwischen Bäumen und verwilderten Lorbeersträuchern hervor auf die Lichtung hinter dem Badehaus. Als er stehen blieb, um die Hunde anzuleinen, öffnete sich die verwitterte Hintertür, und Cosmo und Hilda begannen erbost zu bellen. Doch bei dem Mann, der vor ihnen stand, handelte es sich um einen Bekannten: Ned Thwaite.

»Guten Morgen, Daniel!«

»Kann ich die Hunde freilassen, Ned?«

»Ja, nur zu.«

Daniel befreite Cosmo und Hilda von der Leine, die daraufhin auf Ned zurasten und an ihm hochsprangen. Weil er mäßig begeistert wirkte, versuchte Daniel, sie zur Ordnung zu rufen, was sie wieder einmal hartnäckig ignorierten. Doch schließlich fanden sie irgendetwas am Ufer interessanter und trollten sich.

Ned, leidenschaftlicher Wanderer, trug eine robuste Hose und eine Jacke mit allerlei Taschen und stützte sich auf einen selbst gemachten Spazierstock aus einem Ast. Von einer Schulter hing eine Kamera (eine Canon AE-I, bemerkte Daniel), von der anderen ein Fernglas.

»Ist das nicht ein wundervoller Morgen, Daniel?«, sagte Ned. »Da freut man sich doch des Lebens, nicht wahr?« Dann schien er sich an Anthony zu erinnern und fügte hinzu: »Was einigen ja leider nicht mehr vergönnt ist … armer Anthony. Durch ihn habe ich diesen Ort übrigens erst richtig entdeckt …«

»Das Badehaus?«

Ned nickte. »Er hat mir das Rote Buch gezeigt, kennen Sie das?«

Daniel hatte es noch nie zu Gesicht bekommen, aber jemand hatte ihm einmal erzählt, dass es sich im Archiv befand. Es enthielt die Skizzen und Pläne, die Humphry Repton für Champton House gestaltet hatte, und galt als wertvolles Dokument für Historiker und Gartenarchitekten.

»Es stammt aus dem Jahr 1790«, fuhr Ned fort. »Und das Badehaus war natürlich nicht zum Bewohnen gedacht. Aber jemand hat hier gewohnt.«

»Im Ernst?«, fragte Daniel verblüfft.

»Kommen Sie, ich zeig's Ihnen.«

Ned trat beiseite, und Daniel betrat das Haus, woraufhin auch Hilda und Cosmo sofort wieder angerannt kamen. Es roch feucht und modrig, und Daniel fiel es schwer, sich hier ausgelassene Feste vorzustellen, obwohl der Raum im Obergeschoss, wie sich herausstellte, noch immer recht elegant wirkte. Nur an einigen Stellen war der üppige Stuck von der Decke gebrochen. Durch eine Doppeltür kam man auf eine Terrasse mit einer herrlichen Aussicht über den See. Eine Scheibe fehlte zwar, aber jemand hatte versucht, den Rest der Glastür zu säubern. Vielleicht war es dieselbe Person gewesen, die offenbar erst unlängst im Kamin Feuer gemacht hatte. Auf einem schmiedeeisernen Dreifuß stand ein Wasserkessel, vor dem Kamin ein Henkelbecher mit Bild und Wappen von Champton House – einer von Bernards kurzlebigen Versuchen, für zusätzliche Einkünfte zu sorgen.

»Was meinen Sie denn, wann hier jemand gewohnt hat, Ned?«, fragte Daniel.

»Ich weiß nicht … aber kommen Sie mal mit.« Ned gestikulierte aufgeregt, damit Daniel ihm in den Vorraum und nach unten in die Grotte folgte. »Achtung, die Treppe ist rutschig«, bemerkte Ned und hielt sich am Geländer fest.

Den Hunden schien das Ganze nicht geheuer zu sein, aber sie folgten Daniel vorsichtig nach unten, wo sie sich allesamt in einer düsteren Höhle wiederfanden. In der Mitte befand sich ein rechteckiges Becken, in das auf einer Seite aus dem Maul eines steinernen Fischs Wasser sprudelte. Auf der anderen Seite floss das Wasser durch ein Gitter in den See hinaus. Heutzutage hätte der penetrante faulige Gestank – den die Hunde begeistert erschnüffelten – aber wohl sämtliche Badewillige abgeschreckt.

Ned brachte eine Taschenlampe zum Vorschein. »Schauen Sie sich mal das hier an!« Er richtete den Lichtstrahl auf die Wand.

Daniel sog überrascht die Luft ein. Ein Wandgemälde, teilweise verwittert und schwarz vor Schimmel, doch Figuren und Umgebung waren noch zu erkennen. Es war Champton House, aber in einer albtraumartigen Version: Das Anwesen war verfallen, der Park sah aus wie eine Mischung aus Friedhof und Schlachtfeld. Einige der Figuren – Männer und Frauen – trugen Uniformen, andere Kleidung, wie man sie vielleicht in den Vierzigerjahren in Paris vorgefunden hätte. Die Gestalten waren so übertrieben dargestellt wie in Karikaturen, und Daniel hatte den Eindruck, dass sie an reale Vorbilder angelehnt waren. Das erinnerte ihn unwillkürlich daran, dass Pfarrer Dolben seinerzeit bei der Restaurierung von St Mary's Wasserspeier hatte anbringen lassen, die eindeutig als er selbst, der damalige Küster und Bernards Vater zu identifizieren waren.

Daniel trat näher und betrachtete die Figuren genauer. Sie

schienen sich in einem Kampf auf Leben und Tod zu befinden. Über dem Menschengetümmel ragte ein krähender goldener Hahn auf – der Wetterhahn von St Mary's. In der Mitte des Gemäldes waren ein Mann und eine Frau zu sehen, die wie ein Liebespaar wirkten und mit übertrieben heroischer Geste das Lothringerkreuz hochhielten. Am rötlichen Himmel über ihnen standen die Lettern IN HOC SIGNO VINCES.

»Die Schlacht an der Milvischen Brücke«, murmelte Daniel.

»Wie bitte?«

»Im Jahr 312 kam es zu einer Schlacht am Tiber zwischen Konstantin dem Großen und Kaiser Maxentius«, antwortete Daniel. »Konstantin hatte der Überlieferung nach eine Vision gehabt, ein Kreuz aus Licht und diese Worte, weshalb er sie auf die Schilder seiner Soldaten schreiben ließ. Das Heer von Maxentius wurde geschlagen, und Konstantin wurde alleiniger Kaiser von Rom und erkannte das Christentum offiziell an. Und der Rest ist Geschichte, wie man so sagt.«

»Aber da ist nirgendwo eine Brücke zu sehen«, wandte Ned ein.

»Das Bild nimmt nur darauf Bezug, aber ich frage mich, was es bedeuten soll …«

»Das Lothringerkreuz«, sagte Ned. »Das war doch das Symbol der Freien Französischen Streitkräfte im Zweiten Weltkrieg, oder?«

»Genau. Aber dieses Bild hier kann man wohl kaum als Propaganda verstehen.«

Sollte es eine Satire auf den Krieg sein? Kritik an Staatsmacht und Religion? Oder ging es um Liebe in Kriegswirren?

Plötzlich besann sich Daniel wieder auf die Gegenwart. »Ned, was glauben Sie, wann dieses Feuer im Kamin angezündet wurde?«

»Kann nicht so lange her sein, warum?«

»Der Mord an Anthony.«

Ned starrte Daniel perplex an. »Oh mein Gott, daran habe ich gar nicht gedacht!«

»Wir müssen sofort die Polizei verständigen. Haben Sie sonst noch etwas Besonderes entdeckt?«

»Nein, nicht dass ich wüsste. Glauben Sie, der Mörder von Anthony hat sich hier versteckt?«

»Ich weiß es nicht, aber alles, was auffällig ist, sollte der Polizei gemeldet werden.«

In seinem strengsten Tonfall rief Daniel die Hunde, die diesmal auch zügig angetrabt kamen und hinter ihnen die Treppe hinauftappten.

»Sie bleiben hier, Ned«, sagte Daniel. »Fassen Sie nichts an, lassen Sie niemanden ins Haus. Ich rufe von der Pfarrei aus Detective Vanloo an.«

Wie sich herausstellte, war Vanloo mit Befragungen im Dorf beschäftigt, und er erschien umgehend im Pfarrhaus, nachdem man ihn informiert hatte. Cosmo und Hilda rasten bellend auf ihn zu, stellten den Krawall aber sofort ein, als der Polizist in die Hocke ging und ihnen den Bauch kraulte, der noch feucht war von ihren Exkursionen im Badehaus. Daniel wunderte sich etwas über Vanloos Entspanntheit angesichts der dringlichen Aufgabe, aber dann marschierten sie alle eilends zum Badehaus, wo sie von Ned an der Tür erwartet wurden.

Nachdem Daniel die beiden miteinander bekannt gemacht hatte, zeigte Ned dem Polizisten die Reste des Feuers im Kamin und den Becher und musste dabei zugeben, dass er Letzteren in die Hand genommen und überdies womöglich Fußspuren im Staub zerstört hatte.

»Das ist sehr bedauerlich, Sir«, sagte Detective Vanloo streng. »Beweismittel sollten niemals berührt und verändert werden.«

»Ich hatte nicht daran gedacht, dass es sich hier um Hinweise auf den Mörder handeln könnte«, erwiderte Ned kleinlaut. »Ich interessiere mich für die Geschichte der Freien Französischen Streitkräfte, die während des Zweiten Weltkriegs hier stationiert waren, und dachte, es könnte damit zu tun haben. Dieses Wandgemälde in der Grotte ist sehr faszinierend, ich zeige es Ihnen gleich.«

Vanloo schien das Gemälde jedoch nicht sonderlich interessant zu finden. Er warf nur einen kurzen Blick darauf und forderte dann per Funk Verstärkung an. Kurz darauf erschien erneut ein Team und sperrte mit Flatterband das Badehaus ab, das nun plötzlich ebenfalls an ein abscheuliches Verbrechen erinnerte, mitten in der kunstvoll gestalteten Parklandschaft des hochherrschaftlichen Anwesens.

15

Alex de Floures blickte durchs Fenster der Bibliothek zum Badehaus auf der anderen Seeseite hinüber. Sogar aus dieser Entfernung konnte er erkennen, dass Polizisten das Gelände abriegelten. Alex stand reglos da, bis er das typische Geräusch von Honorias Ballerinas hinter sich hörte.

»Guck mal«, sagte er.

Honoria trat zu ihm und spähte hinüber. »Was ist da los?«

»Die Polizei hat das Badehaus abgesperrt. Und Daniel ist auch dort …«

»Wer ist der andere Mann neben ihm?«

»Ich glaube, Ned Thwaite«, antwortete Alex.

»Der ehemalige Schulrektor? Was macht der denn da?«

Alex verzog das Gesicht. »Er interessiert sich sehr für Lokalgeschichte, glaube ich.«

»Was die wohl gefunden haben?«

»Keine Ahnung.« Alex wandte sich achselzuckend ab und ließ sich wieder auf dem Sofa nieder. Im Kamin prasselte ein behagliches Feuer, und Alex war gerade damit beschäftigt, das Rote Buch mit Humphry Reptons Skizzen zur Parkgestaltung zu betrachten. Plötzlich kam ihm eine Idee, und er schaute auf. »Das Wandgemälde!«

Honoria sah ihn stirnrunzelnd an. »Wieso soll das die Polizei interessieren?«

»Die nicht, aber Ned Thwaite. Er arbeitet an einem Projekt

über die Freien Französischen Streitkräfte. Dad hat er dazu auch schon befragt.«

Honoria ließ sich auf dem Sofa gegenüber nieder. »Es muss was mit dem Mord zu tun haben. Vielleicht hat der Täter sich dort versteckt?«

»Wäre aber ein absurder Ort dafür, findest du nicht? Unweit vom Tatort, in einem von Reptons schönsten *Cottages ornés*?«

»Du bist doch auch oft dort«, wandte seine Schwester ein.

»Ich habe niemanden umgebracht«, erwiderte Alex. »Jedenfalls bis jetzt noch nicht. Aber ich weiß auch, dass sich jemand dort aufhält.«

»Jugendliche aus dem Dorf vielleicht?«

»Glaube ich nicht, die würden mehr Chaos hinterlassen. Diese Person vermeidet es, Spuren zu hinterlassen. Also vielleicht doch der Täter. Ein ordentlicher Mörder.«

»Weißt du noch, wie ich dich zum ersten Mal ins Badehaus mitgenommen habe?«, fragte Honoria.

Alex verzog gequält das Gesicht. »Und ob. Ich hab heute noch Albträume davon.«

Honoria lachte. »Ich hatte dir vorher erzählt, es sei ein Hexenhaus, oder? Und dass die Hexe Menschen in Ungeheuer verwandelt, die dann für immer dort an die Wand verbannt werden?«

»Ja, genau. Und dann bist mit der Taschenlampe weggerannt und hast mich im Dunkeln zurückgelassen, und ich habe geschrien wie am Spieß.«

Seine Schwester zeigte noch immer keinerlei Anzeichen von Reue, sondern wies mit dem Kopf auf das Rote Buch. »Du hast es also gefunden.«

Alex nickte wortlos.

»Anthony hätte dir die Hölle heißgemacht. Er hat nach diesem Buch gesucht, seit er nach Champton kam.«

»Ich weiß. Aber ich habe auch meine Pläne. Und ich wollte nicht, dass er mir dabei in die Quere kommt.«

Honoria betrachtete ihn sinnend. Dann sagte sie: »Weißt du was?«

»Nee, was?«

»Hugh kommt nach Hause.«

Alex' Miene verfinsterte sich schlagartig.

Hugh de Floures, Alex' älterer Bruder und der Erbe von Bernard, hasste Champton House und seine Herkunft so sehr, dass er schon lange in Kanada lebte, wo er an einem abgelegenen Ort Weizen anbaute. Mit seiner Rolle als Erbe hatte Hugh sich nie abfinden wollen, er verabscheute den gesamten Lebensstil seiner Familie. Auch das Eliteinternat Eton hatte er so vehement abgelehnt, dass man ihn schließlich auf eine ländliche Tagesschule schickte, wo er mit den Söhnen wohlhabender Bauern aufwuchs und zum ersten Mal in seinem Leben glücklich war. An dieser Schule waren Grammatik und Geschichte unwichtig, und Hugh schloss sich einer Gruppe junger Bauern an und lernte Traktorfahren und Heumachen und andere praktische Dinge.

Er studierte dann auch nicht in Oxford wie sein Vater und sein Großvater, sondern entschied sich für Agrarwissenschaften. Während des Studiums absolvierte Hugh ein Auslandssemester in Kanada und fand schließlich dort unter dem endlos weiten Himmel eine Freiheit, die eine Offenbarung für ihn war. Also blieb er dort.

Bernard hoffte seit Jahren, dass Hugh nach Hause zurückkehren würde, damit er sich das nötige Wissen aneignete, um später das Anwesen zu übernehmen. Aber Hugh lehnte es strikt ab, weshalb Bernard nicht selten zu Honoria sagte: »Wärst du doch nur das älteste Kind.« Denn die junge Frau wäre mit ihrer forschen Art, ihrem Geschäftssinn und ihrer Neigung zum Glamour die beste Wahl gewesen. Doch das Erbfolgerecht der Adelsfamilie verlangte, dass Hugh die Nachfolge antrat.

Manchmal bereitete Honoria die Vorstellung Sorgen, dass Hugh in Kanada von Pferden zu Tode getrampelt, von einer Mähmaschine gemetzelt oder von einem Bären gefressen würde. Dann müsste nämlich Alex die Erbfolge antreten. Und sosehr Honoria ihre Brüder liebte, war ihr wohl bewusst, dass dem Hause de Floures dann keine gute Zukunft bevorstünde.

»Was will Hugh denn hier?«, fragte Alex jetzt. »Er kommt doch nicht etwa wegen des Mordes?«

»Ich habe keine Ahnung«, sagte Honoria, der auch kein Grund einfallen wollte. Denn nicht nur seine Rolle als Erbe von Champton House hasste Hugh aus tiefster Seele, sondern es war ihm auch zuwider, im Licht der Öffentlichkeit zu stehen. »Er wird das garantiert alles furchtbar finden.«

16

Nicht nur Theo reiste nach London ab, sondern auch die Presse, weil das Interesse der Öffentlichkeit an dem Mord nachließ und es nichts Neues zu berichten gab. Und Champton geriet in einen seltsamen Wartezustand, während Anthony Bowness' Leiche in einem Kühlregal der Leichenhalle lag und die Ermittlungen, geleitet von Detective Vanloo, nur mühsam und schleppend vorangingen.

Da sich nichts Aufregendes ereignete, wandten sich die Dorfbewohner anderen Zerstreuungen zu. Audrey verfolgte gespannt den Eurovision Song Contest aus Dublin, der ihr mit seinem volkstümlichen Stil ohnehin näher war als das Wimbledon-Turnier in der Woche zuvor. Der englische Teilnehmer mit dem unwahrscheinlichen Namen Scott Fitzgerald, der mit dem Titel »Go« antrat, war ihr Favorit und hatte auch die Nase vorn. Am Ende siegte jedoch die Schweiz mit einer jungen Sängerin namens Céline Dion, die laut Audrey aussah »wie eine Stewardess im Ballett-Tutu«. Der Sieg, knapp erreicht in der letzten Runde, roch nach unlauteren Machenschaften, und Audreys Verdacht verstärkte sich, als sie erfuhr, dass Dion in Wahrheit gar keine Schweizerin, sondern Kanadierin war. Worauf Audrey einen erbosten Beschwerdebrief an die Programmzeitschrift schrieb, den sie aber nicht abschickte.

Der Mai mit seiner Fülle und seinem üppigen Wachstum begann. »Wenn hier alles immer so schnell wachsen würde wie im

Mai, würden wir in einem Dschungel leben«, pflegte Daniels Vater früher regelmäßig zu sagen, und Daniel pflichtete ihm inzwischen bei. Die Bäume wurden im Nu grün, die Brennnesseln schossen in die Höhe, und überall waren die weiß blühenden Dolden des Wiesenkerbels zu sehen.

Der Alltag nahm seinen gewöhnlichen Lauf, und damit auch Daniels wöchentliche Religionsstunde in der Schule. Jeden Donnerstag nach Unterrichtsschluss strömten Jungen und Mädchen in das Klassenzimmer. Am Rand saß die Rektorin, beobachtete das Geschehen und starrte die Kinder, die quasselten oder herumzappelten, streng an. Am Klavier saß wie immer Mrs Buckhurst, die jedes Mal zum Hereinkommen einen Marsch von Schumann spielte.

Als sich alle niedergelassen hatten, sagte Daniel: »Guten Morgen, liebe Kinder!«

»Guuuten Mooorgen, Herr Pfaaarrer!«, antworteten die Kinder in ähnlich monotonem Sprechchor wie die Gemeinde beim Gottesdienst.

»Hat denn heute jemand Geburtstag?«, erkundigte sich Daniel.

Dreißig Finger schossen in die Höhe und zeigten Richtung Himmel.

»Ja, in der Osterzeit feiern wir die Auferstehung Jesu Christi«, sagte Daniel. »Aber hat jemand von *euch* heute Geburtstag?«

Katrina Gauchet, die Rektorin, erhob sich und sagte: »Lily, steh bitte einmal auf.«

Ein schlaksiges Mädchen mit einem großen Anstecker, auf dem »Geburtstagskind« stand, sprang auf und schaute dann schüchtern zu Boden.

»Lily wird heute zehn, Reverend«, verkündete die Rektorin.

»Herzlichen Glückwunsch zum Geburtstag, Lily«, sagte Daniel. »Möchtest du nach vorne kommen und die Kerze anzünden?«

Auf einem Schultisch, der als behelfsmäßiger Altar diente und entsprechend der Osterzeit mit einem weißen Tuch bedeckt war, lagen eine große alte Bibel aus der Sakristei und ein Messingkreuz. Die Schulsekretärin sorgte immer dafür, dass neben der dicken Kerze Streichhölzer bereitlagen, denn das Anzünden war das offizielle Ritual für den Beginn der Religionsstunde.

Lily errötete verlegen und kam nach vorne. Daniel reichte ihr die Streichhölzer, und sie bemühte sich etwas ungeschickt, die Kerze anzuzünden. Da der Docht zu kurz war, geriet das Ganze umständlicher als geplant.

»Herzlichen Glückwunsch zum Geburtstag, Lily«, wiederholte Daniel, als die Kerze endlich brannte, und die anderen Kinder standen auf und sangen »Happy birthday«. Danach setzten sie sich wieder und blickten Daniel erwartungsvoll an.

Es hatte eine Weile gedauert, bis Daniel sich in Champton auf die Bedürfnisse seiner neuen Gemeinde eingestellt hatte. In London, wo er Kinder der wohlhabenden Oberschicht und sogar Sprösslinge von Fürsten in seinen Klassen gehabt hatte, war ein ganz anderer Stil erwartet worden. Hier in Champton hatte er anfänglich auch versucht, die Grundzüge der christlichen Glaubenslehre in der Religionsstunde zu vermitteln. Aber nachdem er sich bemüht hatte, den Kindern die Realpräsenz und die Sühne zu erklären, hatte Katrina ihm dezent nahegelegt, doch einen anderen Weg einzuschlagen.

Zuerst war er auf die Idee verfallen, die Kinder herumlaufen zu lassen, damit sie sich ein bisschen austoben konnten. Davon waren allerdings die Lehrer nicht begeistert, die danach die aufgekratzten Kinder beruhigen mussten, bevor sie von ihren Eltern abgeholt wurden. Katrina hatte dann eine Mischung aus Sitzen und Aufstehen vorgeschlagen, und seither beendete Daniel jede Stunde mit einem Gebet und einem Lied. Heute hatte er sich für ein modernes Kirchenlied entschieden, das ihm selbst zwar nicht gefiel, aber die Kinder sangen es mit Begeisterung. Zuletzt gab es ein Trostgebet und das Vaterunser. Daniel fand es immer wieder aufs Neue anrührend, wie ernsthaft und vertrauensvoll die Kinder dieses Gebet sprachen.

Schließlich spielte Mrs Buckhurst zum Abschluss das »Lied ohne Worte« von Mendelssohn Bartholdy, worauf Daniel sich unwillkürlich fragte, ob sie ihm damit sagen wollte, dass sie auf das neumodische Kirchenlied auch lieber verzichtet hätte. Dann stellten sich die Kinder ordentlich in einer Reihe auf und marschierten hinaus. Daniel und Katrina rückten das Klavier zurecht, weil Mrs Buckhurst einen schlimmen Rücken hatte.

»Wie geht es den Kindern? Was wissen sie über den Mord?«, erkundigte sich Daniel bei der Rektorin.

»Einige sind beunruhigt, andere verstehen gar nicht richtig, was passiert ist«, antwortete Katrina. »So etwas hat es ja hier noch nie gegeben. Wir versuchen, sie zu beruhigen, aber ich glaube, die Eltern sind noch viel verstörter.«

»Wie ist die Stimmung am Schultor?«

»Alle treibt natürlich um, ob Gefahr für die Kinder besteht, schließlich läuft hier irgendwo ein Mörder frei herum. Wer kann das nur sein? Solange wir nichts Konkretes wissen, können wir ja auch nur Vermutungen anstellen.«

»Und wie ist die Atmosphäre im Lehrerzimmer?«, fragte Daniel weiter.

»Entsprechend«, antwortete Katrina. »Solange wir nichts Genaueres erfahren, wird sich auch bestimmt nichts ändern. Haben Sie nicht die Leiche entdeckt?«

»Ja.«

»Wie ist das, wenn man so etwas erlebt?«

Daniel wollte darauf nicht gleich eine Antwort einfallen.

»Entschuldigung«, sagte Katrina.

»Ich versuche, möglichst wenig daran zu denken«, sagte Daniel schließlich. »Weitermachen wie gewohnt ist vermutlich das Beste, oder?«

»Ja, das denke ich auch. Hat die Polizei denn schon Anhaltspunkte?«

»Sie hält sich bedeckt, die Ermittlungen sind noch im Gange.«

»Jemand hat berichtet, das Badehaus sei abgesperrt worden«, sagte Katrina.

»Ja.«

»Ich war seit vielen Jahren nicht mehr dort und dachte eigentlich, es sei ohnehin verschlossen. Wissen Sie von dem Wandgemälde?«

»Ja, ich habe es gesehen«, antwortete Daniel. »Woher wissen Sie davon?«

»Von Hervé. Er glaubt, dass dieses Bild irgendetwas mit seinem Vater zu tun hat.« Katrina Gauchets Mann Hervé hatte seine leiblichen Eltern nie kennengelernt. Sein Vater war mutmaßlich einer der Franzosen, die während des Krieges hier stationiert gewesen waren.

»Inwiefern?«

»Es heißt, sein Vater sei ein Künstler gewesen, der wegen seiner Verletzungen in Champton landete und hier starb. Daher auch Hervés Name. Er ist nach einem Mann benannt, den er niemals kennengelernt hat.«

»Ach, stimmt, das ist mir tatsächlich auch schon mal zu Ohren gekommen.«

»Und er weiß auch nicht, wer seine Mutter war«, sagte Katrina.

Daniel nickte. »Ja, ich habe davon gehört.«

»Wahrscheinlich ein Mädchen aus dem Dorf. Hervé ist jedenfalls als Pflegekind aufgewachsen.«

»Und er würde gern herausfinden, wer seine Eltern waren?«, fragte Daniel.

Er musste an ein Mitglied seiner ehemaligen Gemeinde denken. Der Mann war als Säugling adoptiert worden und hatte in seinen Zwanzigern erfahren, wer seine leiblichen Eltern waren. Er spürte sie auf und läutete in einer fremden Stadt unangekündigt an deren Tür. Ein Mann öffnete, dem er wie aus dem Gesicht geschnitten war. Die beiden starrten sich wortlos an. Dann schloss der Mann die Tür langsam wieder.

»Ja, er denkt immer wieder daran«, antwortete Katrina. »Fürs nächste Jahr planen wir eine große Gedenkfeier zum fünfzigsten Jahrestag des Kriegsbeginns. Wir wollen die gesamte Schule historisch gestalten, Kostüme tragen, traditionelle Gerichte anbieten und ältere Menschen aus dem Dorf bitten, von damals zu berichten. Ich habe Hervé gefragt, ob er etwas über die Freien Französischen Streitkräfte anbieten möchte, und seither ist er völlig besessen von diesem Vorhaben. Hat mit Ned Thwaite gesprochen, der sich mit dem Thema gut auskennt. Und er hat sogar mit Zeitzeugen aus dem Dorf Interviews gemacht und sie mit seinem Kassettenrekorder aufgenommen.«

Anthony hatte Daniel einmal ein Foto von de Gaulles Besuch 1943 in Champton gezeigt. Der General mit seinem typischen *képi* saß auf der Eingangstreppe von Champton House, umgeben von Offizieren und Soldaten der Freien Französischen Streitkräfte. War einer von diesen Männern womöglich Hervés Vater gewesen?

»Kennen Sie das Foto von de Gaulles Besuch in Champton?«, fragte Daniel. »Möglicherweise gibt es noch weitere, die einen Anhaltspunkt geben könnten. Vielleicht mal bei der französischen Botschaft nachfragen?«

»Das ist eine Idee, wenn ich Zeit habe«, erwiderte Katrina.

»Apropos: Haben Sie noch einen Moment Zeit? Ich würde Ihnen gerne etwas zeigen.«

Sie gingen nach oben in ihr Büro, wo eine Leinwand auf dem Schreibtisch lag.

»Das hier haben wir gefunden«, erklärte Katrina und rollte sie auf.

Unter einem Wappen, in dem die britische und die französische Flagge mit dem Lothringerkreuz und einem V für *victory* kombiniert waren, stand ein Text, der Daniel vertraut war, den er aber dennoch mit Bestürzung las.

Auf, auf, Kinder des Vaterlands!
Der Tag des Ruhmes, der ist da.
Gegen uns wurde der Tyrannei
Blutiges Banner erhoben.
Hört ihr im Land
Das Brüllen der grausamen Krieger?
Sie kommen bis in eure Arme,
Eure Söhne, eure Gefährtinnen zu erwürgen!
Zu den Waffen, Bürger!
Formt eure Schlachtreihen,
Marschieren wir, marschieren wir!
Bis unreines Blut
Unserer Äcker Furchen tränkt!

»Das ist nicht gerade ein frommer Text«, bemerkte Daniel.

»Kennen Sie ihn?«

Daniel nickte. »Die ›Marseillaise‹. Aber mir war nicht bewusst, dass sie so blutrünstig ist, offen gestanden.«

»Während des Krieges sangen die Schulkinder sie jeden Morgen nach der britischen Nationalhymne, um den Freien Französischen Kräften die Ehre zu erweisen«, sagte Katrina. »Hier gingen damals auch französische Kinder zur Schule.«

»Das höre ich zum ersten Mal.«

»Einige der Zivilisten, die in Champton House tätig waren, hatten ihre Familien mitgebracht«, erklärte Katrina. »So war Champton in den Vierzigerjahren sogar ein wenig international.«

17

Audrey ließ sich viel Zeit in Stellas Boutique, vor allem, weil nur Anne Dollinger im Laden war, die man leichter herumkommandieren konnte als ihre kratzbürstige Chefin. Das Geschäft war nicht allzu groß, aber gut gefüllt mit neuer Frühlingsware, und Audrey schickte Anne hierhin und dorthin und hängte dann heimlich Sachen an die falschen Stellen zurück. Binnen Kurzem war Anne so beladen mit Kleidern, dass sie alles in die Garderobe brachte. Audrey zog den Vorhang zu und setzte sich etwas atemlos auf die kleine Bank, um sich ihrer drückenden Schuhe zu entledigen.

Mittlerweile schien Stella eingetroffen zu sein, denn Audrey hörte sie jetzt in ihrem manierierten Geschäftstonfall sprechen.

»Anne, sei doch so gut und bring dieses Päckchen für Gillian Thwaite zur Post, während ich Mrs Lee bediene. Das Geld fürs Porto erstatte ich dir später, danke.«

»Mach ich. Soll ich noch Kuchen …«

Aber Stella war bereits mit Mrs Lee beschäftigt, Gattin eines neureichen Unternehmers. Sie gehörte zu den besten Kundinnen der Boutique und wurde mit ausgesuchter Höflichkeit behandelt, obwohl Stella hinter Mrs Lees Rücken immer über sie lästerte.

»Was schlagen Sie also vor, Mrs Lee?«, fragte Stella jetzt mit geschäftsmäßigem Tonfall.

Das klang nicht nach einer Farbberatung. Normalerweise hätte Audrey sich mit einem Hüsteln bemerkbar gemacht, aber nicht hier; Stella gegenüber musste man sich jeden Vorteil zunutze machen.

»Ich habe tausend in bar in der Tasche, um mein Konto auszugleichen.«

»Das reicht auf keinen Fall, Mrs Lee, dann habe ich null Profit.«

»Zwölfhundert, und wir sind quitt?«

Ein Schweigen entstand.

»In Ordnung«, antwortete Stella schließlich.

Auch ohne Handschlag mit Spucke schien die Sache klar zu sein, denn jetzt klingelte erneut die Ladenglocke, als Mrs Lee hinausging, offenbar um zwölfhundert Pfund leichter. Diesen Moment nutzte Audrey, um aus der Garderobe aufzutauchen, ihr Wunschkleid über dem Arm.

»Audrey!«

»Hallo, Stella.«

»Ich wusste gar nicht, dass Sie hier sind.«

»Habe dieses hübsche Kleid hier anprobiert«, sagte Audrey. »Ich nehme es.«

»Hervorragende Entscheidung. Wie möchten Sie bezahlen?«

»Vielleicht sollte ich mich nach Ihren Bargeldkonditionen erkundigen?«

Darauf wusste Stella ausnahmsweise nichts zu erwidern.

»Ach, ich nutze mal meine flexible Freundin«, flötete Audrey. »Damit meine ich natürlich meine Kreditkarte, nicht Sie.«

Stella förderte das Kreditkartengerät zutage und tippte mit etwas abgehackten Bewegungen den Betrag in die Kasse ein.

»Keine Sorge, Stella«, fuhr Audrey munter fort. »Sie denken doch wohl nicht, dass ich Sie beim Finanzamt verpfeife?«

»Ich kann Ihnen versichern, dass meine Unterlagen in allerbester Ordnung sind«, erwiderte Stella in ihrem Geschäftstonfall, der aber ihre Glaubwürdigkeit in diesem Moment auch nicht erhöhen konnte.

»Nichts anderes erwarte ich. Und ich würde im Traum nicht daran denken, Ihre Seriosität infrage zu stellen, und wenn die Gerüchteküche noch so sehr brodelt.«

Stella schob Audreys Karte in das Gerät, als handle es sich um eine Guillotine.

»Kann ich noch etwas für Sie tun, Audrey?«

»Nein, das ist alles, vielen Dank, meine Liebe.«

Stella überreichte ihr das Kleid in einer eleganten Tüte mit dem Logo des Geschäfts.

»Danke sehr. Ach, doch, da fällt mir noch etwas ein«, fügte Audrey hinzu.

»Was denn?«

»Ob ich wohl mal Ihre Toilette benutzen könnte?«

Und Stella verstand ganz genau, worauf das hinauslief.

18

Daniel stattete Dot Staveleys Café The Flowers einen Besuch ab, das jetzt im Frühling wieder geöffnet hatte. Auf der Verkaufstheke standen wie üblich jede Menge Tortenständer auf Spitzendeckchen, und Daniel entdeckte zu seiner Freude Walnusskuchen, seinen Lieblingskuchen, zweifellos aus der Küche von Kath Sharman, einer der besten Bäckerinnen des Dorfes.

»Hallo, Daniel«, begrüßte ihn Dot. »Neulich hatten wir auch Ihren berühmten Bruder zu Gast.«

»Hat er mir erzählt. Ohne Espresso geht Theo ein.«

»Er hat für große Aufregung gesorgt.« Dot wies mit dem Kopf auf den Tisch in der Ecke, an dem Dora Sharman saß, in Hut und Mantel und mit dem Rücken zur Wand. Sie beäugte Daniel mit ihrem typischen Blick, der ihn immer an eine neugierige Taube erinnerte.

Daniel winkte Dora zu, und als sie das Winken erwiderte, setzte er sich mit Tee und Kuchen zu ihr.

»Hallo, Dora. Den Walnusskuchen hat sicher Kath gebacken, oder?«

»Sicher, warum nicht?«

»Ach, nur so.«

»Wir mögen Dot vielleicht nicht, weil sie hochnäsig ist«, sagte Dora. »Aber die Kunden mögen die Kuchen, und wir mögen das Geld.«

»Die Kuchen sind fantastisch«, erwiderte Daniel in der Hoffnung, nicht irgendetwas Falsches zu sagen. Das war bei den Sharman-Schwestern immer schwer einzuschätzen. »Und Ihre Apfeltarte ist die beste, die ich jemals gegessen habe, Dora. Eine Köstlichkeit auf höchstem Niveau.«

»Dachten Sie etwa, hier gäbe es nur trockenen Früchtekuchen?«

Daniel öffnete den Mund, um die Frage zu verneinen. Dann antwortete er wahrheitsgemäß: »Ähm ... ja, ich glaube schon.«

»Ich habe das von den Franzosen gelernt. Der französische Koch im Herrenhaus hat mir damals die Apfeltarte beigebracht und noch vieles andere. Und den Itakern verdanken wir, dass man hier einen anständigen Kaffee kriegen kann.«

»Sie meinen die italienischen Kriegsgefangenen?«, fragte Daniel milde, um ihren sprachlichen Fauxpas auszugleichen.

»Ja, klar. Die sind hier durchmarschiert auf dem Weg zum Lager in Little Frimmington. Hübsche Männer, und fröhlich waren die. Man konnte kaum glauben, dass sie aus einem Krieg kamen. Die Mädchen haben ihnen allen zugewinkt, auch wir.«

Daniel erinnerte sich an ein Gespräch mit einem Militärpfarrer der amerikanischen Luftwaffe. Der Mann war in Northamptonshire stationiert gewesen, von wo aus die »Fliegenden Festungen« starteten, um Norddeutschland zu bombardieren. Tausende von Amerikanern waren damals dort stationiert und hatten in den Pubs von Braunstonbury Vergnügen und Zerstreuung gesucht. Und die Frauen des Ortes waren fasziniert von den jungen Männern mit dem fremden Akzent gewesen und hatten ihnen jede Menge Mitgefühl entgegengebracht. In der gnadenlosen Welt eines Krieges fanden diese Soldaten sicher bei mancher Frau Trost. Daniel fragte sich unversehens, ob wohl auch Dora und Kath Sharman sich damals mit Amerikanern angefreundet und Nylonstrümpfe, Kaugummi und Kaffee geschenkt bekommen hatten.

»Schlimme Geschichte, das mit Mr Bowness«, sagte Dora jetzt.

»Ja, wahrhaftig.« Nach kurzem Schweigen fragte Daniel: »Kannten Sie ihn? Also, von früher, meine ich?«

»Kann ich nicht behaupten, nein. Ich erinnere mich aber noch daran, dass er nach dem Tod seines Vaters als Kind immer seine Ferien in Champton House verbracht hat, vor dem Krieg noch. Wir haben ihn und den Lord damals oft gesehen, bis die Franzosen ins Herrenhaus einzogen. Da ist die Familie in ihren Landsitz in Norfolk gezogen.«

»Und Sie?«

»Was meinen Sie?«

»Sie waren doch damals Hausangestellte in Champton House, oder nicht?«

»Ja, meine Schwester und ich. Aber nach dem Krieg hat sich alles geändert.«

»Waren Sie nicht die Zofe der Mutter vom heutigen Lord de Floures?«

»Ja. Kath war Hausmädchen«, antwortete Dora. »Musste damals Uniform tragen, mit Häubchen und Schürze. Und knicksen mussten wir beide vor der Herrschaft.«

»Und wie war das dann während des Krieges?«, erkundigte sich Daniel.

»Da wurden wir aufgeteilt. Ich war bei der Familie auf dem Anwesen in Norfolk, um mich um Lady de Floures zu kümmern, und Kath hat hier in der Küche ausgeholfen. Dann war es eine Zeit lang andersherum, je nachdem, wo sich die Familie gerade aufhielt.«

»Hat es Sie beide gestört, dass sie getrennt waren?«

Dora zuckte mit den Achseln. »Hätte uns ja auch nichts genützt. Jemand musste eben hierbleiben, um den Franzosen die Haushaltsführung zu erklären. Und nach dem Krieg war dann alles anders. Die meisten Dienstboten kamen nicht zurück, es gab keine Lakaien und keinen Kammerdiener mehr. Nach dem Tod der Lady wurde auch keine Zofe mehr gebraucht. Hätte mir nie vorgestellt, dass sich alles so schnell ändert, aber so war's. Passte nicht mehr in die Zeit.«

»Was meinen Sie damit?«, fragte Daniel.

»Na, das Knicksen, die ganze Unterwürfigkeit. Die alten Regeln galten nicht mehr. Und ich muss auch sagen: Ich habe es genossen, als die Franzosen hier waren. Ich wollte nicht mehr zum alten Zustand zurück.«

Als Daniel acht Jahre zuvor in Champton eingetroffen war, hatte es im Herrenhaus noch einen Koch, eine Hausdame und einen Butler gegeben, doch die waren nun auch schon lange nicht mehr in Diensten der Familie. Heutzutage wurde das große Anwesen von Mrs Shorely, einigen Putzhilfen, den Sharman-Schwestern und weiteren freiwilligen Helfern betreut. Aber dass es niemanden mehr gab, der Feuer im Kamin anzündete, die Räume regelmäßig lüftete, Bettwäsche wechselte und Silber polierte machte sich durchaus bemerkbar.

»Ich hätte das Anwesen zu gern noch in seiner einstigen Pracht erlebt«, sinnierte Daniel.

»Es war eines der vornehmsten Häuser von ganz England«, sagte Dora und richtete sich unwillkürlich auf. »Als Kind habe ich den Ball miterlebt, bei dem der Vater von Lord Bernard in die Gesellschaft eingeführt wurde. Der ganze Weg vom Tor bis zum Eingang war mit Fackeln erleuchtet. Eine Limousine nach der nächsten mit hohen Herrschaften traf ein, darunter auch der Prince of Wales. Elegante Kleider, Diademe, das Haus erleuchtet wie ein Ozeandampfer. Ein Orchester spielte, und es wurde gefeiert bis in die Morgenstunden. In allen Zeitungen ist damals darüber berichtet worden.«

Daniel kannte Zeitungsausschnitte und Fotos von dem Ball aus dem Hausarchiv, wo sie an einem Brett aufgehängt waren: die Reichen und Berühmten, Frack und Zylinder und Federboas wie bei einem Zarenball.

»Muss jetzt los«, sagte Dora unvermittelt, und bevor Daniel reagieren konnte, stand sie schon an der Kasse und fischte ihre Geldbörse aus der Handtasche.

19

Auf dem Heimweg legte Daniel einen Zwischenstopp bei der Post ein, die gleichzeitig als Gemischtwarenladen fungierte. Das Angebot war allerdings äußerst bescheiden, es bestand aus Zucker, Teebeuteln, Zigaretten der Marke John Player's No 6, Gebäck aus dem Großmarkt, Dosen mit grässlichem Fleisch sowie Schokoeis und Fischstäbchen in der Gefriertruhe. Eine Hälfte der Theke war dem Postbetrieb gewidmet, die andere blieb leer, da es Mrs Braines, der Besitzerin, gesetzlich untersagt war, Briefmarken und Butterkekse an derselben Stelle zu verkaufen.

Die Glocke über der Tür klingelte, als Daniel hereinkam. Mrs Braines stand bereits an der Theke, und in dem kleinen Laden war kaum noch Platz, da Stella Harper, Kath Sharman und Jane Thwaite sich bereits dort aufhielten. Die lebhaften Gespräche verstummten beim Erscheinen des Pfarrers, aber der notorisch übellaunige Jack Russell der Sharman-Schwestern veranstaltete sofort einen Riesenradau.

»Scamper, ruhig!«, herrschte Kath den kleinen Hund an, der daraufhin erbost knurrte und widerwillig Platz machte.

»Er riecht immer Ihre beiden, Daniel«, sagte Kath entschuldigend. »Sie wissen ja, kleine Hunde sind zänkisch.«

Daniel hätte Cosmo und Hilda gerne verteidigt, musste sich aber eingestehen, dass Kath recht hatte. Die Abneigung beruhte auf Gegenseitigkeit.

»Guten Morgen, Herr Pfarrer«, sagte Mrs Braines seltsam förmlich, und Daniel fragte sich, ob sie mit der übertriebenen Höflichkeit verdecken wollte, dass hier gerade ausgiebig getratscht worden war.

»Guten Morgen, die Damen«, erwiderte Daniel, seinerseits förmlich, und stellte sich hinter Jane Thwaite auf, um eine korrekte Schlange zu bilden.

»Gehen Sie ruhig vor, Daniel«, sagte Jane. »Wir sind schon bedient worden.«

»Wir haben nur ein bisschen geschwatzt«, fügte Mrs Braines hinzu. »Was hätten Sie gern?«

»Briefmarken, bitte«, antwortete Daniel, worauf Mrs Braines vorschriftsmäßig ihren Platz am postalischen Teil der Theke einnahm, durch eine Glasscheibe mit Durchsprecher vom Kunden getrennt, ganz ähnlich wie in einem Beichtstuhl.

»Fünfzig Einer und fünfzig Zweier«, sagte Daniel.

Mrs Braines klappte das dicke Briefmarkenbuch auf. »Möchten Sie einfache oder Sondermarken? Es gibt eine neue Serie über die walisische Bibel, das wäre vielleicht etwas für Sie, oder?«

Daniel, äußerst wählerisch in Sachen Schreibwaren, hatte allerdings in seinem Briefverkehr eine Vorliebe für Schlichtheit. »Ich nehme die einfachen.«

Während Mrs Braines die großen Bögen aus dem Buch nahm, fragte Kath Sharman: »So weit alles in Ordnung in der Gemeinde, Daniel?«

»Ich glaube schon, ja. Angesichts der Umstände.«

»Ned ist immer noch ganz verstört«, sagte Jane Thwaite. »Dass der Mörder im Badehaus gehaust hat und keiner davon wusste!«

»Oh, das ist keineswegs bewiesen«, wandte Daniel ein. »Bislang weiß niemand, wer sich dort aufgehalten hat. Es könnte auch ganz bedeutungslos sein.«

»Bedeutungslos?«, rief Stella aus. »Ein Mann ist ermordet worden! Und der Täter läuft frei herum!«

»Es wäre vielleicht dennoch besser, nicht zu viel zu spekulieren, solange nichts Genaueres bekannt ist«, gab Daniel zu bedenken.

»Mag sein«, räumte Stella ein. »Aber es ist doch extrem beunruhigend, dass der Mörder noch nicht gefasst ist.«

»Ich habe gehört, Norman Staveley ist heute bei einer Sitzung im Rathaus«, warf Mrs Braines ein. »Er will mit dem Polizeichef sprechen, um zu hören, ob auch genug unternommen wird.«

»Gut so«, sagte Stella mit Nachdruck. »Wir wollen *Ergebnisse.*«

Mrs Braines und Jane Thwaite nickten bekräftigend.

»Das sagt sich so leicht«, erwiderte Daniel. »Aber was genau meinen Sie damit?«

»Nun, dass der Mörder festgenommen wird«, antwortete Stella. »Vorher ist doch hier kein normales Leben möglich. Und das wollen wir schließlich alle: zu unserem Alltag zurückkehren.«

»Genau«, sagte Jane. »Nichts geht voran. Was ist mit den Pfingstfeiern? Und dem Blumenfestival? Und der neuen Küche für die Kirche … oh, ähm …«

Auf den Fauxpas folgte ein kurzes Schweigen, dann sagte Stella: »Diese Pläne erscheinen mir so nebensächlich nach allem, was geschehen ist. Vielleicht warten wir besser erst einmal ab, bis sich die Lage wieder beruhigt hat.«

»Ach ja?«, bemerkte Daniel erstaunt. »Bei unserem letzten Gespräch wirkten Sie so entschlossen. Haben Sie es sich anders überlegt?«

»Nein, das nicht. Aber bei genauerer Betrachtung könnte ich mir auch einen Kompromiss vorstellen.«

Erneut trat ein Schweigen ein. Schließlich sagte Daniel: »Was bin ich Ihnen für die Marken schuldig, Mrs Braines?«

»Sechzehn Pfund fünfzig.«

Daniel bezahlte mit dem Zwanziger, den er morgens zum Zweck dieses Einkaufs in seiner Geldbörse verstaut hatte.

»Einen schönen Tag noch, die Damen. Ich hoffe, dass wir uns alle bald über nichts anderes mehr Gedanken machen müssen als Kirchenbänke und Toiletten.«

Die Frauen traten beiseite, um den Pfarrer vorbeizulassen, und Scamper gab wie üblich sein gereiztes Knurren von sich.

Als Daniel ins Pfarrhaus zurückkam, saß Detective Vanloo mit Audrey in der Küche und trank Tee.

»Hallo, Liebling«, sagte Audrey. »Detective Vanloo möchte dich sprechen, und ich habe ihm angeboten, hier auf dich zu warten.«

Daniel warf einen prüfenden Blick auf den Polizisten, um zu sehen, ob er nach der Unterhaltung mit Audrey übermäßig strapaziert aussah. Aber Vanloo war nichts anzumerken.

»Reverend Clement. Können wir uns irgendwo unter vier Augen unterhalten?«, fragte er.

Sie ließen sich wieder in Daniels Studierzimmer nieder und warteten einen Moment ab, bis die ausgesperrten Hunde aufgehört hatten, empört an der Tür zu kratzen.

»Ich habe noch ein paar Fragen wegen des Zeitablaufs«, begann Vanloo dann. »Wir wissen, dass Sie die Leiche kurz nach neun Uhr abends gefunden haben, und dass Mr Bowness etwa um sieben zuletzt im Royal Oak gesehen worden ist. Er wurde also irgendwann in diesen zwei Stunden ermordet. Wo waren Sie um sieben Uhr?«

»Zu Hause, beim Abendessen mit meiner Mutter. Das hatte ich Ihnen schon gesagt, glaube ich.«

»Wann haben Sie Mr Bowness zuletzt gesehen?«

»In Champton House. Es war ja der Tag der offenen Tür, und Anthony versuchte immer, möglichst wenig damit zu tun haben.

Die Freiwilligen hatten sich alle morgens versammelt, bevor die Besucher um neun Uhr eintrafen. Da habe ich Anthony gesehen. Und um die Mittagszeit. Ich glaube, er hatte vorher in seinem Büro neben der alten Küche irgendeinen Streit mit Alex de Floures.«

»Einen Streit?«

»Nichts Gravierendes, denke ich. Alex kann sehr schwierig sein. War sicher nur eine kleine Auseinandersetzung.«

»Wissen Sie, wo Mr Bowness dann hinging?«

»Ich hatte vermutet, in den Pub.«

»Ja«, sagte Vanloo. »Wo er auch den ganzen Nachmittag blieb. Wir haben mit Mr Thwaite gesprochen, der bis um halb sechs Aufsicht in der Kirche hatte und dann nach Hause ging. Eigentlich hätte Mr Bowness zu diesem Zeitpunkt die Kirche abschließen sollen, aber er war ja bis nach sieben im Pub. Das würde bedeuten, dass die Kirche in diesem Zeitraum für jedermann zugänglich war?«

»So war es dann wohl, ja«, antwortete Daniel. »Wobei ich mich frage, weshalb Ned nicht vorbeikam und mich gebeten hat abzuschließen.«

»Das hat er getan, aber Sie waren noch im Herrenhaus. Ihre Mutter hat ihm gesagt, sie würde es Ihnen ausrichten, sobald Sie zurück seien.«

»Das hat sie gar nicht getan.«

»Warum nicht?«

»Ich vermute, sie hat es einfach vergessen«, antwortete Daniel. »Sie ist ja nicht mehr die Jüngste. Haben Sie meine Mutter gefragt?«

»Ja. Sie sagt in der Tat, dass sie es vergessen hat. Ist die Kirche normalerweise abgeschlossen?«

»Nachts immer. Anthony und ich haben abwechselnd abgeschlossen.«

»Haben Sie noch irgendjemanden bemerkt, als Sie Champton House verließen und nach Hause gingen?«, fragte Vanloo.

»Nein. Ich habe mich von Margaret Porteous und einigen anderen verabschiedet und bin dann durch den Park gegangen. Die restlichen Freiwilligen sind wahrscheinlich etwa gleichzeitig aufgebrochen, aber sie wohnen am anderen Ende des Dorfes und hätten einen anderen Weg genommen. Das könnte Margaret Porteous wissen.«

»Gut. Andere Frage. Sind Sie ganz sicher, dass das Blut noch frisch war, als Sie die Leiche gefunden haben?«

»Ja, durchaus. Die Hunde haben diese Spur hinterlassen, und Sie wissen ja, in welchem Zustand meine Kleidung war.«

»Was schließen Sie daraus?«

Daniel überlegte und sagte dann: »Dass die Tat erst kurz vorher begangen wurde. Ich hatte bislang noch nicht darüber nachgedacht, offen gestanden.«

Vanloo machte sich eine Notiz und sagte dann: »Eine Sache noch. Das klingt vielleicht etwas seltsam, aber ... wissen Sie, ob es im Dorf jemanden gibt, der eine Nahkampfausbildung durchlaufen hat?«

»Ja, Bob Achurch, er war Kommandosoldat. Aber er ist ganz bestimmt nicht der Mörder.«

»Woher wollen Sie das wissen?«

»Also, dann fresse ich einen Besen«, antwortete Daniel etwas salopp. »In Champton werden Auseinandersetzungen zivilisierter ausgetragen.«

»Was meinen Sie damit?«, hakte Vanloo nach.

»Nur, dass Gewalt in diesem Dorf keine Rolle spielt. Wenn einige Leute vielleicht auch behaupten würden, Kirchenpolitik sei die Fortsetzung des Krieges mit anderen Mitteln.«

»War Mr Bowness in die Kirchenpolitik involviert?«

»Ja, das sind letztlich alle Gemeindemitglieder. Aber ich kann mir einfach nicht vorstellen, dass jemand Gewalt anwenden würde. Die letzte Debatte drehte sich um den Einbau einer Toilette in der Kirche. Nicht zu vergleichen mit der Ermordung von Erzherzog Franz Ferdinand.«

»Nahm Mr Bowness an dieser Debatte teil?«

»Insofern ja, als er Mitglied des Kirchenrats war.«

»Wir müssen die anderen Mitglieder befragen«, erklärte Vanloo. »Ob Sie mir wohl eine Liste geben könnten?«

»Selbstverständlich.«

Der Polizist machte sich eine weitere Notiz und blickte dann auf. »Wie geht es Ihnen denn eigentlich?«

»Mir? Gut so weit. Es ist natürlich alles noch so frisch. Und Sie wissen ja, wie sich eine solche Gewalttat auf Gemeinschaften auswirkt. Das bringt alles Mögliche zum Vorschein.«

»Was fällt Ihnen auf?«, erkundigte sich Vanloo.

»Noch nichts Spezielles, aber die Leute erscheinen mir gereizt und machen Druck.«

»Jemand im Besonderen?«

»Das kann ich noch nicht einschätzen. Aber glauben Sie denn wirklich, dass der Mörder aus dem Dorf stammt?«

»Das wissen wir noch nicht. Aber …«, Vanloo zögerte kurz, »dieser Mord wurde sehr professionell ausgeführt. Eine einzige Stichwunde, mit der die Halsschlagader durchtrennt wurde. Und das mit einer Gartenschere, die nicht extrem scharf war. Der Mörder wusste also nicht nur wo, sondern auch wie er handeln musste. Er muss den Kopf des Opfers zurückgezogen haben, um den Hals zu dehnen und die Schlagader besser zu treffen. Stellen Sie sich die Szene doch mal vor: Jemand schleicht sich an einen knienden Menschen an, reißt seinen Kopf zurück, sticht ihm mit einer mäßig scharfen Klinge in den Hals und lenkt dann den Blutstrahl von sich weg, während das Opfer stirbt. Halten Sie das für eine spontane Tat?«

»Nein, aber die Gartenschere …«, wandte Daniel ein. »Ich meine, zu einem geplanten Mord würde man doch eine geeignete Waffe mitbringen, anstatt vor Ort zu improvisieren, oder nicht? Das erscheint mir nicht schlüssig.«

»Im realen Leben geht es aber nicht immer schlüssig zu, Reverend.«

»Was haben Sie denn im Badehaus gefunden?«, fragte Daniel.

»Nichts außer dem, was Sie auch gesehen haben. Jemand hat sich dort aufgehalten, vermutlich länger und mehr als nur einmal, hat aber dennoch keinerlei brauchbare Spuren hinterlassen, auch keine Fingerabdrücke. Das bringt uns also keinen Schritt weiter. Wissen Sie von jemandem, der sich dort aufgehalten haben könnte?«

»Ja, Alex vielleicht, der jüngere Sohn von Bernard de Floures«, antwortete Daniel. »Er ist Künstler und lebt eigentlich in London, aber wenn er hier ist, wohnt er im Pförtnerhaus und benutzt alle möglichen Orte auf dem Anwesen für seine … ›Installationen‹, oder ›Happenings‹ nennt er es, glaube ich. Ziemlich außergewöhnliche Aktionen. Er hat so etwas schon in der Orangerie und den alten Stallungen gemacht, vielleicht wollte er sich auch das Badehaus dafür aussuchen.«

»Und was ist mit Ned Thwaite?«

»Er beschäftigt sich eingehend mit der Lokalgeschichte. Hat Recherchen über das Anwesen zur Zeit des Zweiten Weltkriegs gemacht, als Franzosen dort untergebracht waren und auch das Wandbild im Badehaus gemalt haben. Aber das hat Ned erst vor Kurzem entdeckt. Das Badehaus gehört zu den vernachlässigten Gebäuden des Anwesens.«

»Ich denke, dieses Gebäude bringt uns nicht weiter, ich werde es wieder freigeben«, erklärte Vanloo.

»Und wie steht es um meine Kirche?«, erkundigte sich Daniel.

»Ich fürchte, die werden wir noch eine Weile brauchen, tut mir leid, Reverend.«

»Haben Sie eine Vorstellung, wann sie der Gemeinde wieder zugänglich sein wird?«

»Nein. Und wenn es so weit ist, muss dort professionell gereinigt werden. Wir haben Spezialisten für so etwas, ich kann Ihnen die Kontaktdaten geben.« Er schüttelte den Kopf. »In einer Kirche erwartet man so etwas wirklich nicht ...«

»Nicht der erste Mord in der Kirche von Champton«, erwiderte Daniel. »Im siebzehnten Jahrhundert wurde ein Quäker hier umgebracht. Er hatte einen meiner Vorgänger während des Gottesdienstes der Ketzerei beschuldigt. Ein paar Gemeindemitglieder haben den Mann totgeschlagen.«

»Und ich dachte, in Ihrer Kirche gibt es nur Blumenfestivals und Abendandacht«, bemerkte Vanloo trocken.

»Dass Menschen unmenschlich sein können, ist leider nichts Neues, Detective. Das ist so seit Anbeginn der Menschheit, wie wir beide wissen.«

»Tja, da haben Sie wohl recht. Sagen Sie, wo finde ich Bob Achurch?«

»In Sextons Cottage, gleich hinter dem Friedhofstor«, antwortete Daniel, während er Vanloo zur Tür geleitete. »Und wenn Sie noch Fragen haben: Ich stehe Ihnen natürlich jederzeit zur Verfügung.«

20

Das altehrwürdige Pfarrhaus von Pitcote hatte in den Sechzigerjahren zum letzten Mal einen Geistlichen beherbergt. Es wurde verkauft, als die Diözese wieder einmal in einer Finanzkrise steckte, und später in ein Altersheim umgewandelt. In den Achtzigerjahren zog dann erneut ein Mann der Kirche dort ein, als Pfarrer Dolben – der vorletzte Amtsinhaber von St Mary's vor Daniel – mit über neunzig endgültig in den Ruhestand ging.

Daniel besuchte seinen Kollegen regelmäßig, meist am ersten Samstag des Monats, um ihm die Kommunion zu erteilen und mit ihm über Cricket zu plaudern. Heute war Pfarrer Dolben besonders aufgekratzt, weil seine Lieblingsmannschaft gewonnen hatte. Und noch lebhafter wurde er, als Daniel ihn in den Land Rover verfrachtete, um ihn nach Champton zu chauffieren. Audrey war der Meinung, dass diese Ausflüge für den hochbetagten Herrn viel zu riskant seien. Aber Dolben, der fast blind war, genoss den Krach des alten Autos und das Rütteln und Rumpeln von Daniels miserablem Fahrstil in vollen Zügen. »Ich habe doch sonst keine körperlichen Freuden mehr!«, pflegte der greise Pfarrer zu sagen. Ganz besonders gerne saß er dann im Studierzimmer, das früher sein eigener Wirkungsbereich gewesen war.

Dolben war dreißig Jahre lang Pfarrer von St Mary's gewesen, und auch in seinem hohen Alter waren ihm keinerlei geistige Einbußen anzumerken. Er verfügte noch immer über ein ausgeprägtes Wissen und Gespür für seine einstige Gemeinde. Einmal hatte er im Gespräch einen früheren Amtsinhaber namens Geoffrey Soundso erwähnt, der Daniel nicht bekannt vorgekommen war. Als er sich nach dessen Amtszeit erkundigte, antwortete Dolben »ab 1217«, als sei er dem Kollegen noch begegnet.

Audrey kredenzte Tee und Dolbens geliebte Schokokekse aus dem Postamt und blieb eine ganze Weile lang in der Tür stehen, um sich mit dem Gast über das kürzliche Ableben des Erzbischofs von Canterbury zu unterhalten, den beide Männer persönlich gekannt hatten.

Als Audrey sich schließlich zurückzog, bat Dolben um einen Bericht über den Mordfall.

Danach entstand ein nachdenkliches Schweigen, bis Dolben schließlich sagte: »Eine Gemeinde kann ebenso traumatisiert werden wie eine einzelne Person. Das hat sich während der beiden Weltkriege immer wieder ereignet. Ich stamme ja aus der Generation von Männern, die als Jungen die regelrechte Abschlachtung ihrer Altersgenossen erlebt hat. Granaten, Kreuzfeuer, Gas. Und dann kam der nächste Krieg, da war ich bereits in Champton, weit weg von Kanonen und Bombenflugzeugen. Aber der Krieg war natürlich dennoch präsent, durch die Heimkehrer. Und durch jene, die eben nicht mehr nach Hause kamen. Und Schlimmeres.«

»Was denn?«, fragte Daniel.

»Im Herrenhaus wohnte damals ein französischer Offizier, der vor dem Krieg ein ziemlich berühmter Maler gewesen war, ein Surrealist, glaube ich. Er entsprach genau dem Klischeebild, das man sich von einem französischen Künstler macht: trug ein seltsames Halstuch und sonderbare Hosen und rauchte Kette. Wegen seiner Kriegsverletzungen hinkte er stark. Er inszenierte gerne Theaterstücke, für die er auch das Bühnenbild und die Kostüme selbst anfertigte. Einmal gestaltete er eine wunderbare Aufführrung von Shakespeares ›Wie es euch gefällt‹ im Badehaus und im Wald. Franzosen und Einheimische spielten mit, er selbst übernahm die Rolle des Jacques, und es gab erhitzte Debatten über die korrekte Aussprache des Namens. Am Ende setzte er sich durch, und wir gaben nach. Er war ein Mensch, der ungeheuer charmant, aber auch hitzköpfig und polarisierend war.«

Der greise Geistliche verlor sich für einen Moment in seinen Erinnerungen.

Dann fuhr er fort: »Und er war immer interessiert an Menschen, vollkommen unabhängig von ihrem Status, redete mit allen. Sie können sich bestimmt vorstellen, wie positiv sich das auf die Gemeinde auswirkte. Der jetzige Lord erinnert sich bestimmt noch an ihn. Bernard de Floures und Anthony Bowness haben diesen Maler sehr verehrt.«

Als Dolben erneut verstummte, fragte Daniel: »Wie ging es mit ihm weiter?«

»Kam ums Leben«, antwortete Dolben und seufzte. »Er war in dem Flugzeug, das im Park abgestürzt ist. Alle kamen ums Leben. Ich erinnere mich heute noch an die Geräusche. Sogar die Fenster des Herrenhauses sind bei der Explosion zersprungen.«

»Davon hat Alex mir erzählt«, sagte Daniel.

»Ja, das gehört bestimmt zur Familienchronik. Was macht Alex denn inzwischen?«

»Will immer noch Künstler sein, aber zurzeit malt er nicht. Er versucht sich eher als eine Art Veranstalter, wie dieser französische Maler eigentlich. Macht Ausstellungen und Happenings und lädt Leute dazu ein.«

»Also so etwas wie ein Scheunentanz?«, erkundigte sich Dolben.

»Ähm … nein, eher anders.« Daniel trank einen Schluck Tee.

Dolben knabberte an einem Keks. »Mhm, die sind wirklich köstlich. Tja, durch den Krieg kam es jedenfalls zu allerhand außergewöhnlichen Begegnungen. Die Franzosen waren faszinierend, irgendwie glamourös, so ganz anders als wir. Und die Damen aus Braunstonbury kamen samstagabends zum Tanz hierher. Was jede Menge gebrochene Herzen zur Folge hatte und manchmal auch ungeplante Kinder. Damit musste dann diskret umgegangen werden … Manchmal arbeiteten Mädchen aus dem Dorf dann einfach eine Weile auf einem anderen Anwesen der de Floures, und später brachte man die Kinder in Adoptivfamilien unter. Das war damals so üblich. Letztlich immer schon.«

Daniel dachte an die Knochen von Säuglingen, die manchmal zum Vorschein kamen, wenn die Friedhofserde für neue Bestattungen umgegraben wurde. Ob seine Vorgänger ein Auge zugedrückt oder die ledigen Mütter sogar dazu ermutigt hatten, ihre verstorbenen Kinder hier zu bestatten, wusste Daniel nicht. Die Kinder waren anonym ohne Taufe beerdigt worden, häufig an der nördlichen Wand der Kirche, die deshalb von Bob Achurch bis heute als »Wand der Tränen« bezeichnet wurde.

»Ich erinnere mich noch«, fuhr Dolben fort, »dass mir der junge Pfarrer Segrave erzählt hat, sein Vater habe noch für außerehelich geborene Kinder im Kirchenbuch ›Bastard‹ vermerkt.«

»Heutzutage gibt es immer häufiger Taufen vor der Eheschließung«, bemerkte Daniel.

»Macht Ihnen das zu schaffen?«

»Nein«, antwortete Daniel. »Ich freue mich grundsätzlich, wenn Menschen zu mir kommen. Und so vieles, was wir als Gemeindepfarrer tun, findet ohnehin im Stillen statt, um es mal so zu sagen.«

»Da haben Sie wahrlich recht.«

Die beiden Geistlichen versanken in ihren Erinnerungen an Erlebnisse, die sie niemandem offenbaren konnten, nicht einmal einander.

Nachdem er den alten Herrn wohlbehalten wieder ins Seniorenheim zurückgebracht hatte, kehrte Daniel nicht ins Pfarrhaus zurück, sondern in seine Kirche, die zumindest er nun endlich wieder offiziell betreten durfte.

In der Sakristei öffnete er den Safe und betrachtete die vielen Schlüsselbunde, die an Haken an der Innenseite der Tür hingen. Zu vielen der Schlüssel gab es längst keine Schlösser mehr. Da waren jahrhundertealte Eisenschlüssel für die Außentüren, winzig kleine Schlüssel für Almosenbüchsen und Sakramentshäuschen und den Bechstein-Flügel, der einst Pfarrer Segrave gehört hatte und auf dem die jungen Damen der Familie de Floures Sonaten geübt hatten.

Auch moderne Schlüssel befanden sich hier, für Riegel- und Bolzenschlösser, und Daniel nahm einen Ring mit zwei Schlüsseln, einem von jeder Sorte, und ging zum Südtor. Dort schloss er eine kleine Tür zu einer Wendeltreppe auf, die zu einer Kammer über dem Südportal führte. Früher hatte man dort eine Zeit lang Kinder unterrichtet, im achtzehnten Jahrhundert war dann die Pfarrbibliothek eingerichtet worden, mit einer Buchspende des damaligen Lords de Floures.

Die muffig riechenden Folianten mit dem nunmehr unleserlichen dunklen Ledereinband bestanden jedoch überwiegend aus puritanischen Werken, was Daniel erstaunlich fand, denn Champton war nie der strengen Glaubensrichtung des Puritanismus zugeneigt gewesen. Dennoch stöberte er manchmal in den alten Büchern und hatte auch schon manches Mal Kuriositäten darin entdeckt, zum Beispiel ein Rezept mit Schwefel und Butter gegen Blausucht.

Mit dem zweiten Schlüssel öffnete Daniel nun die Stahltür zu dem feuerfesten Safe, in dem die Kirchenbücher aufbewahrt wurden, die bis ins sechzehnte Jahrhundert zurückreichten. Auch in ihnen blätterte Daniel gerne und studierte die Einträge seiner Vorgänger, die mit gestochener Handschrift bis auf den Penny Beiträge und Schulden der Gemeindemitglieder vermerkt hatten. Viele von ihnen hatten die gleichen Nachnamen getragen wie die heutigen Kirchgänger.

Doch jetzt wollte Daniel nicht beliebig historische Aufzeichnungen studieren, sondern hatte ein konkretes Vorhaben. Nachdem er die Kirchenbücher aus den 1940er-Jahren gefunden hatte, legte er sie auf den Tisch, schaltete die Lampe ein und begann zu lesen.

Doch dann hörte er plötzlich, wie jemand unten die knarrende Tür öffnete. Und gleich darauf die Stimme seiner Mutter.

»Daniel? Bist du da oben?«

»Ja.«

»Du musst SOFORT kommen!«

21

Als Daniel an der Tür der Familie Thwaite klingelte, fragte er sich, ob man durch die Milchglasscheibe erkennen konnte, dass ein Polizist und ein Pfarrer auf der Schwelle standen.

Jane Thwaite öffnete. Sie trug eine mehlbestäubte Küchenschürze und sah die beiden Männer verwundert an. Sie wischte sich die Hände an der Schürze ab, bevor sie fragend sagte: »Hallo, Daniel? Hallo, Constable?«

»Jane«, begann Daniel, »etwas Furchtbares ist geschehen. Können wir hereinkommen?«

Als Angela Thwaite, die nach Daniels Anruf sofort aus London anreiste, um Mitternacht die Küche betrat, fand sie dort eine Schüssel mit Kuchenteig vor. Weil er gewiss nicht mehr benutzt werden würde, goss sie ihn in die Spüle, wo er langsam im Abfluss versickerte.

22

Als Daniel zusammen mit Detective Vanloo in dem alten Gartenschuppen auftauchte, den Nathan Liversedge für seine diversen mysteriösen Tätigkeiten nutzte, wirkte der junge Mann angesichts der Aussicht, von der Polizei verhört zu werden, noch nervöser als sonst.

»Bitte schildern Sie mir genau, was gestern passiert ist, Sir«, forderte Vanloo den jungen Mann auf.

»Aber das hab ich doch ihrem Kollegen gestern Abend schon alles erzählt«, entgegnete Nathan.

»Dann tun Sie es bitte jetzt noch einmal.«

Nathan sah Daniel Hilfe suchend an, und er nickte ermutigend.

»Ich war am frühen Abend mit dem Gewehr draußen. Hab nach Wieseln und Ottern geguckt, weil die Enten fressen und auch die Eier von denen.«

Und vielleicht hätte er auch Lust gehabt, einen Hasen, eine Taube oder ein Reh zu schießen, dachte Daniel bei sich.

»War am See«, fuhr Nathan fort, »und da hab ich im Schilf beim Badehaus was schwimmen sehen. Hab zuerst gedacht, das ist eine Tüte Düngemittel oder so. Aber es war Mr Thwaite.«

»Woher wussten Sie das?«

»Erst hab ich nur gemerkt, dass es ein Mensch war. Hab mir am Badehaus einen Bootshaken geholt und die Leiche an Land gezogen, und da hab ich gesehen, dass es Mr Thwaite war.«

»Was ist Ihnen aufgefallen?«, fragte Vanloo.

»Na, dass er tot war«, antwortete Nathan. »Ich hab erst gedacht, er wär ertrunken. Aber dann hab ich gesehen, dass ihm scheinbar jemand auf den Schädel geschlagen hatte. Da bin ich heimgerannt und hab's meinem Opa erzählt, und der hat gesagt, ich soll den Pfarrer holen.«

»Und ich habe dann sofort Sie angerufen«, übernahm Daniel den Bericht.

»Was haben Sie dann getan?«

»Wir sind zusammen zum Badehaus zurückgegangen. Ich habe ein Gebet gesprochen. Dann haben wir uns bis zu Ihrem Eintreffen von der Leiche ferngehalten.«

»Ist Ihnen etwas aufgefallen?«, fragte Vanloo.

»Fußabdrücke im Schlamm am Ufer«, antwortete Daniel. »Das können allerdings auch unsere eigenen gewesen sein.«

Nathan nickte.

»Haben Sie die Verletzungen bemerkt?«

»Nein, Ned lag auf dem Rücken«, antwortete Daniel.

»Ich fand's respektlos, ihn einfach so da liegen zu lassen«, erklärte Nathan. »Deshalb hab' ich ihn auf den Rücken gedreht und ihm die Hände auf der Brust gefaltet, bevor ich losgelaufen bin.«

»Sie haben die Kopfverletzung gesehen, Mr Liversedge«, sagte Detective Vanloo. »Haben Sie eine Vorstellung, wie die entstanden sein könnte? Durch einen Bootshaken vielleicht?«

Nathan überlegte. »Nee, glaub ich nicht. Müsste was Größeres, Schwereres gewesen sein.«

»Ist Ihnen ein solcher Gegenstand aufgefallen?«

Nathan dachte nach. Schließlich sagte er: »Der Klappanker. Der war weg. Der liegt normalerweise im Badehaus. So ein kleiner Anker zum Falten, der wird für Beiboote benutzt.«

»Warum haben Sie das nicht vorher erwähnt?«, fragte Vanloo scharf.

»Ist mir grade erst eingefallen.«

»Beschreiben Sie bitte diesen Anker.«

»So lang«, Nathan deutete etwa sechzig Zentimeter an, »und er hat solche Zacken, aber die kann man zusammenklappen und fixieren, dann taugt das Ding auch als Waffe, wie eine Art Keule. Wenn man damit jemanden schlägt, merkt er das.«

»Woher wissen Sie das?«

»Was, von dem Anker?«

»Ja.«

»Äh«, sagte Nathan. »Ich arbeite auf dem Anwesen und repariere jede Menge Zeug. Da weiß man doch, wo das Werkzeug ist.«

»Sind Sie oft im Badehaus?«

»Nicht so oft«, antwortete Nathan, wirkte dabei aber unbehaglich. »Wenn ich Wiesel jagen bin, geh ich manchmal rein und trinke eine Tasse Tee.«

»Und warum sagen Sie das jetzt erst?«, fragte Vanloo streng.

»Hab nicht gedacht, dass es wichtig war«, antwortete Nathan, der sich in seiner Haut ganz und gar nicht wohlzufühlen schien. »Also, na ja, manchmal hol ich mir ein paar Enten und verhökere sie. Mr Meldrum soll das nicht mitkriegen.«

»Wer ist Mr Meldrum?«

»Der Gutsverwalter«, warf Daniel ein und sagte zu Nathan: »Aber hier geht es um mehr als nur um ein paar Enten, Nathan. Niemand wird Sie dafür bestrafen. Sie müssen dem Detective Sergeant alles sagen, was Sie wissen.«

»Mehr weiß ich aber nicht«, erwiderte Nathan abwehrend. »Hab nie jemanden im Badehaus gesehen. Außer Alex. Dem hab ich das Badehaus gezeigt.«

»Mr de Floures?«, fragte Vanloo.

»Ja. Ich muss machen, was er sagt, er ist ja der Sohn vom Lord.«

»Was haben Sie ihm denn gezeigt?«

Nathan schien nachzudenken. »Also, er interessiert sich für die alten Orte hier: das Pförtnerhaus, die Follies, das Badehaus. Wegen seiner Kunstveranstaltungen. Deshalb mag er es, wenn ich ihm alles zeige.«

Daniel entging nicht, dass der junge Mann unwillkürlich die Schultern strafffte, als müsse er sich gegen etwas wappnen. Und ganz plötzlich wurde Daniel etwas klar, worauf er zuvor nicht gekommen war: Alex interessierte sich womöglich nicht nur für die alten Gebäude des Anwesens, sondern auch für Nathan.

Detective Vanloo machte sich einige Notizen und klappte sein Heft zu. »Das ist vorerst alles, Sir. Sie müssen sich aber bereithalten für weitere Vernehmungen. Bleiben Sie also bitte in Champton.«

»Klar. Ich geh eh nirgendwohin.«

Daniel geleitete den Polizisten vor die Tür, und Vanloo fragte: »Glauben Sie, er verschweigt uns etwas?«

»Möglich. Aber ist das nicht letztlich immer so?«

»Lassen Sie mich wissen, wenn Ihnen etwas auffällt.«

Daniel sah Vanloo nach, als er durch den Park in Richtung Badehaus ging, das nun erneut gesperrt war. Diesmal jedoch war ein großes Team mit weißen Anzügen am Werk, und ein weißes Zelt am Ufer ragte auf wie ein Mausoleum.

Ein weiterer Mord, und die Abläufe der Ermittlungen waren Daniel schon schockierend vertraut. Am meisten setzte ihm zu, dass der Tote und sein schreckliches Ende in diesen Abläufen fast in den Hintergrund traten. Das wollte er keinesfalls zulassen.

Als Daniel zu Nathan zurückkam, drehte sich der junge Mann gerade eine Zigarette, aber seine Hände zitterten so sehr, dass er noch einmal von vorne anfangen musste.

»Alles in Ordnung, Nathan?«, fragte Daniel.

»Nee. Ich hab noch nie 'nen Toten gesehen.« Die zweite Zigarette war gelungen. Nathan zündete sie an und nahm einen tiefen Zug. »Werd ich Ärger kriegen mit Mr Meldrum?«

»Das glaube ich nicht.«

»Was wollen denn die Bullen noch alles von mir wissen?«, fragte Nathan mürrisch.

»Nun, alles, was Sie bemerkt haben, was Ihnen aufgefallen ist. Es ist wirklich enorm wichtig, dass Sie nichts geheim halten, Nathan«, sagte Daniel eindringlich. »Das können auch Kleinigkeiten sein, die Ihnen selbst belanglos erscheinen. Aber für die Polizei könnten sie wichtig sein.«

»Ich hab da aber keinen gesehen. Auch nicht, als ich mit Alex da war.«

»Waren Sie denn öfter mit Alex dort?«

»Paarmal«, murmelte Nathan. »Ich sollte ihm zeigen, wie man da reinkommt. Wir waren aber garantiert nicht die Einzigen. Ich bin nie einem begegnet, aber man merkt, dass da immer mal wieder jemand drin ist. Bierdosen, Kippen und so ...«

»Und was haben Sie und Alex im Badehaus gemacht?«

»Nix weiter.« Nathan zuckte mit den Achseln, aber Daniel entging nicht, dass er rot wurde.

Erneut erlebte Champton einen Sonntag, der das ganze Dorf erschütterte. St Mary's, nun wieder für die Öffentlichkeit freigegeben, war voller denn je. Nicht nur suchten Dorfbewohner geistlichen Zuspruch in dieser schockierenden Situation, auch die Presse war zahlreich zurückgekehrt. Ein zweiter Mord war natürlich sensationsträchtig. Sämtliche Zimmer im Royal Oak waren belegt, und überall lungerten Fotografen herum, die mit ihren riesigen Objektiven versuchten, über Mauern hinweg Bilder zu ergattern. Und am Sonntagmorgen sorgten die Journalisten für

Ärger bei den Einheimischen, weil sie dreist deren Stammplätze in der Kirche einnahmen.

Als Bernard eintraf, verlangte er aufgebracht, dass man die Presse vor die Tür setzen solle. Daniel fand das inakzeptabel, worauf Bernard wutentbrannt hinausstapfte, verfolgt von einem Schwarm Reporter. Audrey, die das vorausgesehen hatte, eilte sofort zu seiner Rettung, indem sie ihn ins Pfarrhaus schleuste und der aufdringlichen Meute die Tür vor der Nase zuknallte. Von Daniels Studierzimmer aus rief Bernard dann Mrs Shorely an und ließ Honoria ausrichten, sie solle ihn mit dem Auto abholen.

Während er telefonierte, kochte Audrey Kaffee und wollte einen Teller mit Keksen zurechtmachen, entdeckte aber zu ihrem Entsetzen in der Dose nur das Sonderangebot aus dem Großmarkt, das für die Kirche eingekauft worden war und für den Lord gänzlich ungeeignet war. So blieb ihr nichts anderes übrig, als die Biskuittorte zu servieren, die sie eigentlich für den Trauerbesuch der Thwaites am Nachmittag gebacken hatte. Aber Audrey wollte sich gegenüber der Familie de Floures auf keinen Fall lumpen lassen, sondern den besten Eindruck hinterlassen. Deshalb wurden auch Hilda und Cosmo in ihren Korb neben dem Aga-Herd verbannt, von wo aus sie sich bitterlich beklagten, als Audrey die Küchentür schloss.

»Eine Köstlichkeit, diese Torte«, verkündete Bernard begeistert, während Sahnespritzer und Zuckerguss seiner Krawatte ein interessantes Muster verliehen.

Honoria stellte ihre Tasse ab. »Also, *irgendwas* müssen wir der Presse schon zum Fraß vorwerfen, oder nicht?«

»Aber wieso denn?«, brauste Bernard auf. »Was geht die das denn alles an? Sollen sich doch um ihren eigenen Sch… ähm, Krempel kümmern!«

»Berichterstattung *ist* deren eigener Krempel, Dad«, erwiderte Honoria fest. »Und die verschwinden auch nicht, bevor sie nicht bekommen haben, was sie wollen. Vielleicht sollte ich mit ihnen reden und versuchen, irgendetwas auszuhandeln?«

»Sorge einfach nur dafür, dass die abhauen«, antwortete Bernard verdrossen.

Der Preis für den Abzug der Medien war eine Pressekonferenz, die Honoria für halb zwölf vor dem Tor des Anwesens festsetzte. Sie dachte sich bei dem Termin, dass Bernard als Ansporn das Mittagessen vor Augen haben würde und die Presseleute den Lunch im Royal Oak. Bernard hatte darum gebeten, von Daniel begleitet zu werden, und nach der Messe schritten die beiden gemeinsam die lange Zufahrt entlang, der Horde entgegen, die mit gezückten Mikros und Kameras auf ihr Erscheinen lauerte.

»Barbaren vor den Toren und Alex im Pförtnerhaus«, murmelte Bernard. »Das verheißt nichts Gutes.«

Der Gutsherr, standesgemäß im Tweed-Anzug, gab sich anfänglich alle Mühe, im Kreuzfeuer der Fragen ruhig zu bleiben. Doch bald platzte ihm der Kragen, und er verkündete kurzerhand: »Meine Damen und Herren, richten Sie bitte Ihre weiteren Fragen an Pfarrer Clement hier.« Worauf die Meute über Daniel herfiel.

»Glauben Sie, das Böse hat sich in Champton eingenistet?«

»Wie fühlt sich das an, wenn man einen Mörder in seiner Mitte hat?«

»Fragen Sie sich, wer das nächste Opfer sein könnte?«

Kurz darauf gelang es Bernard, die Konferenz ohne Eklat zu beenden, indem er sich formvollendet bedankte und mit Daniel an seiner Seite gemäßigten Schrittes zum Herrenhaus ging. Bernard schien nicht sprechen zu wollen, und Daniel hielt es für besser, sich zurückzuhalten. Er ließ stattdessen den Blick über die Weiden schweifen, wo Lämmer umherspazierten, deren Mütter sorgsam darauf achteten, dass die Kleinen sich nicht auf der asphaltierten Zufahrt niederließen.

Alex und Honoria hatten das Pressetreffen vom Pförtnerhaus aus beobachtet.

»Hängst du jetzt hier rum, damit ich nicht mit den Reportern rede?«, fragte Alex seine Schwester.

»Als ob mir das gelingen würde«, antwortete Honoria. »Aber du solltest es wirklich nicht tun, die würden dich garantiert nicht gut behandeln. Und Dad würde es furchtbar aufregen.«

»Ich bin aber kein Vollidiot!«

»Das wissen doch alle. Sag mal, was sind das hier für morbide Bilder?« Honoria wies auf diverse große Zeichenblätter mit Kohlezeichnungen von Grabsteinen, Kränzen und einsamen Raben.

»Skizzen für mein neues Projekt«, antwortete ihr Bruder.

»Also, angesichts der Umstände finde ich das nicht sehr geschmackvoll«, sagte Honoria. »Aber Geschmack ist ja ohnehin nicht so dein Ding.«

»Es hat nichts mit den Morden zu tun … obwohl, vielleicht schon ein bisschen. Erkennst du die Motive nicht?«

Honoria trat näher, um die Bilder genauer zu betrachten. »Hm, weiß nicht. Sind das Grabsteine vom Friedhof hier?«

»Nein, aber dort möchte ich die Performance machen. Und ich hätte gern, dass du beim Pfarrer dafür deinen Charme spielen lässt.«

»Ah, jetzt verstehe ich!«, rief Honoria aus. »Eine Anspielung auf die Anti-Aids-Kampagne, oder?«

Nachdem man die Gefahren der Krankheit erkannt hatte, hatte die Regierung mit einem Kurzfilm darauf aufmerksam gemacht, in dem ein Slogan auf einen Grabstein gemeißelt war.

»Aber weißt du, in Champton sterben die Leute noch eher an Cholera als an Aids«, fügte Honoria hinzu.

»Und genau so eine ignorante Haltung ist die größte Gefahr an der Sache«, konterte Alex.

»Aber doch für mich nicht.«

»Ach, und weshalb nicht? Du brauchst ja nur Sex mit jemandem haben, der mit jemandem Sex hatte, der infiziert ist.«

Honoria richtete sich wieder auf und trat ans Fenster. »Na ja, ich meine nur, dass ich von uns beiden sicher weniger gefährdet bin …«

»Weißt du noch, als die ersten Fälle in London bekannt wurden und du dachtest, ich sei infiziert, weil meine Fingernägel blau angelaufen waren?«, sagte Alex. »Dabei lag es daran, dass ich mir vorher die Haare gefärbt hatte.«

»Na klar weiß ich das noch. Wir haben uns alle Sorgen um dich gemacht. Also … ich jedenfalls.«

»Dad ist das bestimmt gar nicht aufgefallen.«

»Bei ihm weiß man nie so genau, was er wirklich denkt«, sagte Honoria, »hinter der Fassade.«

Am späten Nachmittag kamen die Thwaites zu Besuch. Daniel bat sie ins Studierzimmer, wo Jane sich flankiert von ihren beiden Töchtern auf dem von Daniel so benannten »Tränensofa« niederließ. Tränen gab es tatsächlich, wie so oft, wenn Menschen Daniel aufsuchten, und Jane nahm sich Papiertaschentücher, die auf dem Couchtisch bereitlagen.

»Ich weiß eigentlich gar nicht, warum wir hier sind«, sagte Angela, die ältere Tochter. »Sie können ja auch nichts daran ändern.«

Weil Menschen etwas tun müssen, wenn der Tod zuschlägt, dachte Daniel bei sich. Die schnöden Tätigkeiten, die dann nötig sind – wie Führerschein und Bankkonten abmelden –, können ablenken von der schrecklichen Erkenntnis, dass der Verstorbene niemals wiederkommen wird.

»Nein, das kann ich wirklich nicht«, erwiderte Daniel ruhig, und Jane schluchzte auf.

Es klopfte an der Tür, und Audrey schob einen Servierwagen herein.

Daniel hatte den Damen einen Tee angeboten, was Audrey großzügig ausgelegt hatte: Der Wagen war nicht nur mit dem Teeservice und allem Zubehör vollgeladen, sondern auch mit einem Dattel-Walnuss-Kuchen auf einer Platte mit Sockel. Nachdem die Biskuittorte morgens vom Landadel verzehrt worden war, hatte Audrey neu gebacken und sich für etwas Schlichteres entschieden, dem traurigen Anlass entsprechend.

»Vielen Dank, Mum«, sagte Daniel, der den Kuchen auch passend fand.

»Ich bleibe nicht«, erklärte Audrey, »möchte Ihnen aber mein herzliches Beileid aussprechen, liebe Familie Thwaite. Wir mochten Ned sehr, und ich kann mir Champton ohne ihn gar nicht vorstellen.«

Nicht zum ersten Mal dachte Daniel, dass seine Mutter in solchen Situationen immer die richtigen Worte fand. In Krisen bewährte sie sich seit jeher.

»Bewusstlos geschlagen und im See ertrunken«, sagte Gillian, die jüngere Tochter. »So etwas passiert doch nicht an Orten wie Champton!«

»Ich fürchte, das Böse kann sich überall bemerkbar machen«, erwiderte Daniel. »Ihnen dreien möchte ich sagen, dass ich Sie alle und Ned natürlich in meine Gebete aufgenommen habe …«

»Das ist sehr freundlich von Ihnen, Daniel«, unterbrach ihn Angela und fügte hinzu: »Und wir sind Ihnen natürlich sehr dankbar.« Ihr Tonfall hörte sich allerdings nicht nach Dankbarkeit an. »Aber mir ist jetzt am allerwichtigsten, dass dieser Unmensch gefasst wird, der meinen Vater und womöglich auch diesen Archivar getötet hat.«

»Wer sollte denn jemanden wie Ned ermorden wollen?«, schluchzte Jane.

»Das weiß ich leider auch nicht«, sagte Daniel. »Mir fällt nicht das Geringste aus Neds Leben ein, das Anlass zu Gewalt geben könnte.«

»Er war so ein lieber, gütiger und sanfter Mann, der keiner Fliege was zuleide getan hätte«, murmelte Gillian.

»Höchstens beim Rugby war er mal ein bisschen rabiat«, ergänzte ihre Schwester.

Für einen Augenblick herrschte Stille, dann sagte Jane: »Aber er war seit einiger Zeit nicht mehr ganz er selbst. Ist euch aufgefallen, dass er so vergesslich geworden ist?«

Die Schwestern tauschten einen Blick aus, dann antwortete Angela: »Ja, das haben wir auch gemerkt. Er hat viel vergessen, und manchmal konnte er sich an Wörter nicht erinnern. Aber im Verhalten fand ich ihn wie immer. Kam dir etwas seltsam vor, Mum?«

»Er hat gemerkt, dass mit seinem Gedächtnis etwas nicht mehr stimmt«, antwortete Jane. »Am Anfang haben wir noch darüber gewitzelt, aber seine Großmutter hatte Alzheimer, und davor hatte er große Angst. Denken war ihm sehr wichtig. Aber stimmt schon, davon abgesehen war er wie immer. Keine Gereiztheit und Wutanfälle, wie das manchmal dann vorkommt.« Die Tränen begannen erneut zu fließen. »Sich vorzustellen, dass ihm jemand auf den Kopf geschlagen hat!«

Die Töchter nahmen ihre Mutter von beiden Seiten in den Arm und versuchten, sie zu trösten, aber sie war noch zu überwältigt von ihrer Trauer.

Nach einer Weile fragte Angela: »Was hört man denn von der Polizei?«

»Nur das, was wir schon wissen«, antwortete Daniel, was nicht hundertprozentig der Wahrheit entsprach. Detective Vanloo und er hatten nämlich beschlossen zusammenzuarbeiten, indem sie Informationen austauschten, über die beide Männer normalerweise Stillschweigen bewahren mussten. Sie hatten begonnen, einander zu vertrauen, und das war etwas ungemein Wertvolles in einer belasteten Situation wie dieser, in der Argwohn und Misstrauen an der Tagesordnung waren.

Beide Morde wiesen nach Vanloos Ansicht auf einen Profi hin: die geschickt ausgeführte Stichwunde, die Benutzung des Klappankers. Auch wirkten beide Taten vorsätzlich geplant, waren keinesfalls im Affekt begangen worden. Jemand suchte sich gezielt seine Opfer aus, aber es gab keinerlei Spuren, die auf eine bestimmte Person hinwiesen. Daniel und Vanloo waren sich jedoch einig, dass es einen Zusammenhang geben musste zwischen den Morden und dass die Lokalgeschichte eventuell eine Rolle dabei spielte, da beide Opfer in diese Richtung Forschungen angestellt hatten. Vielleicht waren beide auf Geheimnisse aus der Vergangenheit gestoßen, die jemand lieber im Dunkeln lassen wollte.

»Hat Ned etwas darüber erzählt, womit er sich gerade beschäftigte?«, fragte Daniel deshalb jetzt.

»Ja, mit dem Zweiten Weltkrieg und seinen Auswirkungen auf Champton«, antwortete Jane. »Er hat verfolgt, welche Einwohner an der Schlacht von Dünkirchen teilnahmen und wer im Pazifikkrieg in Burma war. Und die Freien Französischen Streitkräfte, die hier stationiert waren, faszinierten ihn besonders. Er hat sich sehr dafür interessiert, welchen Einfluss sie auf die Geschichte des Dorfes hatten.« Jane verlor sich einen Moment in Gedanken, bevor sie fortfuhr. »Er hatte einen Zeitungsartikel entdeckt über einen Soldaten, der nachts an der Kreuzung Wache hielt. Als einmal in der Dunkelheit ein Mann auftauchte und sich auf Aufforderung nicht zu erkennen gab, wollte der Soldat schießen, erkannte dann aber im letzten Moment, dass es sich um General de Gaulle handelte. Kaum zu glauben, oder?«

Daniel nickte. »Das ist wirklich allerhand.«

»Ja, Ned hat Fotos mit de Gaulle im Archiv und bei der Zeitung gefunden. Auf der Treppe vom Herrenhaus, umgeben von Soldaten und Einheimischen, die dort nach dem Rechten sahen.«

»Hat er jemanden außer de Gaulle darauf erkannt?«, fragte Daniel.

»Ja, Gilbert Drage, er war damals als Tischler angestellt und hatte beim Umbau geholfen, als die Franzosen kamen. Aber er ist schon sehr alt und nicht mehr recht bei sich, hat wohl wirres Zeug geredet, als Ned ihm Fragen dazu stellte. Das fand Ned sehr unangenehm.«

»Wieso?«

»Ach, Gilbert hat über die Franzosen geschimpft, das konnte Ned nicht leiden. Und es hat ihm natürlich Angst gemacht, wenn er jemanden erlebte, der seinen Verstand verloren hatte. Er hat sich dann eben vorgestellt, dass er auch so enden würde ...« Jane wurde erneut von einem Weinkrampf geschüttelt.

Eine Zeit lang schwiegen alle, und man hörte nur Janes unterdrücktes Schluchzen, bis Angela sagte: »Dieser Kuchen ist ja ziemlich gehaltvoll. Was ist da drin, Datteln?«

»Unter anderem«, antwortete Daniel.

Jetzt war von draußen das Trappeln von Hundepfoten zu vernehmen, gefolgt von erbostem Gebell und wildem Scharren an der Tür.

»Lassen Sie die Hunde ruhig herein, Daniel«, sagte Jane.

»Ich weiß nicht, ob das eine gute Idee ist«, gab Daniel zu bedenken. »Sonderlich wohlerzogen sind sie nicht.«

»Sind das nicht Dackel?«, fragte Gillian. »Wir hatten doch auch mal einen Dackel, Caspar, weißt du noch, Mum?«

»Natürlich, einen kleinen Langhaardackel, so einen wie Ihre beiden, Daniel. Sie dürfen gerne hereinkommen.«

»Gut, wenn Sie meinen ...« Daniel öffnete die Tür, und Cosmo und Hilda kamen mit Karacho hereingepest. Hilda hechtete sich auf Janes Schoß, worauf sie ihren Tee verschüttete. Das kümmerte Hilda wenig, die sich sofort auf den Rücken wälzte und ihren Bauch zum Kraulen präsentierte. Cosmo ließ sich vor Gillian nieder und bellte auffordernd.

Den beiden Dackeln gelang es mit ihrer hündischen Unbefangenheit für kurze Zeit, die belastende Stimmung aufzulockern.

»So ein liebes Mädchen bist du!«, säuselte Jane und kam Hildas Kraulaufforderung nach. »So eine Süße!«

Gillian streichelte etwas nervös Cosmo, der daraufhin eifrig ihre Hand ableckte.

Während Mutter und Schwester mit den Hunden beschäftigt waren, sagte Angela: »Und die Bestattung. Wie soll das jetzt ablaufen, Daniel?«

»Ich fürchte, das wird nicht möglich sein, bevor die Gerichtsmedizin ihre Untersuchungen nicht beendet hat. Zeitlich lässt sich noch gar nichts einschätzen.«

»Und inzwischen?«

»Inzwischen sollten Sie, so gut es geht, einen Tag nach dem anderen durchstehen. Versuchen Sie, schonend mit sich und anderen umzugehen. Zurzeit sind alle hier verunsichert und reizbar.«

»Sie sind inzwischen schon Experte für die Seelsorge der Angehörigen von Mordopfern, wie?«

Angelas sarkastische Art wirkte nicht tröstlich, sondern stellte für alle eine zusätzliche Anstrengung dar, fand Daniel.

»Wir stellen uns den Herausforderungen«, antwortete er.

»Aber zwei Morde in zwei Wochen, Daniel!«, erwiderte Angela. »Das ist doch wohl kaum normal in einem ländlichen englischen Dorf, außer vielleicht bei Agatha Christie. Was um alles in der Welt ist hier los?«

»Menschen verhalten sich nun einmal oft unmenschlich, Angela. Das kommt allerorten vor.«

»Aber die Unmenschlichkeit hat sich *hier* ereignet, und mein *Vater* ist das Opfer, und ich will wissen, wer das getan hat! Ich will, dass die Person bestraft wird und dass sie leidet. Tut mir leid, aber so ist es. Bisher war ich gegen die Todesstrafe. Das hat sich heute geändert. Haben Sie eine Ahnung, wie sich das anfühlt?«

»Als Student, mit knapp zwanzig«, begann Daniel, »wurde ich als Teil meiner praktischen Ausbildung ins Zuchthaus von Winchester geschickt. Ein Insasse war wegen Mordes zum Tode verurteilt worden. Der Mann hatte bei einem Raubüberfall, bei dem er nicht mehr als fünf Pfund erbeutet hatte, einen Bauern getötet. Am Tag vor der Hinrichtung spielte ich mit dem Mann Dame, und er machte noch einen Scherz über ein Revanchespiel. Ich war nicht anwesend bei der Hinrichtung – das war mir gar nicht erlaubt –, aber der Kaplan schilderte mir alles genau. Die kahle Todeszelle, die Nervosität des Henkers, die weiße Haube, der Hebel, ähnlich der Vorrichtung an Bahngleisen. Um acht Uhr ging die Klapptür unter den Füßen des Verurteilten auf, und der Kaplan schilderte das dumpfe Geräusch, als der Strick den Fall bremste. Das habe ich nie mehr vergessen.«

»Genau das will ich für die Person, die meinen Vater getötet hat«, lautete Angelas Erwiderung.

Es war noch immer strahlend hell draußen, als Daniel am späten Nachmittag seine Kirche betrat. Der Chor würde erst später zur Probe vor der Abendandacht eintreffen, und Daniel wollte vorher erspüren, ob die atmosphärischen Schatten des schrecklichen Mordes noch anwesend waren. Falls ja, hoffte er, sie durch sein Gebet zu vertreiben und dem heiligen Ort seine wohltuende Stille zurückgeben zu können.

Er ließ sich in seinem Pfarrstuhl nieder, und nach dem Gebet lehnte er sich zurück und betrachtete die in der Sonne leuchtenden Buntglasfenster auf der Nordseite. Eines war farblich geradezu schrill geraten und erinnerte Daniel sonderbarerweise immer an das Cartoon »Tom und Jerry«. Die Farben waren grell, die Konturen des Musters schärfer umrissen als in den anderen Fenstern. Auf der weiß gekalkten Wand gegenüber zeichnete sich die Farbmischung als knallbunter Klecks ab, der kaum merklich nach unten wanderte, während draußen allmählich die Sonne unterging.

Die verstörenden Ereignisse der letzten zwei Wochen hatten das ganze Dorf in Aufruhr versetzt, und diesen Aufruhr spürte Daniel auch in sich selbst, vor allem weil ihm sein tägliches Gebet in der Kirche gefehlt hatte. Durch dieses regelmäßige Ritual bewahrte er normalerweise sein inneres Gleichgewicht, das nun in Schieflage geraten war.

Es kam ihm vor, als sei der stetige Herzschlag des Dorflebens durch die Gewalttaten ins Stottern und Stocken gekommen, und Daniel bemerkte an den Menschen seiner Gemeinde veränderte Verhaltensweisen. Die Sharman-Schwestern kamen ihm schweigsamer und verschlossener vor, Bernard wirkte ausgesprochen trübsinnig. Alex dagegen schien durch die Stimmung lebhafter zu werden, als sauge er die ganze Aufregung förmlich in sich auf. Daniel war fest davon überzeugt, dass im Laufe der Zeit solche

Anomalien in Verhaltensweisen auf die Spur zum Täter führen würden. Zu offensichtlich war die Tatsache, dass beide Opfer in der Vergangenheit des Dorfes gegraben hatten, und zu naheliegend die Vermutung, dass sie dabei auf etwas gestoßen waren, das jemand um jeden Preis geheim halten wollte.

Fest stand, dass Anthony Bowness irgendwann zwischen sieben und neun Uhr abends binnen Sekunden verblutet war. Laut Vanloo konnten die Forensiker den genauen Todeszeitpunkt allerdings nicht ermitteln, weil das Blut des Opfers durch den hohen Alkoholgehalt stark verdünnt gewesen war.

Bei Ned Thwaite ging man davon aus, dass er am frühen Abend um fünf oder sechs Uhr nach einem einzigen Schlag auf den Hinterkopf mit dem Klappanker (der mittlerweile von Tauchern im See gefunden worden war) bewusstlos geworden und im See ertrunken war, nachdem er entweder hineingefallen oder gestoßen worden war. Vollkommen ungeklärt war die Frage, was aus Neds Notizbuch, seiner Kamera und dem Diktiergerät geworden war. Diese Gegenstände, die er bei seinen historischen Exkursionen immer dabeigehabt hatte, waren spurlos verschwunden. Hatte der Mörder sie an sich genommen? Und wenn ja, warum?

Die Todeszeiten beider Opfer waren nicht hilfreich für die Ermittlungen. Anthony war gestorben, während die meisten Einheimischen zu Hause waren. Während Ned ermordet wurde, waren die Dorfbewohner auf dem Heimweg von der Arbeit, und am See und am Badehaus konnte ohnehin jeder unbemerkt unterwegs sein. Sollte jemand von außerhalb der Täter sein, war diese Person jedenfalls unbemerkt geblieben.

Daniel erhob sich, und die Hunde, die sich zu seinen Füßen eingerollt hatten, sprangen auf und folgten ihm, als er langsam zu der Bank schritt, in der er Anthony gefunden hatte. Spezialisten hatten den Tatort so sorgfältig gereinigt, dass nirgendwo mehr die geringste Spur auf den brutalen Mord hinwies. Sensationslüsterne Menschen würden ihre Fantasie einsetzen müssen, was auch garantiert geschehen würde. Daniel war sicher, dass die Morde in Kürze zur Dorflegende gehören würden. Man würde Geschichten zu hören bekommen, in denen Hunde vor der Kirche zurückscheuten und Vögel beim Badehaus nicht mehr singen wollten. Detective Vanloo und er würden sich mit vereinten Kräften bemühen müssen, aus allerlei Gerüchten und Mythen die nüchternen Tatsachen herauszufiltern.

23

Montags hatte Daniel offiziell frei, was er allerdings selten nutzte, weil er seinen Beruf eher als Berufung betrachtete. Was getan werden musste, erledigte er dann, wenn es nötig war. Und wenn nichts erledigt werden musste, tat Daniel auch tatsächlich nichts, denn er legte großen Wert auf ein kontemplatives Leben, wie es durch Maria im Johannesevangelium dargestellt wurde. Nichtstun war in einer Welt, in der mehr und mehr Leistung gefordert wurde, allerdings nicht leicht zu rechtfertigen, denn Müßiggang wurde zunehmend verachtet und verurteilt.

»Unsere Erfolge werden nur so wertvoll sein, wie die Methoden, mit denen wir sie erreichen«, hatte er einmal zu einem übereifrigen Dekan einer ländlichen Gemeinde gesagt, der gerettete Seelen zählen und in Tabellen eintragen wollte. Der Dekan hatte Daniel äußerst missmutig angeschaut, und seither geriet er immer häufiger in Versuchung, seiner Tätigkeit einen geschäftsmäßigen Anstrich zu geben, obwohl das nicht seiner Überzeugung entsprach.

Daniel erinnerte sich an ein Erlebnis aus seiner Londoner Zeit, das typisch war für die Schuldgefühle, die mit Nichtstun einhergingen. Als der Terminkalender ausnahmsweise einmal leer gewesen war, hatte sich Daniel eine Mittagsvorstellung von *Der Adler ist gelandet* im Kino angesehen. Er wähnte sich allein, bis das Licht anging und er den Staatssekretär für Wirtschaft und Energie erblickte. Mit einem verlegenen Achselzucken hatten sie einander angesehen, als müssten sie sich für diesen Akt des Müßiggangs entschuldigen.

Am heutigen Montagmorgen hatte Daniel allerdings keine Zeit für Freizeit. Er war im Wald am Rande des Anwesens unterwegs, um ein Schäfchen seiner Gemeinde aufzusuchen. Die Hunde hatte er zu Hause gelassen, denn bei einem früheren Besuch bei Edgy Liversedge hatte der gerade den Kopf eines Rottweilers ausgekocht. Den Hund hatte er erschossen, weil er »Schafe erschreckt« hatte, nun hatte er sich den Schädel des Tiers genauer ansehen wollen.

Das Cottage von Edgy und Nathan Liversedge stand auf einer Lichtung, von der allerdings nicht mehr viel übrig war. Zum einen wucherte sie immer mehr zu, zum anderen lagerte Edgy dort jede Menge Gerümpel, das sich über die Jahre angesammelt hatte: defekte Geräte, Ölkanister, Traktorreifen. Aus dem Schornstein stieg Rauch auf, und Daniel wusste, dass Edgy zu Hause war, weil seine Stiefel vor der Haustür standen.

»Edgy?«, rief Daniel, während er an die Tür klopfte. »Hier ist Reverend Clement. Ich würde Sie gerne sprechen.«

Von drinnen waren jetzt langsame Schritte und das Knarren von Dielen zu vernehmen. Dann ging die Tür auf, und Edgy stand vor Daniel, auf dem Kopf eine rauchgeschwärzte Schirmmütze.

»Kommen Sie rein, Herr Pfarrer. Hab mir beinah gedacht, dass Sie vorbeischauen. Teewasser kocht schon.«

Auf dem schmiedeeisernen Herd stand ein schwarzer Kessel, und der alte Mann widmete sich schweigend der Zubereitung des Tees. Der wurde dann in einem von Bernards Souvenirbechern überreicht, war allerdings kohlschwarz und roch durchdringend nach Teer. Kein noch so starkes Fleckenmittel würde helfen, wenn man mit diesem Gebräu kleckerte. Aber getrunken werden musste es, das war Daniel klar, denn die Formalitäten waren in diesem Haus nicht weniger streng als bei einer japanischen Teezeremonie.

»Hat Nathan mit Ihnen über den Mord gesprochen, Edgy?«, eröffnete Daniel schließlich das Gespräch.

Der alte Mann nickte. »Der Arme war ziemlich durcheinander. Er mochte den alten Schulrektor. War immer nett zu Nathan, hat ihm viel über das Anwesen und die Familie beigebracht.«

»Ich hatte den Eindruck, Nathan befürchtet, er könnte wegen ... ähm ... seiner etwas eigenwilligen Arbeitsweise Ärger mit Mr Meldrum bekommen. Ich wollte nur klarstellen, dass das nicht der Fall sein wird. Nathan braucht sich darüber keine Sorgen zu machen.«

Edgy nickte erneut. Er hatte sein Leben lang darauf geachtet, nicht in Schwierigkeiten mit dem Gesetz zu kommen, was für jemanden vom fahrenden Volk unerlässlich war. Edgy lebte nach seinen eigenen Gesetzen, die ihm das Überleben in einer feindlich gesinnten Welt ermöglichten.

Sein Enkel Nathan jedoch war anders aufgewachsen und unsicher, wohin er gehörte und wer er eigentlich war. Deshalb neigte er dazu, sich anzupassen, was auch manchmal zu seinem Nachteil geriet. Und Alex de Floures war eine Persönlichkeit, die sich gerne die Schwächen anderer zunutze machte. Als Kind war Alex von Edgy fasziniert gewesen, hatte ihm begeistert zugesehen, wenn er Holz hackte. Später, als er etwas älter war, durfte er Edgy beim Warzenbesprechen zuschauen und beobachtete gebannt, wie er die Auswüchse mit einer aufgeschnittenen Erbsenschote einrieb, ein Gebet oder einen Zauberspruch murmelte und die Schote dann in der Erde vergrub.

Schließlich traf Nathan aus dem Süden ein, ein schwieriger Teenager, dessen Lebensumstände es verlangten, dass er schnell und diskret bei seinem Großvater untergebracht wurde. Und Alex fand eines Tages bei Edgy einen Jungen vor, der nicht viel jünger war als er selbst, aber ebenso wild und geheimnisumwittert wirkte wie sein Großvater.

Daniel zwang sich, einen Schluck Tee zu trinken. »Als die Polizei bei Ihnen war … haben Sie da über Nathans Vergangenheit berichtet?«

»Die haben mich gefragt, wo ich zur Tatzeit war und wo Nathan war. Mehr nicht. Wieso? Hat irgendwer getratscht?«

»Nicht dass ich wüsste.«

»Gut. Seien Sie so gut, zünden Sie mir eine von denen an.« Edgy wies mit dem Kopf auf eine Büchse mit selbst gedrehten Zigaretten, die außer seiner Reichweite stand. Daniel nickte, nahm sich einen Papierstreifen, der neben dem Kamin lag, und zündete eine Zigarette an. Dann reichte er sie Edgy, der dankend nickte, während sich Daniel Tabakkrümel von den Lippen wischte.

»Ich will nicht, dass Nathan noch mehr Ärger kriegt, als er ohnehin schon hat«, sagte Edgy schließlich, nachdem er einen Zug genommen hatte.

»Das ist verständlich. Aber wenn er etwas zur Aufklärung der Morde beitragen kann, sind alle anderen Belange unwichtig, finden Sie nicht?«, wandte Daniel ein.

»Und was ist mit *meinen* Belangen?«, fragte Edgy.

»Die werden dabei sicher keine Rolle spielen.«

»Das sieht die Polizei aber vielleicht anders.«

Außer Daniel wusste niemand in ganz Champton – nicht einmal Nathan oder Alex – über Edgys Vergangenheit Bescheid. Als junger Mann war er Preisboxer gewesen, doch als er zu alt wurde für den Ring, verdiente er sein Geld als Schuldeneintreiber sowie mit Spezialaufträgen im In- und Ausland. Wenn jemand nicht freiwillig zahlte, kam Edgy zum Einsatz.

Dabei arbeitete er vorzugsweise mit dem Rasiermesser. Aber mittlerweile war er schon lange im Ruhestand und machte sich auf dem Anwesen nützlich, wie schon sein Vater und Großvater vor ihm. Für Nathan wünschte Edgy sich ein einfacheres Leben, und weil er das Gefühl hatte, als Vater versagt zu haben, bemühte er sich besonders darum, für seinen Enkel besser zu sorgen.

»Ich finde ja«, sagte Daniel, »eine der wichtigsten Lektionen des Lebens besteht darin, dass wir uns nicht für immer vor den Folgen unseres Handelns verstecken können.«

»Das ist Ihre Haltung, gehört zu Ihrem Beruf. Meine ist das Gegenteil«, erwiderte Edgy.

»Nun ja. Jedenfalls danke für den Tee, Edgy. Sie lassen mich wissen, wenn ich etwas für Sie tun kann, ja? Und wenn Sie etwas hören, das weiterhelfen könnte ...«

»Viele Grüße an Ihre Frau Mutter. Der Junge wird Ihren Zaun streichen, sobald das Wetter beständiger wird.«

Edgy geleitete den Pfarrer zur Tür und schloss sie hinter ihm. Als Daniel nach draußen trat, spürte er einen heißen Luftzug, und der Geruch von verbranntem Gummi stieg ihm in die Nase. Er sah, dass etwas in einem der alten Ölfässer kokelte, in denen Nathan und Edgy Holz und allerlei unbrauchbare oder unsägliche Dinge verbrannten, die ihnen bei der Arbeit unterkamen.

Der Gestank erinnerte Daniel an das Krematorium in seinem ersten Pfarrsprengel. Als die ersten indischen Einwanderer starben, hatte man damals begonnen, dort hinduistische Bestattungen abzuhalten. Zu einer hinduistischen Beisetzung gehört es, der Verbrennung des Leichnams beizuwohnen, doch das war in England gesetzlich verboten. Und weil bei einer Einäscherung kein Rauch entsteht, hatte man sich entschlossen, dem Feuer einen Reifen beizugeben, damit sichtbarer Qualm entstand, wenn die hinduistischen Angehörigen vor dem Krematorium standen und zum Schornstein hinaufblickten, um im Rauch die Seele des Verstorbenen aufsteigen zu sehen.

Auf dem Heimweg suchte Daniel wieder das Postamt auf. Während er ein theologisches Werk mit Randbemerkungen versehen hatte, war ihm aufgefallen, dass er einen neuen Radiergummi brauchte. Seine Lieblingssorte von Faber-Castell – die nicht schmierte, weil sie Latex enthielt – gehörte wie Spielkarten und Geburtstagskerzen zu den Artikeln, die Mrs Braines stets vorrätig hatte.

An der Theke fand Daniel erneut ein kleines Dorfparlament vor, bestehend aus Margaret Porteous, Anne Dollinger und Bob Achurch.

»Guten Morgen, die Damen. Bob.«

»Laden oder Postamt?«, fragte Mrs Braines.

»Ich möchte nicht stören …«

»Tun Sie nicht«, erwiderte Mrs Braines. »Wir schwatzen nur ein bisschen.«

Margaret Porteous verzog pikiert das Gesicht.

»Dann hätte ich gerne etwas aus dem Laden, Mrs Braines, und zwar einen Ihrer guten Radiergummis.«

Als Mrs Braines nach hinten ins Lager ging, sagte Margaret: »Sie haben gerade Ihren Bruder verpasst, Daniel.«

»Meinen Bruder?«, wiederholte Daniel überrascht.

»Ja, hat Zigaretten gekauft und erzählt, dass er in einer neuen Fernsehserie einen Pfarrer spielt und dass Sie ihm mit der Rolle behilflich sind.«

Weil Daniel so erstaunt aussah, fügte Margaret hinzu: »Wussten Sie gar nicht, dass er hier ist?«

Daniel überlegte kurz, ob er irgendetwas vergessen hatte. Aber er hätte in dieser Krisensituation niemals eingewilligt, dass Theo wieder zu Besuch kam.

»Nein«, antwortete Daniel schließlich wahrheitsgemäß. »Ich wusste nichts davon.«

»Ihre Mutter aber schon«, warf Anne Dollinger ein. »Sie hat es gestern erwähnt, als sie hier war.«

Mrs Braines, die mit dem Radiergummi zurückgekehrt war, sagte: »Stimmt, sie hat seine Lieblingskekse gekauft.«

Theos Lieblingskekse führte Mrs Braines gar nicht, und Audrey hatte das sicher nur gesagt, um Theos Besuch erwähnen zu können.

Mrs Braines steckte den Radiergummi in eine kleine Papiertüte. »Wäre das alles, Herr Pfarrer?«

»Ja, danke, Mrs Braines.«

»Das macht dann fünfundsiebzig Pence.«

»Sehr gewissenhaft, Ihr Bruder«, bemerkte Bob Achurch, während Daniel bezahlte. »Da gibt es doch eine Schauspielmethode, Method Acting oder so, bei der man sich komplett in die Figur versetzen muss. Fühlt sich dann bestimmt an wie ein anderes Leben.«

»Aber das tun wir doch irgendwie alle«, sagte Margaret. »Ein Mensch spielt viele Rollen in seinem Leben, nicht wahr, Daniel?«

»Das sagte schon Shakespeare, ja. Und apropos Theater: Ich habe jetzt Abgang.«

»Sie sind aber heute Abend dabei, oder?«, fragte Anne Dollinger.

»Bei was?«

»Na, dem Treffen der Blumengilde um sieben. Haben Sie das vergessen?«

»Ja, das habe ich tatsächlich. Soll es denn trotz allem stattfinden?«, fragte Daniel.

»Warum nicht?«

»Wenn ich mich recht entsinne, sollte Anthony dabei seinen Bericht über die Kirchenbänke vorstellen. Den es nun nicht gibt.«

»Ja, da gab es aber auch nichts zu berichten«, erwiderte Anne.

»Es wäre wohl besser«, fuhr Daniel unbeirrt fort, »diese Debatte über die Kirchenbänke vorerst zu vertagen, bis das Alter der Bänke geklärt werden konnte. Und vor allem sollte die Sitzung nicht vor Anthonys Beerdigung stattfinden, die morgen ist, wenn ich Sie daran erinnern darf.«

Anne zuckte mit den Achseln. »Ich wüsste trotzdem nicht, warum …«

»Fänden Sie es nicht auch etwas pietätlos, in Anwesenheit seines Leichnams ein Treffen der Blumengilde in der Kirche abzuhalten?«

Ein Schweigen trat ein, dann sagte Bob: »Das stimmt, Anne. Der Sarg wird heute Abend um sechs im Altarraum aufgestellt.«

Ein weiteres Schweigen entstand. Schließlich sagte Anne gereizt: »Das hätte uns ja auch mal jemand sagen können. Stella hat schon die Tagesordnung gemacht, und ich habe sie für alle fotokopiert.«

»Das tut mir sehr leid, Anne«, erwiderte Daniel. »Sagen Sie Stella bitte Bescheid. Zu zweit werden Sie es gewiss schaffen, allen rechtzeitig abzusagen.«

»Das ist aber enorm kurzfristig …«

»Danke«, sagte Daniel fest. »Bis morgen dann bei der Bestattung. Wir sehen uns später, Bob.«

»Ja, bis nachher.«

Daniel verließ den Laden. Das Treffen der Blumengilde hatte er einfach deshalb vergessen, weil er gar nicht auf die Idee gekommen war, dass jemand in einer solchen Ausnahmesituation eine Sitzung über etwas so Banales wie Blumenschmuck in der Kirche abhalten wollte. Er traute Stella Harper zwar einiges zu, aber nicht einmal sie würde doch wohl Anthonys Trauerfeier mit derlei Alltäglichkeiten beeinträchtigen wollen?

Daniel schickte ein stummes Dankesgebet zum Allmächtigen, doch die Dankbarkeit verwandelte sich rasch in Ärger, als er vor dem Pfarrhaus den Golf seines Bruders erblickte.

Theo und Audrey saßen in der Küche.

»Mein lieber Bruder«, sagte Theo theatralisch, stand auf und breitete die Arme aus.

»Theo«, sagte Daniel und wich der drohenden Umarmung aus, indem er sich bückte und die Hunde kraulte. »Was für eine Überraschung.«

»War Mums Idee«, erwiderte Theo und ließ die Arme sinken. »Ich dachte, sie hätte es dir gesagt.«

Daniel wusste genau, dass das eine Lüge war.

»Es macht dir doch nichts aus?«

»Eine Nachricht wäre nett gewesen. Und der Zeitpunkt ist ... eher ungünstig.«

»Ach, nun komm schon, Dan ...«

Audrey stand ihrem jüngeren Sohn zur Seite, indem sie sagte: »Bei dir gibt es nie einen günstigen Zeitpunkt, Daniel. Und wir haben schließlich auch Wünsche, nicht wahr?«

»Dennoch hättet ihr darauf kommen können, dass ein Besuch nicht angebracht ist, wenn gerade im Dorf in zwei Mordfällen ermittelt wird, die Gemeinde unter Schock steht, die Bestattungen der beiden Opfer bevorstehen und die Familien Seelsorge benötigen.« Nach diesem Satz musste Daniel tief Luft holen.

»Aber das ist doch geradezu perfekt!«, rief Audrey aus. »Ideale Umstände für Theo, um deine Tätigkeiten mitzuerleben! Und er soll ja in der Rolle auch Kriminalfälle lösen, vielleicht kann er dem netten Detective ein paar Fragen stellen.«

»Als ich diesen Polizisten gespielt habe«, fügte Theo hinzu, »habe ich eine ganze Woche auf dem Polizeirevier verbracht, Dan. Das war gar kein Problem.«

Daniel stand ganz still da und blinzelte nur, was er immer tat, wenn er wütend wurde. Das kam selten vor, aber jetzt war es so weit. Er brauchte Raum zum Nachdenken.

»Ich gehe mit den Hunden raus«, verkündete er schließlich.

Als Cosmo und Hilda in den Garten schossen, merkte Daniel, wie seine Wut angesichts der unbändigen Energie der beiden Dackel schon ein wenig nachließ. Nachdem er die Tür etwas geräuschvoller als sonst hinter sich geschlossen hatte, stellte er sich an einen Platz, der von den Strahlen der untergehenden Sonne noch erreicht wurde, und ließ die Stille des Gartens auf sich wirken.

Nach und nach beruhigte sich Daniel und begann über seine Mutter nachzudenken. Wie oft kam er nach Hause, belastet mit den Sorgen der Gemeinde, und merkte dann, dass sie Audrey vollkommen gleichgültig waren. Manchmal fand er das erleichternd, weil er dann auch selbst abschalten konnte. Häufiger jedoch machte ihm der Empathiemangel seiner Mutter zu schaffen. Er konnte sich auch nie erklären, ob ihr einfach das emotionale Werkzeug fehlte oder ob sie zu sehr mit ihren eigenen Angelegenheiten beschäftigt war.

Theo tauchte jetzt neben Daniel auf, betreten wie ein kleiner Junge, und fragte vorsichtig: »Alles in Ordnung mit dir?«

Dann bückte er sich und hob einen gelben Gegenstand vom Boden auf. Es war das Lieblingsspielzeug der Hunde, ein ziemlich zerkautes Seil mit einem Gummiball am Ende. Sobald sie es erblickten, kamen die beiden angerast und machten eine scharfe Kehrtwendung, als Theo das Seil durch die Luft schleuderte. Da er um einiges sportlicher war als sein Bruder, flog das Ding weit weg, und die Hunde guckten ziemlich belämmert, als es aus ihrem Blickfeld verschwand. Dann begann Hilda zu bellen, was ihre Art war, Befehle zu erteilen.

»Das wirst du selbst wiederholen müssen«, sagte Daniel.

Theo schlenderte in den hinteren Gartenteil, die Hunde hefteten sich an seine Fersen. Dann geschah eine Weile gar nichts, bis das gelbe Ding plötzlich durch die Luft flog und zu Daniels Füßen landete. Als Cosmo und Hilda wieder auftauchten, waren sie mit solchem Tempo unterwegs, dass sie an Daniels Waden prallten, während sie um das Seil rangelten.

Jetzt kehrte auch Theo zurück, der eine übertrieben reumütige Miene aufgesetzt hatte. »Weißt du, Dan, es würde mir wirklich sehr helfen, wenn ich einfach unauffällig dabei sein könnte … ich weiß, es sind schwierige Tage, aber Mum hat das mit Bernard geklärt …«

»So, hat sie das.«

»… also, sie hat mit Honoria gesprochen, und die hat ihn gefragt, weil er ja Anthonys direkter Verwandter ist, und Bernard ist einverstanden, dass ich beim Begräbnis dabei bin, er findet es sogar gut …«

»Was für mich nicht gilt«, unterbrach Daniel seinen Bruder. »Und keiner von euch beiden ist auf die Idee gekommen, mich zu fragen?«

Theo zuckte mit den Achseln und schaute Daniel treuherzig an. »Bei dir ist es einfacher, um Vergebung zu bitten als um eine Erlaubnis …«

24

Später, als die Dämmerung hereinbrach, läutete Bob Achurch die Totenglocke, während Daniel und Bernard am Friedhofstor darauf warteten, die sterblichen Überreste von Anthony Bowness in Empfang zu nehmen.

Der Leichenwagen kam in Sicht und fuhr wie immer extrem langsam um eine Ecke, wo die Straße eigentlich zu schmal war für die Limousinen, in denen wir unsere letzte Reise antreten. Früher war der Leichenwagen ein wackliger Holzkarren gewesen, der von Freunden und Angehörigen vom Zuhause des Verstorbenen zum Friedhof gezogen und geschoben wurde. Dieser Karren stand immer noch in einem Schuppen auf dem Kirchengelände, seit Jahren unbenutzt. Sein ursprünglicher Zweck war zu düster, als dass jemandem eine andere Verwendung für das Gefährt eingefallen wäre.

Die Zeiten hatten sich geändert, doch auch wenn sie heutzutage mit modernen Autos unterwegs waren, haftete den Bestattern noch immer etwas so Steifes, Förmliches an wie in der viktorianischen Ära.

»Mylord. Herr Pfarrer.« Der Bestatter von Champton, Mr Williams, verbeugte sich formvollendet vor beiden Männern. Er war der Enkel des einstigen Dorftischlers und hatte die Tischlerei seiner Vorfahren in ein prosperierendes Bestattungsunternehmen mit einer Flotte schwarzer Limousinen umgewandelt.

Die Träger, die dem Wagen gefolgt waren, ließen den Sarg jetzt aus dem Wagen gleiten und luden ihn auf ihre Schultern.

»Ich danke Ihnen, Gentlemen«, sagte Mr Williams, und Daniel verbeugte sich und sprach: »Wir empfangen den Leichnam unseres Bruders Anthony, mit Vertrauen in Gott, den Schöpfer des Lebens, der unseren Herrn Jesus von den Toten auferweckt hat.«

Danach schritten Bernard und Daniel zum Totengeläut voraus in die Kirche, wo im Altarraum zwei Böcke für den Sarg aufgestellt waren. Theo stand, ganz in Schwarz, im Querschiff und beobachtete das Geschehen. Daniel zündete vier Kerzen auf Ständern an, besprenkelte den Sarg mit Weihwasser und breitete dann mit Bernards Hilfe ein purpurrotes Tuch mit einem aufgestickten Kreuz und dem Wappen der de Floures über dem Sarg aus. Anschließend platzierte er eine Bibel und ein Kreuz auf dem Tuch und sprach: *Lehre uns bedenken, dass wir sterben müssen, auf dass wir klug werden. Herr, kehre doch wieder zu uns und sei deinen Knechten gnädig! Fülle uns früh mit deiner Gnade, so wollen wir rühmen und fröhlich sein unser Leben lang.*

Mr Williams und die Träger zogen sich gemessenen Schrittes zurück, und Bernard und Daniel setzten sich zur Totenwache in die vordersten Bänke. Als Theo nach einigen Minuten merkte, dass nichts mehr passieren würde, verdrückte er sich diskret.

Bernard blieb eine halbe Stunde und ging dann leise hinaus. Daniel wartete noch eine Weile und erhob sich dann auch; dem Ritual war Genüge getan. Zugunsten der Atmosphäre löschte er die Kerzen nicht – was bei kirchlichen Versicherungsgesellschaften sehr unbeliebt war, da das die Gefahr einer unfreiwilligen Kremierung erhöhte – und schloss alle Türen bis auf die Turmtür. Sie sollte offen bleiben, damit jeder in der Gemeinde Gelegenheit für eine eigene Totenwache hatte.

Als Daniel im Pfarrhaus in die Küche kam, war seine Mutter gerade damit beschäftigt, Cosmo und Hilda zu füttern. Das war der einzige Zeitpunkt, zu dem Daniel von seinen Hunden nicht überschwänglich begrüßt wurde.

»Hallo, Liebling. Es gibt Kartoffel-Hackfleischauflauf«, verkündete Audrey über das Schmatzen und Schlabbern der Hunde hinweg. »Ist in einer halben Stunde fertig. Ich gehe vorher noch mit den beiden raus.«

Daniel ging ins Studierzimmer und begann den Bericht über die Übergabe des Leichnams zu schreiben. Kurz darauf klopfte es an der Tür, und Theo kam herein, ohne eine Antwort abzuwarten.

»Darf ich, Dan?« Theo ließ sich ungebeten auf dem Tränensofa nieder. »Frage!«

»Ja?«, sagte Daniel ergeben.

»Die Totenwache – wie lange soll die dauern?«

»Über Nacht.«

»Wozu?«

»Es geht darum, dem Verstorbenen Achtung zu erweisen. Ich vermute, dieses Ritual geht zurück auf die Wache über Jesus im Garten Gethsemane nach dem letzten Abendmahl.«

»Wie war das gleich wieder?«, fragte Theo und zündete sich eine Zigarette an.

»Nachdem Jesus mit seinen Jüngern auf dem Zionsberg das Abendmahl eingenommen hatte«, begann Daniel und wies mit dem Kopf in Richtung Aschenbecher, der auf einem Beistelltisch stand, »gingen sie zusammen in den Garten Gethsemane zum Beten. Die Jünger sollten mit Jesus Wache halten, schliefen aber ständig ein, und so war er schließlich allein und betete zu Gott, dass er ihm das drohende Schicksal ersparen möge.«

Theo blickte verständnislos drein.

»Seine Verhaftung, Verurteilung und Hinrichtung«, fügte Daniel hinzu.

»Tja, da hat er wohl Pech gehabt«, kommentierte sein Bruder.

»Es geht dabei nicht um Glück oder Pech. Sein Schicksal war unumgänglich.«

»Wieso, er hätte doch die Soldaten in Salzsäulen oder so was verwandeln können«, wandte Theo ein.

»Das wäre wohl möglich gewesen«, gab Daniel zu.

»Und warum hat er das nicht gemacht?«

»Weil er zuerst als Mensch leiden und sterben musste, damit er als Gott die Menschheit retten kann. Dieses Opfer musste gebracht werden.«

Theo verzog das Gesicht. »Herrje, das ist ja ziemlich verdreht. Und schwer zu verstehen. Kein Wunder, dass die Jünger eingeschlafen sind. Aber wieso bist du jetzt nicht in der Kirche? Ich meine, mir ist klar, dass da nichts los ist, aber müsstest du nicht eigentlich die ganze Nacht über Totenwache halten?«

»Ich habe es gerade eine Weile getan«, antwortete Daniel. »Und bei den Zeremonien sind teilweise auch Auslegungen möglich, es gibt keine starren Regeln. Am Ende schlafen wir alle ein, weil wir nämlich menschlich sind. Es ist sehr wichtig, sich das klarzumachen, Theo: Wir sind unvollkommene Wesen, die nach Vollkommenheit streben. Scheitern gehört zum Leben dazu.«

»Ich bin Schauspieler, damit bin ich vertraut. Aber ich muss schon sagen: Bei deinem Beruf sitzt man viel herum und tut rein gar nichts. Das muss doch total langweilig sein.«

»Nein, keineswegs. Und sollte es wirklich einmal langweilig sein, dann ist das eine Herausforderung, die bewältigt werden muss.«

»Ich war so gelangweilt bei der Totenwache, ich hab das nur fünf Minuten ausgehalten«, sagte Theo. »Wie lange war Bernard da?«

»Eine halbe Stunde.«

»Und du?«

»Ungefähr eine Stunde. Später gehe ich noch einmal rüber und bete das Totenoffizium.«

»Passiert da ein bisschen mehr?«

»Kann man nicht behaupten, nein.«

Von unten war der Essensgong zu vernehmen. »Wollen wir?«, sagte Daniel.

»Ich rauche noch zu Ende. Bin gleich da.«

Der Auflauf enthielt neben Kartoffelbrei und Hackfleisch auch Erbsen und Karotten. Um ihn geschmacklich aufzupeppen, schüttete Theo kräftig Worcestersoße über seine Portion und zitierte dabei den Slogan aus der Werbung.

»Du darfst nicht vergessen, Theodor«, sagte Audrey, »dass diese Soßen aus einer Zeit stammen, als man keine Gewürze hatte oder nur Lebensmittel wie Innereien und dergleichen. In dem einen Fall bekamen die Speisen durch die Soßen Aroma, im anderen wurden unangenehme Geschmäcker überdeckt. Die Soßen sind das Herz der englischen Küche. Im Krieg wurde die Fabrik bombardiert, aber selbst da lief die Produktion noch weiter. Die Worcestersoße wurde dann nur in anderen Flaschen mit veränderten Etiketten verkauft. Der Geschmack ist fast der einzige, der mir aus der Zeit der Lebensmittelrationierung in Erinnerung geblieben ist.«

»Da brauchte man sicher unempfindliche Geschmacksnerven«, bemerkte Daniel.

»Ach, du warst aber nie zimperlich, was Essen anging, Daniel. Du hast auch Innereien oder Fasan gegessen und hattest nie eine Abneigung gegen strenge Gerüche. Vielleicht hast du deshalb auch heutzutage so einen guten Riecher für Dinge, die irgendwo im Argen sind. Aber du, Theo«, fügte Audrey hinzu, »wolltest auch immer allem hartnäckig auf den Grund gehen.«

»Ich frage mich, woher wir das wohl haben«, bemerkte Theo.

»Von mir bestimmt nicht«, antwortete seine Mutter achselzuckend.

Sie aßen schweigend weiter, und Daniel dachte daran, wie begeistert Cosmo und Hilda alle Gerüche genossen, so widerwärtig sie auch waren. Er beobachtete seine Hunde gerne dabei, wie sie aufgeregt einen Geruch witterten und ihn dann durch die hochgereckte Nase förmlich mit dem ganzen Körper einsogen, bis er in ihrem Dackelhirn entschlüsselt werden konnte. Ein Dackel, der von etwas Witterung aufgenommen hatte, war so gut wie nicht aufzuhalten. Manchmal schossen die beiden davon wie die Windhunde, wenn sie einen Hasen gerochen hatten, oder sie wälzten sich trotz Daniels Protestschreien ausgiebig in irgendetwas Unsäglichem. Die beiden nahmen die Welt durch die Nase wahr, was Daniel seit jeher faszinierte.

Audrey aß einen Joghurt zum Nachtisch, Daniel, der nicht versessen war auf Süßes, ließ das Dessert aus. Theo genehmigte sich den Rest der Flasche Côtes du Rhône, die er mitgebracht und auch zu zwei Dritteln allein geleert hatte. Danach machten sie gemeinsam den Abwasch. Audrey spülte, Daniel trocknete ab, Theo räumte alles weg. Diese Arbeitsteilung stammte noch aus der Kindheit der beiden.

»Euer Urgroßvater«, sagte Audrey unvermittelt, »starb in seinen Vierzigern und ließ eure Urgroßmutter mit dreizehn Kindern zurück. Was meint ihr, woran er gestorben ist?«

»An Trunksucht?«, fragte Theo.

»Wie kommst du darauf?«

Theo zuckte mit den Achseln. »Ist doch oft so.«

»Ja, stimmt, er war tatsächlich ein Trinker. Aber daran ist er nicht gestorben.«

»Woran dann?«, fragte Theo.

»An der Methode, mit der man ihn von der Trunksucht heilen wollte. Sein Vater hatte ihn in die Trinkerheilstätte gebracht, wo damals eine Art Hydrotherapie angewandt wurde. Man spritzte die Patienten – die eher wie Insassen behandelt wurden – mit Wasser ab, überschüttete sie mit Wasser. Und euer Urgroßvater, wahrscheinlich schon geschwächt durch seine Alkoholsucht und Entzugserscheinungen, ertrug diese Behandlung nicht und starb.«

»Wieso glaubte man, damit die Trunksucht heilen zu können?«, fragte Daniel.

»Vielleicht glaubte man, es sei eine Sünde, die man wegwaschen könne? Eher dein Gebiet als meines«, antwortete Audrey. »Aber wie grausam, nicht wahr. Und dann die Scham für die Familie. Damals hatten die Menschen noch viel mehr Angst davor, blamiert zu werden, als heute.«

»Warum?«, fragte Theo.

»Man fürchtete um sein gesellschaftliches Ansehen, denke ich«, antwortete Audrey. »Du musst bedenken, dass dein Urgroßvater in einer ärmlichen Hütte aufgewachsen war, als Sohn eines Seidenwebers, und sich Erfolg und einen gewissen Wohlstand hart erarbeitet hatte. Wie viele Menschen, die so schwer geschuftet haben, um etwas zu erreichen, hatte er Angst, das alles wieder zu verlieren. Deine Großmutter fürchtete sich ihr ganzes Leben vor dem Armenhaus, obwohl es schon lange geschlossen war.«

»Aber Opa und Oma waren doch stinkreich!«, rief Theo aus.

»Stimmt, doch das änderte nichts an ihrer Angst«, erwiderte seine Mutter. »Weil ein Teil von ihr immer noch das kleine Mädchen war, das nach dem Tod des Vaters erlebt hatte, wie die Mutter mit dreizehn Kindern dasaß und nicht wusste, wie sie die ohne eigenes Geld durchbringen sollte. So etwas wird man sein Leben lang nicht los. Das hat das Leben deines Vaters geprägt und auch das von euch beiden.«

»Inwiefern?«, fragte Theo.

»Du, Theo, öffnest dich bei deiner unsicheren Existenz als Schauspieler dem Leben. Und du, Daniel, scheust davor zurück, du meidest es. Der Zusammenbruch einer heilen komfortablen Welt hat über Generationen hinweg auch bei euch Spuren hinterlassen. Deshalb bist du Pfarrer geworden, Daniel. Deshalb brauchst du Ordnung und liebst Schreibwaren.«

Daniel musste unwillkürlich an das mit Reißzwecken gefüllte Glas auf seinem Schreibtisch denken, das immer zwischen den großen Büroklammern und den Lochverstärkern stand.

»In einem aufgeräumten Zimmer ist auch die Seele aufgeräumt«, bemerkte Audrey verblüffend weise.

Nachdem die Hunde ihre Abendtoilette erledigt hatten, ging Daniel zum Beten in die Kirche. Cosmo und Hilda folgten ihm und flitzten sofort los zu ihren olfaktorischen Streifzügen. Durch die vier Kerzen rund um den Sarg war der Kirchenraum nicht ganz dunkel, und mehr als einmal wurde Daniel durch ihr plötzliches Flackern von seinem Totengebet abgelenkt.

Dann bemerkte er plötzlich, dass die Hunde erneut seltsam still waren. Daniel erschrak und sah sich hastig um. In der Dunkelheit hinter den gelben Lichtinseln der Kerzen konnte er die Umrisse einer Person erkennen und wusste sofort, wer es war. Sie saß an dem Platz, den sie in jedem Gottesdienst einnahm, aber heute ohne ihre Schwester.

Als Daniel sich zu ihr umdrehte, hob Dora Sharman kurz den Kopf, blickte dann jedoch wieder nach unten und fuhr mit ihrem stummen Gebet fort. Daniel tat das Gleiche, sprach jedoch am Ende das »Nunc Dimittis« laut. Die Hunde waren damit so vertraut, dass sie angelaufen kamen und sich zu ihm setzten, weil sie wussten, dass der Aufbruch bevorstand.

»Möge der Herr uns segnen und vor allem Bösen behüten, in Ewigkeit«, sagte Daniel zuletzt.

»Amen«, hörte er von Dora. Als Daniel auf sie zuging, ergriff sie ihre Häkelmütze und ihre Handtasche.

»Guten Abend, Dora«, begrüßte er sie. »Heute ohne Kath?«

»Sie wollte nicht herkommen, Herr Pfarrer, aber ich kann ja für uns beide beten. Ich habe den Hunden einen Keks gegeben, ich hoffe, es macht Ihnen nichts aus.«

»Ah, ich hatte mich schon gewundert, warum sie so still waren. Standen Sie Anthony nahe, Dora?«

Sie wirkte erstaunt über die Frage. »Nahe? Nein, nein. Aber wir stammen schließlich alle aus dem Dorf. Früher, wenn jemand aus der Familie Seiner Lordschaft starb, hielten wir die Totenwache in der alten Kapelle, die ganze Nacht. Zu Anfang und am Ende der Butler und die Hausdame, die Niedrigeren vom Personal dazwischen. Die Schicht um Mitternacht übernahmen die Hausmädchen und die Lakaien. Manch eine Liebschaft hat so begonnen, bei Kerzenlicht neben einer Leiche.«

Daniel lächelte. »Ja, ich habe auch bemerkt, dass auf Beerdigungen häufig Hochzeiten folgen.« Tatsächlich hatte er schon oft Paare getraut, die sich bei Bestattungen kennengelernt hatten.

»Das Leben geht weiter. Aber ich mochte Mr Bowness. Er war anders, hatte einen anderen Blick auf die Dinge. Vielleicht, weil er es nicht leicht hatte mit sich selbst.«

»Wie meinen Sie das?«

»Seine Trunksucht. Ich glaube, es quälte ihn etwas, das er vergessen wollte. Aber er war nie gemein, so wie manch anderer.«

Daniel bemerkte im Kerzenschein, dass Doras Augen glitzerten. Diese sonst so verschlossene Frau hatte doch wahrhaftig Tränen in den Augen.

»Kann ich Ihnen helfen, Dora?«, fragte Daniel.

Sie antwortete nicht, sondern zog ein Taschentuch hervor und tupfte die Tränen weg. Daniel setzte sich neben sie, und kurz darauf steckte sie das Tuch wieder ein und erhob sich.

»Ich bin nicht der Mensch, der jammert und weint, Herr Pfarrer. Aber es ist schließlich immer traurig, wenn jemand stirbt, nicht wahr? Mr Bowness, Mr Thwaite. Sie hätten nicht so enden dürfen.«

»Dora … warum, glauben Sie, sind die beiden ermordet worden?«

Dora blieb einen Moment stumm. Dann sagte sie: »Achtlose Worte kosten Menschenleben. Sie sind zu jung, um sich zu erinnern, aber das stand auf einem Plakat während des Krieges. Um vor Spionen zu warnen.«

»Ich kenne das Plakat«, erwiderte Daniel.

»Und jeder Mensch, der beim Militär war, weiß, wie gefährlich Geschwätzigkeit ist.«

»Ich garantiere Ihnen Diskretion, Dora. Wer steckt hinter diesen Taten, was glauben Sie?«

»Woher sollen wir das wissen? Mr Bowness und Mr Thwaite sind tot. Daran denke ich. Ich spekuliere nicht.« Ihre Haltung signalisierte Daniel, dass er sie vorbeilassen sollte.

Er stand auf, und Dora verließ die Kirche ohne ein weiteres Wort. Die Hunde, die sich zweifellos weitere Leckereien erhofft hatten, blickten ihr bedauernd nach.

25

Am nächsten Morgen ging Daniel schon kurz nach Sonnenaufgang mit den Hunden spazieren. Nicht nur wegen des schönen Wetters, sondern vor allem weil er Theo aus dem Weg gehen wollte.

Wegen der düsteren Erinnerungen an Neds Tod stand Daniel nicht der Sinn nach seiner üblichen Runde um den See. Heute galt es immerhin, die Bestattung von Anthony zu bewältigen, die von Ned stand in Bälde bevor. Statt durch das verschnörkelte Tor am Herrenhaus zu gehen, führte Daniel die Hunde an der Nordseite des Parks auf den Stechpalmenweg. Dieser Weg war ebenfalls vor zweihundert Jahren von Humphry Repton für den gartenbegeisterten Lord de Floures gestaltet worden.

Dort ließ Daniel die Hunde von der Leine, und sie sausten zwischen den verwilderten Stechpalmen und efeuüberwucherten Bäumen hindurch. Der Weg verlief durch den Park zum Bach, der später in den See mündete. Eine alte Brücke mit kunstvollem Schnitzwerk führte über das Gewässer. Daniel hatte an dieser Stelle schon Eisvögel gesehen und Reiher beobachtet, die reglos am Ufer standen und nach Beute Ausschau hielten. Im Wasser hatte er auch einmal ein Tier gesichtet, von dem er gehofft hatte, es sei ein Otter; vermutlich hatte es sich jedoch nur um ein Wiesel gehandelt, denn die Torheit der Menschen blieb auch in Champton nicht ohne Folgen für die Natur.

Daniel achtete sorgfältig darauf, Cosmo und Hilda an den

Dachsbauten im Wurzelwerk der Sträucher vorbeizulotsen. Er fürchtete, dass die beiden sich hineinhechten könnten, und er wollte sie keinesfalls am Schwanz herausziehen, ausgraben oder mit blutiger Schnauze zum Tierarzt befördern müssen.

Der Stechpalmenweg endete abrupt an einigen Stufen, die zu Feldern hinunterführten. Manchmal leuchteten sie blau von den blühenden Flachspflanzen, inzwischen jedoch häufiger gelb, weil der Gutsverwalter, Nicolas Meldrum, darauf bestand, überall Raps anzubauen. Daniel fand die Farbe zu aufdringlich, und er vermisste das zarte Blau noch mehr, wenn die Rapsblüten im Laufe der Zeit orange wurden und einen kohlähnlichen Gestank verbreiteten.

Als Daniel am Bach entlangspazierte, sah er diesmal keine Eisvögel, hörte aber den Gesang von Lerchen über den Feldern. Die kleinen braunen Vögel flogen wie immer so hoch oben in der Luft, dass sie kaum zu erkennen waren. Ihr Zwitschern, eigentlich ein klangvolles Geräusch, erinnerte Daniel an diesem Tag jedoch aus irgendeinem Grund an das hektische Rattern von Faxmaschinen, und er empfand einen Anflug von Beklommenheit.

Der Satz *Et in Arcadia ego* aus dem siebzehnten Jahrhundert kam ihm unwillkürlich in den Sinn, denn auch hier in dieser ländlichen Idylle gab es kein Entkommen vor der Erinnerung an die Sterblichkeit. Den See mit dem Badehaus hatte Daniel deshalb gemieden, aber jetzt holten ihn diese düsteren Gefühle durch das Zwitschern der Lerchen oder das Schnüffeln der Hunde oder irgendetwas anderes ein. Das Unheil, das Champton durch die zwei brutalen Gewalttaten heimgesucht hatte, war noch immer mitten unter ihnen in der kleinen Gemeinde, das spürte Daniel plötzlich ganz deutlich.

Er blieb stehen und betrachtete das Glitzern der Sonnenstrahlen auf dem wirbelnden Wasser. Die Äste einer Erle am gegenüberliegenden Ufer ragten weit über den Bach und zitterten im Wind. Ihre Schatten bildeten ein Kreuzmuster auf dem Wasser, das Daniel vollkommen in seinen Bann zog. Wie unter Hypnose verlor er auf einmal das Gefühl von Raum und Zeit und wurde von einem intensiven Grauen erfasst – einem Grauen, das gewiss auch Anthony und Ned gespürt hatten, als sie nach dem Angriff merkten, wie das Leben aus ihnen wich. Das Gefühl war so überwältigend und allumfassend, dass Daniel nichts anderes mehr fühlen konnte.

Ebenso abrupt, wie es ihn erfasst hatte, fiel es wieder von ihm ab. Danach setzte eine intensive Traurigkeit ein, ein großer Schmerz über die Sinnlosigkeit des einsamen Todes dieser beiden Männer. Und plötzlich spürte er einen Ruck in sich, als stürze etwas Schweres in die Tiefe, und es kam ihm vor, als habe er auf unerklärliche Weise die Nähe des Mörders gefühlt. Was Daniel in seiner inneren Überzeugung bestärkte, dass der Mörder einer von ihnen war, dass er mitten unter ihnen lebte, eng verbunden mit Anthony und Ned und allen anderen.

26

Dot und Norman Staveley genehmigten sich in ihrem eigenen Café ein zweites Frühstück, bedient von Millie Staniland, die ab und an im The Flowers aushalf.

»Oooh, Macarons!«, rief Dot aus und griff zu, bevor die Platte überhaupt auf dem Tisch stand. Norman musste sich die Köstlichkeiten wohl oder übel verkneifen, da der Arzt ihm Süßes untersagt hatte.

Millie Staniland stellte vorsichtig zwei Teetassen auf den Tisch. »Wünschen Sie sonst noch etwas, Mr Staveley?«

Norman wäre durchaus das eine oder andere eingefallen, was er sich aber ebenso versagen musste wie süße Leckereien. Seit einiger Zeit landete sein Blick immer wieder unwillkürlich auf den Brüsten von Kellnerinnen, Studentinnen, Sekretärinnen im Rathaus. Einmal, als er eine junge Frau anstarrte, die an der Tankstelle an der benachbarten Zapfsäule stand, fixierte die Frau ihn plötzlich mit einem Abscheu, der nicht minder heftig war als Normans Begierde.

Er war gar nicht so versessen darauf, mehr Sex zu haben, obwohl ihm auch diesbezüglich in seiner Ehe eine strenge Diät zugemutet wurde. Auch verlangte er nicht nach einer grundsätzlich anderen Art als den eher flüchtigen Begegnungen mit Dot, die seit ihrer Hochzeitsnacht ihr Stil waren. Es ging vielmehr um die Jugend, war Norman klar geworden: die Haut, die leuchtenden Augen, das schimmernde üppige Haar … Und neuerdings suchte er bei diesen Blicken auch das Vergessen; er wollte sich ablenken von seinen Ängsten, die in letzter Zeit immer schlimmer geworden waren.

Auch jetzt durchzuckte ihn plötzlich wieder die Angst, und er sah diesen Idioten von Anthony Bowness vor sich, wie er in der letzten Bank der Kirche betete. Unvermittelt hatte ihn die Wut darüber gepackt, dass dieser erbärmliche, neugierige Schnüffler alles hatte gefährden können, was Norman auf der Welt sein Eigen nannte: sein Ansehen und seine Ehe mit Dot.

Diese Zustände hatte er in letzter Zeit häufiger. Aus einer Zeitschrift von Dot wusste er, dass es sich um Panikattacken handelte. Von männlichen Wechseljahren war da die Rede, aber Norman vermutete bei sich selbst eher psychische Ursachen als einen veränderten Hormonpegel.

»Ich habe scheußliche Kopfschmerzen«, sagte er, während Dot gerade damit beschäftigt war, ihr Macaron in den Tee zu tunken. »Ich geh mal rasch nach Hause und hole mir eine Tablette.«

»Aber dann wird doch dein Tee kalt, Norman.«

»Trink du ihn einfach, Schatz.«

Als er hinausging, sah seine Frau ihm einen Moment nach. Dann griff sie nach seiner Teetasse.

In der frischen Luft fühlte sich Norman zuerst etwas besser, dann wieder schlechter. Er versuchte, ruhig zu atmen, was aber nicht half, und als er seinen Schritt beschleunigte, brach ihm der kalte Schweiß aus. So fängt wahrscheinlich ein Herzinfarkt an, dachte er. Weil er sich beobachtet fühlte, schaute er auf und sah Anne Dollinger vor der Boutique von Stella Harper stehen.

Anne winkte ihm zu und rief: »Alles in Ordnung, Norman?«

Er winkte zurück und deutete geradeaus als Zeichen dafür, dass er es eilig hatte. Dabei kam er ins Stolpern und wäre fast gestürzt. Schließlich schaffte er es bis zu dem Häuschen an der Bushaltestelle und setzte sich, um wieder zu Atem zu kommen.

»Gib Ruhe, gib Ruhe, gib Ruhe«, murmelte er, und eine Frau, die auf den Bus wartete, fuhr herum und fauchte empört: »Aber ich habe doch gar nichts gesagt!«

»Sie meine ich nicht«, erwiderte Norman atemlos, und dann wurde ihm schwarz vor Augen, und er sah nur noch Anthony Bowness vor sich, wie er im schwindenden Licht in der Kirche saß.

Der Morgen war sonnig gewesen, doch während des Totengeläuts von St Mary's zogen Wolken auf, und der Himmel verdüsterte sich.

»Begräbniswetter«, sagte Daniel, heute mit Soutane, Chorhemd und Stola bekleidet, zu Constable Scott, der weiße Handschuhe und Orden auf der Uniform trug.

Die beiden Männer warteten am Friedhofstor auf das Eintreffen der Familie de Floures, die der Tradition gemäß zu Fuß vom Herrenhaus zur Kirche kam. Was unter den gegenwärtigen Umständen nicht ideal war, da die Reportermeute so ungehindert Gelegenheit bekam, die Trauernden zu filmen und abzulichten.

Der Familie gelang es jedoch, den Spießrutenlauf zu bewältigen, ohne zu sprechen oder sich irritieren zu lassen. Bernard – mit schwarzem Frack, schwarzer Weste und schwarzer Krawatte – wurde flankiert von Alex in einem taillierten schwarzen Anzug mit breiten Schulterpolstern und Honoria in einem eleganten schwarzen Kleid.

Zu Daniels Erstaunen folgte den dreien ein großer schlaksiger Mann, der ein etwas unbeholfener Cousin vom Lande hätte sein können, doch die Ähnlichkeit zu Alex war allzu frappierend. Der Mann trug einen schlecht sitzenden Anzug und schien sich unwohl zu fühlen. Es handelte sich um den älteren Sohn und Erben der Familie, Hugh de Floures, aus den ländlichen Weiten von Kanada.

Für Daniel war der Empfang der Trauergemeinde am Tor immer etwas schwierig, da er nicht so lange mitfühlend lächeln konnte, wie der Zug brauchte, um den Friedhof zu erreichen. Deshalb tat er meist so, als betrachte er eingehend die Forsythien in Bob Achurchs Garten oder einen der Wasserspeier am Kirchturm, bis die Trauergäste nur noch wenige Schritte entfernt waren.

»Bernard, Alex, Honoria«, sagte er jetzt. »Und Hugh. Ich freue mich sehr, Sie zu sehen, wie gut, dass Sie kommen konnten.«

»Um Himmels willen, Daniel«, sagte Bernard gereizt, »bitte keine langen Reden.«

Margaret Porteous, die sich erboten hatte, Anthonys Funktionen als Küster zu übernehmen, stand am Kirchentor. Daniel drehte sich um und gab ihr ein Zeichen, worauf sie in der Kirche verschwand.

»Sind alle bereit?«, fragte er dann die Familie und ging voraus.

Mrs Buckhurst von der Schule hatte Jane Thwaites Stelle an der Orgel eingenommen und begann zu spielen, als die Familie die voll besetzte Kirche betrat. Besonders der zurückgekehrte verlorene Sohn wurde von der Gemeinde neugierig gemustert. Nachdem sich die Familie de Floures in ihrer Bank niedergelassen hatte, erschien der Chor, ebenfalls bekleidet mit Soutane und Stola, angeführt von Bob Achurch als Kreuzträger. Die Sopranistinnen gingen voraus, gefolgt von den Altstimmen, darunter den Söhnen der Stanilands, bei denen sich bereits die ersten Anzeichen des Stimmbruchs bemerkbar machten.

Die Choristen nahmen ihre Plätze in den Nischen links und rechts des Altarraums ein, dann verbeugten sich alle gleichzeitig mit Daniel vor dem Sarg, der nun nicht mehr mit dem Tuch bedeckt war. Bob stellte das große Kreuz in seine Halterung, und als Daniel den Altarraum betrat, verstummte die Orgelmusik. Perfektes Timing, dachte er, etwas beschämt über seine Zufriedenheit, und begrüßte die Trauergemeinde.

Einige Kirchenmitglieder hatten wegen auswärtiger Trauergäste andere Plätze als ihre üblichen einnehmen müssen, doch den Sharman-Schwestern war es gelungen, ihren Stammplatz zu besetzen, wenn sie ihre Bank nun auch mit zwei weiteren Personen teilen mussten. Andere hatten ihre Plätze aufgeben müssen zugunsten von Personen aus Anthonys Vergangenheit – Verwandte und Menschen aus seiner Zeit in Oxford und in London. Daniel bemerkte Gesichter, die intellektuell wirkten, und andere, die eher nach Pub-Stammgästen aussahen.

Oft dachte Daniel bei Bestattungen, dass die anwesenden Trauergäste mehr über den Verstorbenen aussagten als alle gesprochenen Worte. In seiner Zeit in London hatte er einmal einen Trauergottesdienst für einen jungen Mann abgehalten, dessen Eltern der Heilsarmee angehört hatten. Die Wahlfamilie des Toten waren Ledermänner aus der S&M-Szene gewesen. Auf der einen Seite der Kirche saßen damals Männer mit schwarzen Schirmmützen, auf der anderen Männer mit schwarzen Lederkappen, und alle waren äußerst erstaunt über den Anblick der anderen.

Nach dem ersten Gebet erhob sich die Gemeinde, um ein Lied von Henry Purcell zu singen, das Daniel ausgewählt hatte. Er fand es wunderschön, es war jedoch eher unbekannt, weshalb einige Töne etwas schräg gerieten. Erfreut stellte Daniel fest, dass sich auch Detective Vanloo unter den Trauergästen befand.

Die Trauerrede wurde vom Chefredakteur eines Literaturmagazins gehalten, für das Anthony früher geschrieben hatte. Danach trug Honoria sehr klangvoll »Fürchte nicht mehr Sonnenglut« aus Shakespeares *Cymbeline* vor, anschließend las Bernard eine Stelle aus dem vierzehnten Kapitel des Johannesevangeliums.

Daniel hielt eine kurze Predigt, in der er auf die menschliche Angst vor Einsamkeit und das Motiv der Heimkehr einging, und bemerkte, dass Hugh de Floures an dieser Stelle zu ihm aufschaute. Nach mehreren Gebeten erhob sich die Gemeinde erneut, um den Psalm 23 zu singen, der für Taufen wie Trauergottesdienste gleichermaßen gut geeignet war. *Der Herr ist mein Hirte, mir wird nichts mangeln. Er weidet mich auf einer grünen Aue und führet mich zum frischen Wasser. Er erquicket meine Seele.*

Nach einem letzten Gebet luden die vier breitschultrigen Sargträger – allesamt Polizisten – den Sarg auf ihre Schultern, unterstützt von Alex und Honoria, was ein Raunen in der Menge auslöste. Mit gemessenen Schritten trug die Gruppe den Sarg an der Familiengruft der de Floures vorbei – die entfernteren Verwandten verschlossen blieb – hinaus auf den Friedhof, wo Bob Achurch und Nathan Liversedge an der südwestlichen Ecke eine Grube in der Familiengrabstätte ausgehoben hatten.

Hier wurden Anthonys sterbliche Überreste der Erde übergeben, wobei Alex und Honoria sichtlich Mühe hatten, die Bänder festzuhalten, mit denen der Sarg abgesenkt wurde. Daniel sprach ein Zitat aus Hiob – »Der Mensch, vom Weibe geboren, lebt kurze Zeit und ist voll Unruhe, geht auf wie eine Blume und welkt …« – und warf dann mit den Worten »Erde zu Erde, Asche zu Asche, Staub zu Staub« drei Handvoll Erde auf den Sarg. Für diejenigen, denen das zu prosaisch war, hatte Mr Williams freundlicherweise rote Rosen bereitgestellt, die jedoch mit dem gleichen dumpfen Geräusch auf den Sarg fielen wie die Erde.

Leichter Regen hatte eingesetzt, weshalb die Familie de Floures mit dem Auto abgeholt wurde und so auch weiteren Nachstellungen der Presse entgehen konnte.

Später hielt sich Daniel mit Theo in der Sakristei auf, um die Einträge ins Kirchenbuch zu machen.

»Was meinst du, wie viele Leute waren da, Theo?«

»Hm, keine Ahnung … hundertfünfzig vielleicht?«

»Könnte hinkommen.«

Daniel schrieb: 144 Personen.

»Ist das nicht ein bisschen unpräzise?«, gab Theo zu bedenken.

»Doch, durchaus, aber das spielt keine große Rolle«, antwortete Daniel.

»Aber wieso schreibst du denn dann nicht gleich ›ungefähr hundertfünfzig‹«?

In diesem Moment klopfte jemand an die offene Tür, und Detective Vanloo spähte herein. »Sind Sie gerade beschäftigt?«, fragte er.

»Ja, aber kommen Sie ruhig herein«, sagte Daniel. »Meinen Bruder Theo haben Sie ja schon kennengelernt.«

Vanloo nickte. »Übrigens kenne ich Sie auch aus ›Appletree End‹, Sir.«

Theo wirkte geschmeichelt. »Oh, ist ja eine Ehre, das von einem *echten* Polizisten zu hören.«

Darauf erwiderte Vanloo nichts, und Daniel unterbrach das etwas unbehagliche Schweigen. »Theo, sorgst du bitte dafür, dass Mum sich fertig macht? Ich komme gleich rüber.«

»Mach ich«, erwiderte Theo. »Sind Sie auch bei dem Umtrunk dabei, Detective Sergeant?«

»Ja. Ich muss nur vorher mit Ihrem Bruder sprechen.«

»Dann würde ich mich später sehr gerne mit Ihnen unterhalten, falls das möglich ist«, sagte Theo.

»Kein Problem.«

Theo ging hinaus und schloss mit viel Feingefühl die Tür hinter sich, wahrscheinlich, um bei Vanloo einen guten Eindruck zu hinterlassen.

»Was machen Sie denn da?«, erkundigte sich Vanloo. »Sünden auflisten?«

»Nein, ich fälsche nur ein paar Zahlen«, antwortete Daniel.

»Oh, Vorsicht, Sie haben es immerhin mit der Polizei zu tun«, erwiderte Vanloo grinsend.

Daniel unterschrieb den Eintrag, schlug das Kirchenbuch zu und schraubte die Kappe auf seinen Osmiroid-Füller, den er regelmäßig mit Amtstinte aus einem kleinen Glas auffüllte. Sie sah zunächst grau aus, verwandelte sich aber auf dem Papier zu tiefem Schwarz, das nicht ausbleichte. Mit einem Blatt Löschpapier tupfte er das Geschriebene sorgfältig ab, schraubte das Tintenglas zu und verstaute es samt Füller und Löschpapier an seinem angestammten Platz.

»Das war wie eine Teezeremonie«, bemerkte Vanloo.

»Nachlässigkeit in solchen Dingen kann ich nicht ausstehen«, erwiderte Daniel.

»Ist jetzt alles korrekt erledigt?«

»Jawohl.« Daniel legte sein Ornat ab und hängte die Kleidungsstücke auf. »Schön, dass Sie bei der Trauerfeier dabei waren.«

»Natürlich«, antwortete Vanloo. »Wie geht es Ihnen?«

»Gut so weit. Aber noch immer recht verstört, genauso wie meine Gemeinde.«

»Deshalb sind Sie bestimmt ganz besonders aufmerksam.«

»Ah, Sie sind dienstlich hier«, stellte Daniel fest.

»Etwas ist im Dorf passiert«, sagte Vanloo, »das jemanden dazu veranlasst hat, zwei Menschen zu töten. Und meiner Einschätzung nach sind Sie die Person, die am besten erspüren kann, was hier los ist.«

»Mag sein. Aber manch einer würde behaupten, das sei Mrs Braines aus dem Postamt.«

»Ich meine nicht die alltäglichen Vorgänge. Sondern eher atmosphärische Veränderungen in der Gemeinde. Licht und Schatten, wenn Sie verstehen, was ich meine. Haben Sie irgendein Gefühl, was den Mörder angeht?«

»Ich will so ein Gefühl nicht überbewerten«, sagte Daniel langsam. »Aber ich glaube, dass eine einzige Person diese Morde begangen hat. Und ich glaube auch, dass es jemand aus dem Dorf war.«

»Warum?«, fragte Vanloo.

»Eben eine Veränderung von Licht und Schatten.«

»Können Sie das genauer beschreiben?«

»Leider nein. Ich habe keine konkreten Anhaltspunkte, es ist eher eine intuitive Wahrnehmung. Und ich spüre, dass irgendetwas zum Vorschein kommen will. Vielleicht könnten Sie mich noch mal auf Ihren aktuellen Informationsstand bringen.«

Der Detective überlegte einen Moment und sagte dann: »Was wollen Sie wissen?«

»Wer sich zu welcher Uhrzeit wo aufgehalten hat«, antwortete Daniel.

»Wir wissen das von allen Dorfbewohnern – oder zumindest wissen wir, was sie ausgesagt haben. Uns ist nichts Ungewöhnliches aufgefallen. Ein paar Leute haben einen Verdacht geäußert, aber bislang hat uns das keinen Schritt weitergebracht.«

»Welche Namen sind denn gefallen?«

»Alex de Floures scheint nicht beliebt zu sein bei den Einheimischen. Bob Achurch, weil er Kommandosoldat war. Lord de Floures selbst, weil er als unausstehlich gilt. Und Nathan Liversedge wegen seiner Herkunft und zwielichtigen Vergangenheit. Aber es gibt keinerlei Anhaltspunkte, einen von ihnen zu verdächtigen. Haben Sie denn jemanden im Auge?«

»Ich glaube, dass ich den Mörder gesehen habe«, antwortete Daniel.

»Was?«, rief Vanloo verblüfft aus.

»Also, ich meine damit nicht, dass ich den Mord beobachtet hätte«, stellte Daniel klar. »Sondern, dass ich die Person gesehen habe. Aber ich weiß noch nicht, wer es ist.«

»Aber was soll dann ›gesehen‹ bedeuten?«

»Etwas an der Art, wie die Morde begangen wurden, kommt mir irgendwie vertraut vor. Ich kann es noch nicht klar benennen, aber was ich spüre, weist auf eine Person hin, deren Identität ich jedoch noch nicht kenne. Ergibt das einen Sinn für Sie?«

»Was spüren Sie denn?«, hakte Vanloo nach.

»Dass diese Person eine immense Wut in sich trägt«, antwortete Daniel. »Eine Wut, die bislang unter der Oberfläche verborgen blieb, aber nun ist irgendetwas geschehen, das diese Wut geschürt hat. Ein Geheimnis, das ans Tageslicht kam oder etwas in der Art. Ich hatte heute beim Trauergottesdienst das Gefühl, der Täter sitzt mitten unter uns.«

Vanloo sah ihn forschend an. »Und dieses Gefühl hatten Sie heute auch?«

Daniel schüttelte nachdenklich den Kopf. »Ich weiß es nicht. Vielleicht. Kommen Sie gleich mit ins Herrenhaus?«

»Ja, wollen wir zusammen zu Fuß hingehen?«, fragte Vanloo.

»Es regnet, und ich muss auch meine Mutter und meinen Bruder hinbringen. Fahren Sie doch einfach mit uns.«

Die beiden warteten bereits in der Küche, wo Audrey, ausstaffiert mit ihrem besten schwarzen Mantel, Hut, Handschuhen, Perlenkette und Diamantbrosche, vollkommen fehl am Platz wirkte.

»Ach, hallo«, begrüßte sie Detective Vanloo. »Sie sind ja auch da.«

»Mrs Clement.«

»Wie nett, dass Sie zur Bestattung gekommen sind. Daniel, wollen wir los, bevor Stella Harper alle Sandwiches aufisst?«

Die Hunde sahen wie immer absurd beleidigt aus, als Daniel sie an der Tür mit dem Fuß zurückhielt, und Hilda kläffte verärgert.

»Mein Land Rover ist schon etwas in die Jahre gekommen, Detective«, warnte Daniel den Polizisten auf dem Weg zum Auto vor. »Theo, kannst du mal hinten Platz machen, bitte?«

Sein Bruder beförderte daraufhin allerlei Dinge von der Rückbank auf den Müllhaufen hinten im Wagen: Plastiktüten, Zeitungen mit schlammigen Pfotenabdrücken darauf, alte Straßenkarten, Gummiseile, Wäscheklammern, ein Schnurknäuel. Knatternd holperte der Wagen durch den Park, während auf der Zufahrt Schafe und Lämmer panisch das Weite suchten.

»Auf öffentlichen Straßen fährt mein Sohn genauso schlimm, Sergeant«, bemerkte Audrey, als Daniel die Kupplung zu schnell kommen ließ und der Land Rover bockte wie ein widerspenstiges Pferd. »Ich hoffe nur, Sie begegnen ihm nicht, wenn Sie Verkehrsstreife machen.«

»Ich glaube kaum, dass der Detective bei Verkehrsstreifen im Einsatz ist«, warf Daniel ein.

»Besser so«, sagte Audrey trocken. »Dann bleibt ihm ein Loyalitätskonflikt erspart. Na ja, jedenfalls halte ich sogar deinen fürchterlichen Fahrstil für eine weniger massive Bedrohung des Gemeinwohls als diese Literaturtypen vorhin bei der Trauerfeier. Die rochen ja förmlich nach Pub.«

»Einige Gesichter kannte ich tatsächlich«, sagte Theo, »vom French und vom Grouch.«

»Woher bitte?«, fragte Audrey.

»Vom French House, einem Pub in Soho, in dem die Literatenszene gerne verkehrt«, antwortete Theo. »Und aus dem Groucho Club, der ist dort gleich um die Ecke.«

»Darüber habe ich mal was gelesen«, sagte Vanloo. »Da verkehren viele Promis, oder?«

»Genau«, bestätigte Theo. »Der Groucho Club ist nur für Mitglieder zugänglich, dort treffen sich berühmte Leute mit anderen berühmten Leuten, um allerlei zu tun, was sie in der Öffentlichkeit lieber nicht tun.«

»Was denn zum Beispiel?«, erkundigte sich Vanloo.

»Och, na ja, koksen, Affären …«, antwortete Theo und verstummte dann abrupt, aber es war schon zu spät.

»Bist du da etwa auch Mitglied, Liebling?«, fragte Audrey vom Beifahrersitz.

»Ähm … ja.« Nach kurzem Schweigen fügte Theo hastig hinzu: »Aber ich bin so gut wie nie da.«

»War Mr Bowness Mitglied?«, fragte Vanloo.

»Ich glaube nicht. Die Klientel ist dort eher jünger. Vielleicht war er mal im French House, aber ich kann mich nicht erinnern, ihn je dort gesehen zu haben. Der Academy Club oder Gerry's waren sicher eher nach seinem Geschmack.«

»Anthony war doch bestimmt nur auf Alkohol aus, nicht auf Drogen oder Prostituierte«, mutmaßte Audrey.

»Also, ich gehe da ohnehin nur zum Essen nach der Vorstellung hin«, versicherte ihr Theo. »Und zum Snookerspielen. Warst du mal Mitglied, Dan?«

»Nein, der Athenaeum Club liegt mir mehr. Da habe ich Anthony auch tatsächlich manchmal gesehen.«

»Das war auch der Club von Hugh«, berichtete Audrey. »Erinnert ihr euch, wann er zum letzten Mal in Champton war? Welche Lady de Floures war damals gleich wieder aktuell? Jetzt trägt er jedenfalls einen grauenhaften Anzug, findet ihr nicht? Sieht aus, als habe er sich in einem Billigkaufhaus den erstbesten von der Stange geholt.«

Nachdem der Land Rover auf dem letzten kurzen Rest der Strecke weitere tropfnasse Wiederkäuer in Angst und Schrecken versetzt hatte, kam Nathan Liversedge in Sicht, der, mit einer grellbunten Schärpe ausgestattet, die nahenden Autos auf ein mit Plastikband umgebenes Rasenstück dirigierte. Er machte irgendwelche Handzeichen für Daniel, dem das Herz in die Hose rutschte, weil er nie wusste, was solche Gesten zu bedeuten hatten. Da er erst mit Anfang dreißig das Autofahren gelernt hatte, war es ihm lediglich gelungen, die Basisfähigkeiten zu beherrschen. Wenn Leute gestikulierten, wusste er nie, ob er nun nach rechts oder nach links lenken sollte. Einmal war er tatsächlich in einem Graben gelandet, weil ein Rotarier bei einem großen Fest vor Ungeduld hektisch mit den Händen gewedelt hatte. Und jetzt war er besonders nervös, weil Detective Vanloo hinter ihm saß. Daniel fühlte sich prompt vollkommen unfähig, trat abrupt auf die Bremse und misshandelte die Gangschaltung. Audrey seufzte gequält, und Nathan ließ ratlos die Hände sinken.

»Ich könnte auch übernehmen, wenn Sie wollen«, meldete sich Vanloo behutsam von hinten.

Daniel stieg einigermaßen erleichtert aus, und der Detective manövrierte den Wagen mühelos binnen wenigen Sekunden in die vorgesehene Parklücke.

»Er kann einen Einkaufszettel auf Hebräisch verfassen«, bemerkte Audrey, »aber keine Lampe anschließen. Na ja, man kann schließlich nicht in allem gut sein.«

Theo hatte in dem Gerümpel hinten im Auto einen alten Regenschirm entdeckt und gab sich alle Mühe, Audrey damit auf dem Weg zum Eingang von Champton House vor dem Regen zu schützen. Im Foyer standen Millie und Christian Staniland mit Tabletts voller Sektgläser, deren Anzahl sich dank der Gäste aus Soho rasant dezimierte. Daniel entdeckte Alex, umgeben von der Londoner Literatenszene, in der er sich sichtlich heimischer fühlte als in seinem Elternhaus. Constable Scott hatte sich auch zu der

Runde gesellt, und es sah aus, als pike Alex dem verdattert wirkenden Polizisten in die Brust, aber es ging wohl um die Orden.

»Uuh, und wofür haben Sie den mit dem blau-weiß gestreiften Band bekommen?«, hörte Daniel Alex fragen.

»Für den Einsatz im Korea-Krieg, Sir.«

»Und diesen hier …?«

Die drei Frauen der Familie Thwaite, ganz in Schwarz gekleidet, standen am Rande der Menschenmenge und schienen von allen gemieden zu werden bis auf Honoria, die mit Sektnachschub und Canapés zu ihnen trat. Vermutlich waren die anderen Gäste verunsichert, weil sie nicht wussten, wie sie bei einer Trauerfeier mit Personen umgehen sollten, die sich bereits in Trauer um jemand anderen befanden.

Hugh de Floures dagegen stand im Mittelpunkt des allgemeinen Interesses. Margaret Porteous, Anne Dollinger und Stella Harper umkreisten ihn wie hungrige Haie, während er in monotonem Ton einem bereits gelangweilt wirkenden Gast die Bedeutung des großen Buntglasfensters zu erklären versuchte.

Jetzt marschierte Audrey entschieden auf den Erben zu, streckte ihm die Hand hin und schlug damit Margaret Porteous aus dem Feld, die ebenfalls gerade einen Vorstoß machen wollte.

»Hallo, Hugh«, sagte Audrey schwungvoll. »Ich bin Audrey Clement, die Mutter vom Pfarrer. Sie erinnern sich wahrscheinlich nicht an mich. Ich lebe inzwischen bei Daniel im Pfarrhaus.«

»Doch, natürlich erinnere ich mich«, erwiderte Hugh höflich und schüttelte Audrey die Hand.

»Wie schön, Sie wieder einmal in Champton zu sehen! Wann waren Sie gleich wieder zum letzten Mal hier?«

»Da müsste ich selbst erst mal überlegen …«

»Na ja, Kanada ist ja auch wirklich weit weg, und eine so große Farm kann man natürlich schlecht alleine lassen. Ich war noch nie in Kanada, aber ich stelle es mir sooo romantisch vor«, flötete Audrey. »Und mein Daniel hatte als Kind ein Buch über einen Pelztierjäger in Kanada.« Sie winkte Daniel aufgeregt zu und rief: »Komm doch mal her! Wie hieß das Buch über den Trapper, das du als Junge so geliebt hast, mein Schatz?«

Daniel trat zu den beiden. *Hank Le Trappeur.* Es war Lektüre im Französischunterricht gewesen, und er erinnerte sich nur noch an alberne Verballhornungen des Titels durch seine Mitschüler.

»Hallo noch mal«, sagte Daniel zu Hugh. »Schön, dass Sie hier sind. Herzliches Beileid.«

»Danke, Reverend.« Hugh blickte fragend zu Vanloo, der Daniel gefolgt war.

»Detective Vanloo, Hugh de Floures«, stellte Daniel die beiden vor, und sie gaben sich die Hand.

»Detective Vanloo leitet die Ermittlungen«, erklärte Audrey.

»Oh«, sagte Hugh. »Danke für Ihre Teilnahme. Was führt Sie her?«

Ein etwas betretenes Schweigen entstand.

»Reine Routine«, sagte Vanloo dann förmlich. »Man ist schließlich involviert.«

»Oh, ich wollte nicht unhöflich sein«, sagte Hugh, »Sie sind natürlich herzlich willkommen. Ich musste nur an Krimis denken. Ist es da nicht immer so, dass die Polizei an der Bestattung teilnimmt, weil sie glaubt, dass der Mörder dabei sein will? Komische Vorstellung, dass er jetzt hier sein könnte, unseren Sekt trinkt und unsere Canapés futtert.«

»Tja, wer weiß, Sir.«

»Sie wollen sich nicht dazu äußern.«

»Nein, Sir, tut mir leid. Ich werde mal Lord de Floures kondolieren.« Vanloo nickte Hugh lächelnd zu und entfernte sich.

»Ich hoffe, ich habe ihn nicht gekränkt«, sagte Hugh.

Daniel war bei früheren Besuchen von Hugh schon aufgefallen, dass er oft sehr direkt war. Nicht dass der künftige Erbe von Champton House häufig hier gewesen wäre; er kam selten und blieb immer nur lange genug, um familiäre und organisatorische Verpflichtungen wegen des Anwesens zu erledigen, das eines Tages ihm gehören würde. Dabei wirkte er auf Daniel immer wie jemand, der zu einem Treffen in seiner einstigen Schule zurückkehrt, in der er unzufrieden und unglücklich gewesen war. Bernard hatte Daniel einmal gestanden, dass er Zweifel hatte, ob Hugh das Vermächtnis bewältigen konnte. Aber daran gab es nichts zu rütteln, die Erbfolge war festgelegt. Eines Tages würde Hugh die weiten Felder Kanadas hinter sich lassen und im schwarzen Anzug seinen Platz in der Familienbank von St Mary's einnehmen müssen.

»Daniel, kann ich Sie später mal in Ruhe sprechen?«, fragte Hugh jetzt.

»Selbstverständlich.«

»Wann passt es?«

»Wie wäre es morgen Vormittag um elf im Pfarrhaus?«

»Gerne, danke.«

Margaret Porteous war es jetzt gelungen, sich in die Runde zu drängeln. »Hallo, Hugh, ich bin Margaret Porteous, wir haben uns bei Alex' einundzwanzigstem Geburtstag unterhalten. Da haben Sie mir vom … Ackerbau in Kanada berichtet.«

»Hallo, Mrs Porteous.«

»Tut mir sehr leid für Sie, dass es heute so ein trauriger Anlass ist, aus dem Sie hier sind. Standen Sie Anthony sehr nahe?«

»Er war mein Pate.«

»Ach, mein herzliches Beileid«, warf jetzt Stella Harper ein. »Die Beziehung zu den Paten ist ja immer so wichtig. Meine Paten habe ich sehr geliebt.«

»So nahe waren Anthony und ich uns nicht. Er war eben einfach immer ... da«, erwiderte Hugh und ließ den Blick über die Ahnenporträts im Salon schweifen. »So wie die hier.«

»Es ist doch gewiss sehr schön, wenn man sich so verwurzelt fühlen kann«, warf Margaret ein. »Zu wissen, dass Champton House immer hier sein wird, so weit man auch entfernt ist. Bestimmt fehlt es Ihnen, oder?«

»Wie gesagt: Es ist ja immer da«, antwortete Hugh achselzuckend.

»Kanada ist ja so riesig und so *wild*«, meldete sich nun Audrey wieder zu Wort. »Die Bären! Ich habe gehört, dass sie im Winter in die Ortschaften kommen und Abfälle durchstöbern ...«

Jetzt näherte sich Alex, im Schlepptau einen Mann, der einen unförmigen schwarzen Anzug und Turnschuhe trug.

»Ich möchte euch Will vorstellen«, erklärte Alex. »Er hat eine Galerie in den Docklands.«

Will murmelte eine Begrüßung und schüttelte allen die Hand.

»Wir haben spannende Ideen für ein Event, über das man noch jahrelang reden wird«, verkündete Alex. »Im Badehaus.«

»Ist dort nicht gerade noch jemand ermordet worden?«, fragte Hugh.

»Das werden wir bei dem Event verarbeiten«, sagte Alex mit funkelnden Augen. »Ein Blutritual und eine Art ›Tableau vivant‹.«

»Halten Sie das für eine gute Idee, Alex?«, warf Daniel ein und sah sich um, ob die Thwaites in der Nähe waren. »Dort hat schließlich ein brutaler Mord stattgefunden.«

»Nicht der erste und nicht der letzte auf diesen blutgetränkten Feldern, Daniel«, erwiderte Alex.

»Aber gerade erst kürzlich ...«

»Ich erinnere mich noch an eine deiner ›Performances‹«, sagte Hugh. »Als diese Nackten in der Orangerie herumtanzten.«

»Oh ja. Dann haben sie sich mit Farbe bemalt und auf Papierbahnen am Boden gewälzt, die wir danach aufgehängt haben.«

Nicht nur die lokale, sondern sogar die überregionale Presse hatte damals darüber berichtet, und Alex hatte das Event immer als seinen »Türöffner« in die Kunstszene bezeichnet.

»Erinnerst du dich noch an die ulkigen ›Feste‹, die wir als Kinder immer gefeiert haben?«, sagte Hugh. »Wir haben in der Orangerie was gefuttert und dann im Park Spiele gemacht. Und einmal gab es einen Kunstwettbewerb. Man musste aus einer Tube Farbe auf ein Blatt Papier drücken und es dann zusammenfalten, dann bekam man so eine Art Schmetterling, weißt du noch?«

»Na klar«, antwortete sein Bruder. »Ich hab den ersten Preis gewonnen.«

»Das sollten wir in deinen Katalog aufnehmen«, bemerkte Will sofort.

»Aber du hast fünfzehn Bilder eingereicht, Alex«, sagte Hugh, »und die Jury bestand allein aus Opa. Deshalb hat natürlich eines von deinen gewonnen. Alle anderen Kinder fanden das ein ziemlich abgekartetes Spiel.«

Alex sah etwas peinlich berührt aus. »Also doch lieber nicht in den Katalog aufnehmen.«

Daniel dachte über das Verhältnis zwischen Brüdern nach, als er seinen eigenen Bruder im Gespräch mit Detective Vanloo entdeckte. Die beiden standen in einer Nische zwischen zwei Büsten auf Säulen, die etwas geisterhaft wirkten. Vanloo warf Daniel ein leicht gequältes Lächeln zu, weshalb er sich zu den beiden begab.

»Dan, Dan«, sagte Theo in seinem Entertainer-Tonfall, »ich habe gerade mit dem Detective über unsere Erfahrungen mit Polizeiarbeit geplaudert. Sein Beruf und deiner haben echt eine Menge Gemeinsamkeiten. Kein Wunder, dass es so viele Geistliche gibt, die Verbrechen aufklären.«

»Ich habe mich immer gefragt, wie Pater Brown das hinbekommen hat«, erwiderte Daniel.

»Für mich sind solche Geschichten nichts«, bemerkte Vanloo. »Wer selbst bei der Polizei ist, liest selten Kriminalromane.«

»Kriminelle dafür umso mehr«, behauptete Theo. »Ich bin mal mit einem Theaterstück im Knast von Wandsworth aufgetreten und kam in Kontakt mit der Lesegruppe aus der Bücherei. Die haben sich alle nur Lektüre über Verbrechen ausgeliehen. Am liebsten mit Verbrechern als Helden.«

»Ich lese jedenfalls kaum Bücher über Pfarrer«, sagte Daniel trocken. »Mit Ausnahme von Anthony Trollope, den ich immer sehr sympathisch fand. Und ich mochte William de Baskerville in *Der Name der Rose*. Haben Sie das gelesen?«

»Hab den Film gesehen«, antwortete Vanloo.

»Oh, den habe ich *geliebt*!«, rief Theo aus. »Vielleicht sollte ich ihn mir im Zuge meiner Recherchen noch mal anschauen?«

»In einem Benediktinerkloster im Mittelalter ging es aber recht anders zu als im Leben eines Gemeindepfarrers von heute«, wandte Daniel ein.

»Na ja, aber in beiden Geschichten geht es um Mord, nicht wahr?«

Daniel schwieg einen Moment. Dann sagte er unvermittelt: »Ich gehe mal zu den Thwaites, niemand redet mit ihnen.«

Die drei Frauen wirkten auf Anhieb dankbar, als er sich zu ihnen gesellte, und Angela sagte: »Dem Himmel sei Dank für Reverend Clement. Wir kommen uns vor, als hätten wir eine Seuche.«

»Ist das irgendwie ungehörig, wenn man selbst in Trauer ist und an einer Bestattung teilnimmt?«, fragte Jane.

»Aber nein. Sie kannten Anthony, Jane. Da ist es doch selbstverständlich, wenn Sie dabei sind. Wahrscheinlich sind die Leute einfach verunsichert.«

»Der Umgang mit Trauernden ist wirklich seltsam«, sagte Angela. »Ein Kollege aus meiner Kanzlei hat mir gesagt, er würde lieber nicht darüber sprechen. Als hätte *er* den Verlust erlitten und nicht ich.«

»Mir hat einmal bei einem Trauerbesuch jemand gesagt«, berichtete Daniel, »er wolle lieber nicht darüber sprechen, das sei zu persönlich.«

Angela lachte. »Typisch englisch, oder?«

»Aber in der Oberschicht bewahrt man die Contenance, glaube ich«, sagte Jane.

»Ja, das denke ich auch«, bekräftigte Gillian. »Ich glaube, diese Peinlichkeit im Umgang mit dem Tod ist ein Mittelschichtphänomen.«

»Beim Adel werden die Verstorbenen jedenfalls nicht vergessen«, bemerkte Angela. »Wenn ihr euch mal umschaut … hier sind die Ahnen noch präsent.«

»Und wir anderen bleiben nur so lange, wie man sich an uns erinnert«, sagte ihre Schwester.

»Davor hatte ich so große Angst, als das Gedächtnis eures Vaters nachließ«, sagte Jane leise. »Dass wir vergessen werden, obwohl wir noch da sind.«

»Sous rature«, murmelte Daniel, den das Gespräch an etwas erinnert hatte.

»Bitte was?«, fragte Angela verständnislos.

»Ah, das ist ein Element aus der Philosophie von Martin Heidegger«, erklärte Daniel. »Das fiel mir gerade dazu ein. Es bedeutet, dass ein Wort durchgestrichen wird. Das Wort ist also noch vorhanden, hat aber keine Bedeutung mehr.«

27

Am nächsten Morgen spähte Audrey nach dem Frühstück in die altehrwürdige Keksdose und erklärte, der Inhalt sei ungenügend für den hohen Besuch vom künftigen Erben des Anwesens, und sie müsse dringend für besseres Gebäck sorgen. Das war nicht ganz aufrichtig, denn das kulinarische Niveau bei Mrs Braines im Postamt war kein bisschen gehobener, und überdies hatte Audrey in der Speisekammer ein Geheimversteck für exquisiteres Backwerk. In Wahrheit wollte sie die Morgenversammlung im Postamt nicht versäumen, die nach Bestattungen immer interessant war, nun aber durch die Anwesenheit von Hugh de Floures besonders spannend zu werden versprach.

Sie eilte die Main Street entlang, und als sie das Postamt betrat, befanden sich Dora Sharman, Anne Dollinger und Stella Harper im Laden, die sofort verstummten, als Audrey hereinkam. Das hätte sie normalerweise als Warnung aufgefasst, aber heute war sie angesichts der vielen Ereignisse zu aufgeregt.

»Guten Morgen, die Damen«, sagte Audrey betont höflich und stellte sich hinter Dora Sharman.

Einen Moment lang herrschte Schweigen. Dann fragte Mrs Braines: »Hätten Sie gerne etwas aus dem Lager, Mrs Clement?«

»Ach, bin ich schon dran? Ich möchte mich nicht vordrängeln …«

»Nur zu«, sagte Stella, »wir … unterhalten uns nur ein bisschen.«

»Ach so, na dann …« Audrey ging mit gewichtiger Miene an den anderen Frauen vorbei zur Theke. »Was haben Sie denn an besonders schmackhaften Keksen vorrätig, Mrs Braines?«

»Nun, was Sie hier sehen, Mrs Clement.« Mrs Braines wies mit dem Kopf auf das Gebäckregal, in dem sich das übliche Sortiment befand.

»Dann nehme ich diese neue Sorte Haferkekse mit Schokolade«, sagte Audrey. »Ich brauche etwas Besonderes für später zum Tee.«

»Bekommen Sie Besuch?«, fragte Stella auch prompt.

»Ja, Hugh möchte vorbeischauen. Ist es nicht wunderbar, ihn wiederzusehen? Obwohl gestern natürlich ein trauriger Anlass war.«

»Ja, ich habe mich auch sehr über das Wiedersehen gefreut«, erwiderte Stella. »Und was für eine Ehre, dass er Ihr Gast sein wird.«

»Nun, er möchte vor allem meinen Sohn sprechen.«

»Ja, das wissen wir«, sagte Anne mit leicht triumphierendem Unterton und blickte sofort zu Boden.

»Und mit so aufregenden Neuigkeiten«, fügte Stella hinzu.

Audrey wurde nervös. »Ja, nicht wahr? Also dann, ich will Sie alle nicht länger aufhalten …«

»Wie er es wohl haben will? Schlicht oder prachtvoll?«

»Wer weiß? Ich muss jetzt jedenfalls …«

»Wie ist denn das übliche Prozedere in solchen Dingen?«, fragte Stella.

Audrey wurde klar, dass man sie in die Enge getrieben hatte, aber sie war nicht bereit, kampflos aufzugeben.

»Wie meinen Sie?«

»Na ja. Worauf können wir uns freuen?«

»Das kann ich noch nicht sagen. Das Ganze muss natürlich

vertraulich behandelt werden«, antwortete Audrey ausweichend, »dafür haben Sie doch sicher Verständnis.«

»Aber Alex hat es schon Jean Shorely erzählt und sie uns. So vertraulich ist es also nicht mehr.«

Audrey blieb stumm, worauf Stella hinzufügte: »Waren Sie eigentlich beim letzten Mal dabei?«

»Welches letzte Mal meinen Sie?«, fragte Audrey schließlich ergeben.

»Die letzte Hochzeit natürlich, meine Liebe. Die letzte Lady de Floures. Man hätte ja erwarten können, dass Bernards dritte Hochzeit eher dezent ausfallen würde, aber nein, es gab Pomp und Gloria. Daran würden Sie sich bestimmt erinnern. Aber vielleicht habe ich Sie jetzt verwirrt? Hugh will heiraten. Deshalb stattet er dem Pfarrer einen Besuch ab.«

Anne gab ein triumphales kleines Quietschen von sich.

»Nun, wie gesagt, Stella, von mir wird Diskretion erwartet«, erwiderte Audrey tapfer.

»Heute Trauerkleidung, morgen Brautschleier«, warf Dora Sharman ein. »So heißt es doch, oder nicht?«

»Ja, das kommt oft vor«, pflichtete Audrey ihr bei. »Und zurzeit könnte Champton ein großes Fest wirklich gut gebrauchen. Damit in der Kirche wieder einmal jubiliert und nicht getrauert wird.«

»›Denn ich will ihr Trauern in Freude verwandeln und sie trösten und sie erfreuen nach ihrer Betrübnis‹«, deklamierte Dora. »Worte des Propheten Jeremia.«

»Eine volle Kirche, voll ausgestattet mit sanitären Anlagen«, sagte Audrey zuckersüß. »Nicht wahr, Stella?«

»Was denn, ein Klo in der Kirche? Ich dachte, dieser Unsinn sei vom Tisch!«, rief Dora entrüstet aus.

»Ach so, haben Sie das gar nicht mitbekommen?«, fragte

Audrey unschuldig. »Stella hat ihre Meinung geändert. Die Vernunft hat gesiegt!«

Stella sah aus, als habe sie in eine Zitrone gebissen. »In Lower Badsattle gibt es jetzt wohl auch eine Toilette in der Kirche, und alle sind zufrieden.«

»Aber gab es nicht einen Riesenstreit darüber, dass dafür Kirchenbänke entfernt werden müssten?«, fragte Mrs Braines.

»Ach, das ewige Theater wegen dieser Bänke«, sagte Stella wegwerfend. »Eine Kirche besteht doch nicht nur aus den Bänken!« Sie warf Audrey ein schmallippiges Lächeln zu. »Wiedersehen, Audrey. Beste Grüße an Hugh.«

Nachdem Audrey mit ihren Keksen hinausmarschiert war, sagte Stella zu Anne: »Sie ist wirklich wie eine Spielerin, die ihre Chips einstreicht und sich sofort auszahlen lässt. Gibt keinem eine Chance, sie zurückzugewinnen.«

»Das ist jetzt unwichtig«, schaltete sich Dora ein, »aber was ist mit dieser Toilette? Es hieß doch, sie soll nicht eingebaut werden.«

»Kompromisse, Dora, Kompromisse«, antwortete Stella. »Manchmal müssen wir standhalten, manchmal müssen wir uns anpassen.«

»Das sieht Ihnen gar nicht ähnlich. Wie hat man Sie dazu überredet?«

»Ich wurde nicht überredet, Dora. Wir haben den Konflikt fair und in gegenseitigem Einvernehmen gelöst. Aber einerlei, ich habe schrecklich viel zu tun – guten Morgen allerseits!«

Und damit rauschte Stella hoch erhobenen Kopfes hinaus, ohne auf Anne zu warten.

28

»Nein, das geht nun wirklich nicht, Theo«, sagte Daniel fest zu seinem Bruder, der ihm am Schreibtisch gegenübersaß.

»Aber es nützt mir doch nichts, wenn ich deine ganzen wichtigen Aufgaben nicht miterlebe«, beklagte sich Theo. »Wie soll ich sie dann korrekt spielen?«

»Wenn es nach mir ginge, würdest du mich gar nicht beobachten. Und diese Unterredung ist absolut vertraulich.«

»Aber das gesamte Dorf weiß doch längst von Hughs Hochzeit«, wandte Theo ein.

»Mag ja sein«, erwiderte Daniel. »Ich muss aber sehr persönliche Fragen stellen, aus rechtlichen Gründen, beispielsweise nach früheren Ehen …«

»Und *genau so was* muss ich miterleben.«

»Wie wäre dir denn zumute, wenn du solche Fragen beantworten müsstest, und ein Fremder macht sich dabei Notizen?«, konterte Daniel.

»Würde mich nicht stören.«

»Schön«, sagte Daniel abschließend. »Bitte sei so nett und geh jetzt trotzdem.«

Theo schaute aus dem Fenster. »Hm. Ich könnte mich mal ein bisschen im Dorf umhören, was die Leute so von dir halten …«

»Tu das«, erwiderte Daniel, bereute die Äußerung aber sofort. Es kam ihm vor, als lasse er ein Frettchen in einem Stall aufgescheuchter Hühner frei.

»Gut, dann bis später«, sagte Theo und erhob sich betont langsam vom Sofa. »Kann ich die Hunde mitnehmen?«

Daniel überlegte einen Moment und antwortete schließlich: »Lieber nicht.«

»Spielverderber«, murrte Theo, bevor er hinausging.

Nachdem er verschwunden war, fiel ein Sonnenstrahl durchs Fenster und ließ die Pfingstrosen, die Audrey dort in einer Vase arrangiert hatte, in bezauberndem Licht erstrahlen. Daniel liebte diese Blumen, aus deren fester kleiner Knospe sich üppige Blüten entwickelten.

Im nächsten Moment ging die Tür wieder auf, und seine Mutter kam hereingeeilt, in der Hand die *Daily Mail*. »Liebling, das *musst* du dir anschauen!«

Unter einem Foto der gesamten Familie de Floures am Friedhofstor – mitsamt Daniels Arm in der Soutane, der ins Bild geraten war – stand die Schlagzeile: FLUCH DER DYNASTIE DE FLOURES: HOCHZEIT NACH MORD?

Die Trauerfeier für den ermordeten Cousin der Familie de Floures, Anthony Bowness, fand in der Kirche auf dem 6000 Hektar großen Anwesen in Champton statt. Bowness, Archivar der de Floures, war von einem Unbekannten erstochen worden und wurde auf dem Friedhof bestattet, auf dem seit der normannischen Eroberung sämtliche Ahnen der Adelsfamilie beigesetzt wurden. Die polizeilichen Ermittlungen in dem Mordfall blieben bislang ergebnislos. Doch wie sieht die Zukunft der Adelsfamilie aus? Hugh de Floures, ältester Sohn und künftiger Erbe, der in Kanada eine Farm mit 800 Hektar Land bewirtschaftet, nahm an der Bestattung teil. Gerüchten zufolge wird er in Bälde mit seiner Verlobten in sein Heimatland zurückkehren. Eine kanadische Schlossherrin? Sie wäre nicht die erste Lady de Floures, die nicht der englischen Aristokratie entstammt. Die gegenwärtige Herrin des Anwesens, Carla Petrucci, dritte Ehefrau des gegenwärtigen Lords de Floures, ist Italienerin. Sie lebt vorwiegend auf dem Familienanwesen in Siena.

Wird über Champton House also bald die kanadische Flagge wehen? Aus verlässlichen Quellen verlautet, dass Hugh de Floures für heute eine Unterredung mit dem Vikar von St Mary's in Champton plant. Mit baldigen Hochzeitsglocken wird gerechnet.

Daniel seufzte tief. »Woher wissen die das nur? Ich habe mit Hugh noch kein einziges Wort über seine Absichten gewechselt. Das ist ungeheuer peinlich.«

»Ich *weiß*«, erwiderte Audrey mit funkelnden Augen. »Hat Alex nicht dichtgehalten und mit einem seiner Freunde geplaudert? Die Presse ist dir jedenfalls zuvorgekommen, Liebling, so ein Jammer. Und dann haben die dich auch noch zum Vikar degradiert.«

Daniel war wohl bewusst, dass in jeder Gemeinde getratscht wurde, aber in Champton verbreiteten sich Gerüchte wirklich so schnell wie ein Lauffeuer. Das lag zum einen an der berühmten Adelsfamilie, für die sich die Klatschpresse ebenso interessierte wie die Einheimischen. Zum anderen war Champton eben ein kleines Dorf, in dem sich alles schneller herumsprach als in größeren Gemeinden. Informationsschwerpunkte waren das Postamt, das Herrenhaus, die Main Street und – wie Daniel sich zu seiner Beschämung eingestehen musste – das Pfarrhaus. Von dessen Telefon aus verbreiteten sich Neuigkeiten im Nu. Deshalb hatte er wiederholt eine unangenehme Unterhaltung mit seiner

Mutter führen müssen, wenn ihr Verständnis von Diskretion nicht mit dem seinen deckungsgleich gewesen war.

Audrey hatte ihm dann stets vorgehalten, er sei nicht nur zu pedantisch, sondern – schlimmer noch – enthalte seiner Gemeinde wichtige Informationen vor. Worauf Daniel eingewendet hatte, wie man wohl zu pedantisch sein könne mit etwas, das ihm unter dem Siegel der Verschwiegenheit anvertraut worden war. Das hatte Audrey jedoch nur zu einem verächtlichen Schnauben und der Aussage veranlasst, dass manche Menschen in puncto Privatsphäre einfach überempfindlich seien. »Hüten sie wie einen Schatz, obwohl der eigentlich der Welt gehört. Das ist doch ungemein eitel, finde ich!« Daniels letztes Argument hatte gelautet, wie ihr das wohl gefallen würde, wenn man intime Details über ihr Leben ausplauderte. Doch Audrey fand natürlich, das sei etwas *ganz anderes*, und darum ginge es doch überhaupt nicht.

»Daniel, er ist da!«, rief sie jetzt nach einem Blick nach draußen. Ein Land Rover – in erheblich besserem Zustand als Daniels eigener – hielt gerade vor dem Eingang. »Und er kommt zur Vordertür. Wie ich es mir gedacht habe: offizieller Besuch, Hochzeitsglocken!«

Als Audrey dem Gast die Tür öffnete, stellte sie fest, dass Hugh in seiner Alltagskleidung – Jeans, Pulli und knöchelhohen Schnürstiefeln – wesentlich entspannter wirkte als in dem dunklen Anzug bei der Trauerfeier.

»Herzlich willkommen! Daniel erwartet Sie schon!«, begrüßte Audrey den Gast überschwänglich und geleitete ihn zum Studierzimmer.

Daniel erhob sich vom Schreibtisch, an dem er sich eine Minute zuvor niedergelassen hatte, um beschäftigt zu wirken. »Nur herein, lieber Hugh!«

Als Daniel auf das Tränensofa wies, stellte er zu seinem Entsetzen fest, dass auf dem Couchtisch noch die aufgeschlagene Zeitung lag.

»Ich mache Kaffee«, verkündete Audrey und ging hinaus.

»Dann haben Sie den Artikel schon gelesen«, konstatierte Hugh.

»Ja. Wie unangenehm. Meine Mutter hat mich darauf hingewiesen.«

»Na ja, wird morgen für Fish and Chips benutzt«, bemerkte Hugh trocken.

Nachdem Daniel die Zeitung weggelegt hatte, ließ er sich im Sessel nieder und fragte Hugh: »Aber stimmt es denn, was die schreiben? Wollen Sie wirklich heiraten?«

Hugh nickte. »Ja. Meine Verlobte heißt Michelle und ist Tierärztin. Wir haben uns bei der Besamung von Rindern kennengelernt.«

»Verstehe. Bienchen und Blümchen.«

»Wollen Sie mir etwa Aufklärungsunterricht geben, Daniel?«

»Gott bewahre.« Daniel lachte. »Herzliche Glückwünsche zu dieser schönen Neuigkeit, Hugh.«

»Danke.«

»Und nun zu den Formalitäten …«

Daniel arbeitete die Liste der Punkte ab, die laut der Church of England vor der Hochzeit geklärt werden mussten.

War einer von beiden schon einmal verheiratet gewesen? Nein. War Michelle kanadische Staatsbürgerin? Ja. Hatten sie rechtlichen Anspruch darauf, in St Mary's getraut zu werden? Diese Frage war etwas kniffliger, da beide nicht in Champton wohnhaft waren. Doch da Hugh das Anwesen erben würde, ließ sich diese Lücke rechtlich nutzen.

»Ich muss mir dafür noch eine offizielle Absegnung holen, aber das dürfte kein Problem sein«, erklärte Daniel. »Und längerfristig sollten wir dann besprechen, wie Sie sich die Trauung wünschen.« Er fragte sich, ob womöglich kanadische Hochzeitsbräuche dazu gehören sollten, wie auf Baumstämmen zu tanzen oder in Täler hinein zu schreien, um das Echo zu hören.

Hugh räusperte sich. Er sah aus wie jemand, der ein unangenehmes Thema anschneiden muss. »Und es gäbe da noch etwas. Die Ladys de Floures.«

Außer der aktuellen Lady de Floures Carla gab es noch Hughs leibliche Mutter Pamela, die in einer Vegetarierkommune in Argyll lebte, wo sie sich für den Eulenschutz engagierte. Und Bernards zweite Ehefrau Wendy, die in Atlanta mit einem millionenschweren Bauunternehmer verheiratet war und ihren Adelstitel als passendes Dekor für ihren Lebensstil benutzte. Sie war die Mutter von Honoria und Alex und hatte ihre Kinder – wie Bernard Daniel einmal anvertraut hatte – »nicht gerade mit mütterlicher Fürsorge verwöhnt«.

»Werden … alle eingeladen?«, fragte Daniel vorsichtig.

»Weiß nicht«, antwortete Hugh achselzuckend. »Die Frage, wie viele Ladys de Floures man zur Hochzeit einlädt, stellt sich hier zum ersten Mal.«

»Was meint denn Ihr Vater?«

»Dem wäre am liebsten, wenn gar keine dabei wäre. Aber … *toujours la politesse*. Was würden Sie für angemessen halten?«

»Ihre Mutter muss selbstverständlich eingeladen und mit aller Achtung behandelt werden, die der Mutter eines Bräutigams zusteht. Carla sollte man vielleicht auch einladen … und hoffen, dass sie nicht zusagt … und Wendy … nun ja, sie ist die Mutter Ihrer Geschwister, das ist schon ein Grund, sie nicht außen vor zu lassen.«

»Was glauben Sie – werden die es schaffen, sich gut zu benehmen?«, fragte Hugh. »Sie waren noch nie zusammen an einem Ort.«

»Das kann ich auch nicht voraussehen«, antwortete Daniel. »Aber am besten wäre es wohl, alle einzuladen und zuversichtlich zu hoffen, dass es gut geht.«

»Da braucht man aber viel Zuversicht …«, murmelte Hugh.

Es klopfte an der Tür, und Audrey kam mit einem Tablett hereinmarschiert. »Kaffee!«, verkündete sie schwungvoll, und die Hunde nutzten schlau die Gelegenheit, mit Karacho ins Zimmer zu rasen und sich auf den Schoß des Gastes zu hechten.

»Cosmo! Hilda! Runter mit euch!«, sagte Daniel, wie üblich, ohne Gehör zu finden. Aber als Hugh – der Hunde ebenso wie Menschen mit distanzierter Gelassenheit behandelte – kein Interesse an den zum Kraulen präsentierten Bäuchen zeigte, verzogen sich die beiden auf einen freien Sessel.

Nachdem Audrey Kaffee eingeschenkt und Kekse gereicht hatte, blieb sie neben dem Sofa stehen wie angewurzelt.

Daniel kannte die Zeichen und wusste, dass seine Mutter darauf wartete, zum Platznehmen aufgefordert zu werden. »Danke, Mum«, sagte er und wies mit bedeutsamem Blick zur Tür.

Doch so leicht ließ Audrey sich nicht den Wind aus den Segeln nehmen.

»Was für eine *wunderbare* Neuigkeit!«, flötete sie. »Ganz Champton freut sich darüber!«

Daniel zog innerlich den Kopf ein.

»Eigentlich ist es ja noch nicht offiziell«, sagte Hugh und zog eine Augenbraue hoch. »Aber trotzdem danke.«

»Wir sind einfach alle so glücklich, dass Sie jemanden gefunden haben!«, fuhr Audrey ungerührt fort.

Daniel wäre am liebsten im Erdboden versunken.

»Und dann noch eine Frau, die so *anders* ist und ein ganz neues *Flair* in unser verschlafenes Dörfchen bringt.«

»Es dauert aber noch eine ganze Weile, Mrs Clement«, erwiderte Hugh. »Und vorerst gibt es noch ein paar dringliche Probleme zu lösen wie die Frage, ob alle Ladys de Floures eingeladen werden sollen.«

»Verstehe«, sagte Audrey energisch, verscheuchte die Hunde aus dem Sessel und ließ sich nieder. »Ihre Mutter muss zweifellos dabei sein. Aber vielleicht kann man die beiden anderen Damen auf eine Art und Weise einladen, dass ihnen die Lust vergeht.«

Daniel fragte sich besorgt, ob seine Mutter nun endgültig zu weit gegangen war.

Doch nach kurzem Schweigen fragte Hugh: »Hätten Sie da eine Idee?«

»Also, damit Ihre Mutter kommen kann, sollten Sie vorher abklären, ob die Eulen nicht gerade Brutzeit haben oder so etwas. Bei Carla könnte man nach einem anderen wichtigen Termin Ausschau halten, den sie nicht absagen kann. Wo genau in Italien lebt sie gleich wieder?«

»Bei Siena.«

»Ah, gibt es da nicht so ein Pferderennen?«

»Ja, das Palio di Siena.«

»Wann findet es statt?«

»Zweimal pro Jahr, im Juli und im August. Carla gehört der Jury an und hat auch immer selbst Pferde im Rennen, zu diesen Terminen kann sie auf keinen Fall verreisen.«

»Na, dann wäre das doch schon mal geklärt«, sagte Audrey vergnügt. »Hm, bei Wendy könnte es allerdings schwieriger werden …«

Daniel war längst aus dem Gespräch ausgestiegen und in Gedanken mit den Details der Trauung beschäftigt. Er überlegte, welche Musik zum Einzug der Braut und beim Hinausgehen des Hochzeitspaares gespielt werden könnte. Es musste jeweils ein Stück sein, das einen Bezug zu beiden Personen herstellte. Doch absurderweise fiel ihm vorerst für die Braut nur das Holzfällerlied von Monty Python ein … und er hatte auch die unangenehme Vorahnung, dass Bernard konservativere Vorstellungen haben würde als die angehenden jungen Eheleute.

»Prima Idee«, sagte Hugh anerkennend zu Audreys Vorschlag herauszufinden, ob es in Atlanta Wohltätigkeitsbälle oder andere Festivitäten gab, die jemand aus der High Society keinesfalls versäumen dürfte. »Aber wie sollen wir das anstellen?«

»Honoria fragen«, antwortete Audrey. »Sie kennt bestimmt jemanden, der sich damit auskennt.«

Hugh, der jetzt sehr zufrieden aussah, sagte zu Daniel: »Perfektes Pfarrhaus-Duo, Sie und Ihre Mutter. Alles im Griff.«

Die Vorstellung, mit Audrey ein Duo zu bilden, fand Daniel einigermaßen befremdlich. Aber er musste zugeben, dass das Organisationstalent seiner Mutter sich wieder einmal als nützlich erwiesen hatte.

In dieser Sekunde kotzte Cosmo, der sich in einem unbeobachteten Moment den Bauch mit Keksen vollgeschlagen hatte, neben dem Kopiergerät auf den Teppich.

29

Dora und Kath Sharman hatten in ihrem kleinen Cottage am Bach unterdessen Theo zu Gast, der gerade den außergewöhnlich gut gelaunten Scamper streichelte; diesem Verwöhnprogramm konnte sogar der griesgrämige Terrier nicht widerstehen.

»Das ist ja mal ganz was anderes«, bemerkte Kath. »Den Pfarrer kann Scamper nämlich auf den Tod nicht leiden.«

»Seine Hunde, Kath, kann er nicht ausstehen«, warf ihre Schwester ein. »Gegen den Pfarrer hat er nichts, glaube ich.«

»Du bist gemein zu Cosmo und Hilda? Das ist aber gar nicht nett von dir«, sagte Theo zu Scamper, kraulte ihm aber weiterhin den Bauch. »Ein Glück, dass ich die beiden zu Hause gelassen habe.«

»Da wären Sie gar nicht erst ins Haus reingekommen«, sagte Kath.

Theo nahm einen Schluck von dem starken schwarzen Kaffee. »Aber mein Bruder mag doch bestimmt Ihren Kaffee gerne.«

»Ich glaube, der geht lieber ins Gemeindehaus«, sagte Dora. »Die haben da inzwischen einen Automaten, der sogar Cappuccino macht. Dafür hat Daniel eine Schwäche.«

»Sehen Sie ihn denn häufig?«

»Ja, sicher, wir gehen ja regelmäßig zur Kirche«, antwortete Kath. »Und in einem Dorf wie Champton läuft man sich ohnehin über den Weg, ob man will oder nicht.«

»Macht er auch Hausbesuche?«, fragte Theo.

»Schon, ja. Und er klopft auch an die Tür, ist von der höflichen Sorte. Im Gegensatz zu Pfarrer Gill, der kam einfach reinmarschiert.«

»Meine Mutter findet, Daniel sei *zu* höflich«, sagte Theo. »Und zu konfliktscheu und zurückhaltend.«

Dora beäugte Theo. »Seit Ihre Mutter hier ist, muss er sich aber gar nicht mehr behaupten. Die trägt alle Kämpfe für ihn aus.«

Theo verkniff sich ein Grinsen. »Ist mir auch schon aufgefallen …«

»Wie hat sie es eigentlich geschafft, dass Stella Harper wegen der Kirchenbänke aufgegeben hat?«, erkundigte sich Dora.

»Was?« Kath sah ihre Schwester an. »Das wusste ich noch gar nicht.«

»Heute Morgen habe ich Mrs Harper im Postamt getroffen, und Mrs Clement kam rein«, berichtete Dora. »Mrs Harper hatte wieder ihr künstliches Lächeln aufgesetzt und sagte, die Kirchenbänke seien ihr einerlei. Mrs Clement lächelte auch, und es sah irgendwie triumphierend aus. Ich frage mich also, wie hat sie den Sieg davongetragen?«

»Keine Ahnung«, antwortete Theo achselzuckend. »Aber bei meiner Mutter wundert mich das nicht.«

»Warum hast du mir das nicht erzählt?«, fragte Kath ihre Schwester.

»Ist mir gerade erst wieder eingefallen«, antwortete Dora. »Leuchtet mir aber ein, dass ein Pfarrer jemanden braucht, der für ihn die Schlachten schlägt. Als Geistlicher muss man doch immer die andere Wange hinhalten. Das war bei Pfarrer Dolben früher genauso. Meinen Sie, Ihr Bruder bleibt lange in Champton?«

»Warum sollte er denn weggehen?«, fragte Theo erstaunt und

sah sich in der Küche um, während Dora ihm Kaffee nachschenkte.

Das kleine Cottage war wie die benachbarten Häuser im achtzehnten Jahrhundert für die Angestellten des Herrenhauses erbaut worden, die teilweise noch immer dort lebten. Renovierungen gab es eher selten, aber zumindest waren die einstigen Strohdächer inzwischen durch Kacheln ersetzt worden.

Es klopfte an der Hintertür, dann hörte man eine Männerstimme rufen: »Dora? Kath?«

»Wir sind hier.«

Herein kamen Alex und Nathan, die beide große Augen machten, als sie Theo am Küchentisch erblickten. Alex war verblüfft, weil jemand, den er mit dem wilden Soho verband, in der Küche der Sharman-Schwestern erstaunlich fehl am Platz wirkte. Nathan sah betreten aus und hielt einen Sack in der Hand, in dem sich eindeutig etwas bewegte. Scamper raste zu Nathan, ließ sich vor seinen Füßen nieder und wedelte so schnell mit dem Schwanz, dass er an einen Propeller erinnerte.

»Hallo, Theo, wie geht's, wie steht's?«, fragte Nathan langsam.

»Bestens. Ich mache Recherchen für meine neue Rolle, und diese beiden Damen hier sind mir dabei eine große Hilfe.«

Als Nathan den Blick abwandte, sagte Dora: »Keine Sorge, er ist keine Petze.«

»Ich hab den Hasen für dich, Dora, 'nen großen. Willst du ihn behalten oder gleich essen?«

»Ich schau ihn mir erst mal an.«

Nathan öffnete den Sack und brachte einen dachsgroßen Hasen zum Vorschein, den er am Nackenfell festhielt. Scamper bellte wütend, und der Hase zappelte entsetzt.

»Ist das nicht ein Prachtexemplar?«, bemerkte Alex.

»Wird eine gute Mahlzeit abgeben, ja«, sagte Kath.

»Soll ich ihn für dich erledigen?«

»Nicht nötig, mein Lieber, gib ihn her.«

Kath packte das Tier und ging damit zur Hintertür.

»Opa sagt, Sie haben mit ihm über Filme geredet«, sagte Nathan.

Theo nickte. »So ähnlich, ja. Ich spiele demnächst einen Dorfpfarrer, so einen wie mein Bruder. Deshalb versuche ich hier, mich in die Rolle einzuarbeiten. Ein Gefühl zu bekommen für das Leben in einer Kirchengemeinde.«

»Bei den Liversedges klappt das sicher gut«, sagte Dora. »Und vielleicht kriegen Sie am Ende sogar noch einen Hasen oder einen Fasan mit. Oder mit viel Glück einen Muntjak.«

»Was ist das denn?«

»Ein kleiner Hirsch. Haben Sie bestimmt schon mal gesehen, die rennen hier überall rum.«

»Ach so, ja. Ich dachte, die seien zur Zierde da«, erwiderte Theo.

»Nee, nicht zur Zierde, als Mahlzeit«, sagte Alex. »Unser Anwesen war einer der ersten Orte, wo die gehalten wurden. Der Duke of Bedford hat sie meinem Urgroßvater geschenkt. Damals hatten wir etliche Rotwildarten im Park, und alle wurden gegessen. Früher kamen sogar Schwäne und Pfauen auf den Tisch, aber das macht man heutzutage nicht mehr.«

»Das Wild muss man eindämmen«, fügte Nathan hinzu, »nimmt sonst überhand. Opa kann Ihnen einen Muntjak schießen, wenn Sie wollen.«

Theo schaute aus dem Fenster und sah, wie Kath neben dem kleinen Schuppen einen Teigroller hob und dem Hasen mit einem geschickten Schlag das Genick brach. Das Tier erstarrte einen Moment lang und erschlaffte dann in ihrer Hand.

30

Daniel hatte gerade den Teppich im Studierzimmer von den halb verdauten Keksen befreit, als er durchs Fenster Anne Dollinger aufs Haus zumarschieren sah. Auf ihrer Miene lag ein Ausdruck eiserner Entschlossenheit.

»Kann ich Sie kurz sprechen, Reverend?«, fragte sie, als er die Tür öffnete.

»Selbstverständlich.«

Daniel fragte sich, ob es wohl geschäftlich oder privat war, vermutete aber Ersteres und bat sie deshalb ins Studierzimmer. Anne ließ sich steif auf dem Tränensofa nieder, wo kurz zuvor noch Hugh gesessen hatte.

»Was kann ich für Sie tun?«, fragte Daniel.

»Wie geht es Ihnen? Das ist ja eine schreckliche Zeit, und wir haben uns gefragt, wie Sie wohl zurechtkommen.«

»Danke, das ist sehr freundlich und einfühlsam von Ihnen. Ich bin soweit im Lot, glaube ich. Und wie geht es Ihnen?«

»Nicht so gut, alles ist so furchtbar.« Anne zögerte einen Moment und sagte dann: »Ich muss Ihnen etwas mitteilen.«

»Nur zu.«

»Etwas, das mir erst heute wieder eingefallen ist. Von dem Tag, als Anthony Bowness ermordet wurde. Ich weiß nicht, ob es wichtig ist, und wollte Sie deshalb fragen.«

»Ja?«

»Also, ich habe Norman Staveley an dem Abend auf der anderen Seite vom Bach gesehen. Norman hatte es sehr eilig und kam aus Richtung Kirche. Es muss ungefähr halb sieben gewesen sein, weil da gerade dieses Nachrichtenmagazin im Radio lief. Was mir ungewöhnlich vorkam, war Normans Eile.«

»Aber wieso fällt Ihnen das jetzt erst wieder ein? Sie sind doch von der Polizei befragt worden, oder nicht?«

»Ja, natürlich, aber da habe ich einfach nicht daran gedacht. Es fiel mir erst wieder ein, weil ich heute Norman gesehen habe, wie er am Laden vorbeiging. Eigentlich ist er eher geschwankt, was ich merkwürdig fand, und als ich das zu Stella sagte, kam plötzlich diese Erinnerung zurück. Norman wirkt nämlich normalerweise eher ruhig und gesetzt, deshalb fand ich seine Eile so auffällig. Was sollen wir denn jetzt machen? Wahrscheinlich ist das ja bedeutungslos, und ich möchte Norman nicht in Schwierigkeiten bringen …«

»Sie müssen das der Polizei berichten, Anne. Und zwar sofort.«

»Na ja, Stella und ich dachten, Sie könnten das vielleicht übernehmen, Sie sind doch besser bekannt mit dem netten Detective …«

Später am Tag kam – sehr kurzfristig angekündigt – erneut Besuch, der diesmal mit Tee bewirtet werden sollte. Vor dem Haus parkte das unverkennbare Fahrzeug des Bischofs, ein glänzender schwarzer Rover Sterling, der neben Theos Golf wirkte wie Queen Victoria in Trauer. Zwischen Chauffeur und Fahrgast gab es eine Trennscheibe, damit Seiner Exzellenz die Unterhaltung mit dem Fahrer erspart blieb – in diesem Fall seinem Kaplan.

Für Daniel verhieß ein Besuch vom Obersten der Diözese in aller Regel nichts Gutes, und die Ankündigung versetzte Audrey in panische Hektik. Der überteuerte Walnusskuchen von The Flowers wurde erstanden und die Silberkanne poliert, und Audrey schmückte das gesamte Haus mit Sträußen von ihren schönsten spät blühenden Tulpen, die eigentlich für die Blumenschau reserviert gewesen waren.

Doch der Bischof bat Daniel darum, ihm die Kirche zu zeigen, und so hielt sich lediglich der Kaplan, Gareth Nuttall, in der Küche auf, wo er von Theo und Audrey bewirtet und unterhalten wurde. Der Kaplan war schlank und – im Gegensatz zu seinem Vorgesetzten – tadellos gepflegt. Nuttall verlangte als Erstes nach der Toilette, und als er, verfolgt von den neugierigen Hunden, hinausging, sagte Theo: »Das gibt's doch nicht. Der wirkt ja wie aus dem neunzehnten Jahrhundert!«

»Ja, wirklich sehr antiquiert«, pflichtete Audrey ihm bei.

»Ich habe neulich gehört, dass in dieser Diözese eine Romanverfilmung gedreht wurde, die um 1860 spielt«, sagte Theo. »Als der Produzent den Dekan anrief und fragte, was verändert werden müsste, damit das Ambiente zeitlich korrekt wirkt, hat der geantwortet: Nichts.«

Jetzt war entfernt das Rauschen der Wasserspülung zu hören, kurz darauf kehrte der Kaplan in die Küche zurück. Cosmo und Hilda hefteten sich an seine Fersen, worauf er die beiden Hunde wenig behutsam mit dem Fuß wegschob. Die schwarzen Schuhe der edlen Marke Oxford waren auf Hochglanz poliert.

Theo ergriff die Gelegenheit beim Schopf und begann den Kaplan auszufragen. »Welche Stellung hat denn ein Kaplan beim Bischof? Etwa so wie ein Offiziersbursche?«

»Eher wie ein Adjutant«, antwortete Nuttall.

»Und Sie wissen also, wo die Leichen im Keller liegen?«

Gareth zupfte seine Hemdmanschette zurecht. »Höchste Diskretion ist unerlässlich, dafür haben Sie gewiss Verständnis.«

»Wollen Sie eines Tages selbst Bischof werden?«

Jetzt zog der Kaplan an der anderen Manschette.

Zusammen mit dem Bischof blickte Daniel vom Altarraum die Reihen entlang, und unwillkürlich sah er wieder Anthonys Leiche vor seinem inneren Auge.

»Tut mir leid, dass Sie solche Probleme haben«, sagte der Bischof.

»Ich danke Ihnen, Exzellenz. Dabei weiß ich nicht einmal, was ich schlimmer finde: die Tat selbst oder das, was sie bei anderen bewirkt.«

»Wie meinen Sie das?«

»Die zwei Morde – oder das, was durch sie zum Vorschein kommt.«

»Ach so, diese Ereignisse. Das meinte ich gar nicht, sondern die geplanten Umbauten.«

Die Debatte über die geplante Toilette hatte Daniel schon beinahe vergessen. Es schien ihm eine Ewigkeit her zu sein, seit dieses Vorhaben für Aufregung gesorgt hatte.

»Es wäre doch eine wesentliche Verbesserung, ad majorem dei gloriam, meinen Sie nicht?«, sagte der Bischof.

»Offen gestanden, war es mir mittlerweile aus dem Kopf geraten«, antwortete Daniel. »Aber woher wissen Sie überhaupt davon?«

»Ich weiß alles. Ich weiß zum Beispiel auch, dass es für Sie schwieriger sein wird, Bänke zu entfernen, als es für uns war. Wir mussten beim Einbau der Toilette in die Kathedrale die Stiftsherren überzeugen. Die sind normalerweise furchtbar störrisch, waren aber in diesem Fall ausnahmsweise einer Meinung. Die Victorian Society hat gezetert, aber das war nicht anders zu erwarten. Wie wär's, wenn Sie mal mit Ihrer Gemeinde unsere Kathedrale besichtigen? Damit die Menschen sehen, wie gut der Einbau gelungen ist. Vielleicht hilft das.«

»Tja, ich weiß nicht recht«, erwiderte Daniel. »Nach allem, was hier in letzter Zeit passiert ist, halte ich es für besser, das Ganze vorerst ruhen zu lassen und einfach mit dem Alltag fortzufahren.«

»Es sollte aber keinen Stillstand geben«, wandte der Bischof ein.

»Genau das habe ich auch zu einer Frau aus der Gemeinde gesagt, die sich darüber beklagt hat. Sie war gegenteiliger Ansicht. Und ich muss gestehen, dass ich mich inzwischen frage, ob sie vielleicht recht hat.«

»Es ist verständlich, dass Ihnen das wegen der unerfreulichen Ereignisse jetzt so vorkommt. Aber das geht vorüber.«

»Ja, vermutlich«, sagte Daniel. »Es wäre allerdings hilfreich, wenn endlich der Mörder gefasst würde.«

»Gewiss, gewiss. Aber die werden doch eigentlich fast immer geschnappt. Jetzt hätte ich übrigens nichts gegen ein Tässchen Tee einzuwenden ...«

Der Kaplan schien erleichtert zu sein über die Rückkehr des Bischofs, der zusammen mit Daniel durch die Hintertür in die Küche kam. Er folgte den beiden Männern in Daniels Studierzimmer und sah sich dort gerade nach einer Sitzgelegenheit um, als der Bischof sagte: »Danke, Gareth, das ist vorerst alles.«

»Mein Herr.« Der Kaplan zog sich zurück.

»Ich wünschte, er würde mich nicht so nennen«, sagte der Bischof. »Zu Anfang habe ich ein paar Tage gebraucht, bis ich merkte, dass ich damit gemeint bin.«

»Können Sie ihn nicht bitten, das zu unterlassen?«, schlug Daniel vor.

»Wäre eine Möglichkeit, aber er ist furchtbar überkorrekt und pedantisch. Ich fühle mich ständig so streng beurteilt von ihm.«

Der Bischof machte es sich auf dem Tränensofa bequem, worauf Daniel überlegte, ob er ihm seinen Schreibtischstuhl hätte anbieten sollen. Es war eigentlich Brauch, dem hohen Geistlichen die beste Sitzgelegenheit zu offerieren.

Der Bischof der Diözese Stowe hatte eine imposante klerikale Laufbahn zu verzeichnen. Selbst Sohn eines Bischofs, war er gleich nach dem Theologiestudium an einer altehrwürdigen Universität ordiniert worden. Nach einer Zeit als Kaplan an der Seite eines Bischofs hatte er später seine einstige Universität geleitet und war dann übergangslos zum Bischof der Diözese Stowe aufgestiegen. Er galt nicht nur als Koryphäe auf dem Gebiet der Textkritik des Neuen Testaments, sondern war früher auch leidenschaftlicher Ruderer und Rugby-Spieler gewesen. Aufs Alter hin schien allerdings das Schriftenstudium intensiver betrieben zu werden als der Sport; Hochwürden war etwas schwergewichtig geworden.

Als es ihm gelungen war, eine bequeme Sitzposition zu finden, sagte der Bischof: »Und, wie geht es Ihnen so?«

»Allgemein recht gut, danke, Exzellenz.«

»Ihre Frau Mutter scheint ja in Bestform zu sein.«

»Das ist sie, ja.«

»Wobei diese Mordfälle sicher schrecklich beunruhigend sind für die alte Dame«, fügte der Bischof hinzu.

Daniel lächelte. »Nun, offen gestanden: Meine Mutter hat ein Faible für aufregende Ereignisse.«

»Und wie kommen *Sie* damit zurecht? Das ist ja doch eine ungeheure Belastung.«

»Ich bemühe mich, meine Gemeinde in dieser schweren Zeit gut zu betreuen«, antwortete Daniel. »Was soll man auch sonst tun?«

»Wie ist die Stimmung in der Gemeinde?«, erkundigte sich der Bischof.

»Die Leute sind natürlich erschüttert und haben Angst. Dass

in einem so kleinen Dorf zwei Menschen getötet wurden, ist furchtbar unheimlich. Dazu kommt, dass wohl die meisten – bewusst oder unbewusst – ahnen, dass der Mörder noch unter uns ist.«

»Glauben Sie das wirklich?«

Daniel nickte. »Ja. Laut Beweislage könnte zwar wohl auch ein Außenstehender, irgendein Psychopath, die Morde begangen haben. Einige möchten das gern glauben. Aber ich bin der Überzeugung, dass es jemand aus Champton ist.«

»Warum?«

»Ich denke, es gibt eine Vorgeschichte, die alles erklären wird, aber ich kann sie noch nicht erkennen. Es fühlt sich ein bisschen wie die Lektüre des Propheten Jesaja an: Alles weist in eine bestimmte Richtung, aber das Bild ist noch nicht sichtbar.«

Die Tür ging auf, und Audrey kam mit dem Teetablett herein, gefolgt von Gareth, der den Kuchen trug.

»Vielen Dank«, sagte der Bischof. »Dieser Kuchen sieht herrlich aus, Mrs Clement.«

»Soll ich ihn aufschneiden und servieren, Mrs Clement?«, fragte der Kaplan.

»Lassen Sie nur, Gareth, wir kommen zurecht«, erklärte der Bischof.

Nachdem Audrey dem Kaplan dezente Zeichen gegeben hatte, folgte er ihr wieder nach draußen.

Während Daniel den Tee eingoss, sinnierte der Bischof: »Die Heilige Schrift bleibt ein großes Rätsel. Sind Sie Hebraist?«

»Nein.« Daniel schnitt den Kuchen auf, der saftig und leicht zugleich wirkte und köstlich duftete.

»War auch nicht mein Weg. Wir hatten Griechisch, Latein und Hebräisch im Studium. Griechisch lag mir am meisten – es hat mir zu allerlei Erkenntnis verholfen.«

Daniel nickte so enthusiastisch wie möglich und genehmigte sich einen Schluck Tee.

»Habe mich in Details vertieft«, fuhr der Bischof fort, »aber man darf natürlich auch nie den Blick aufs Große und Ganze verlieren. Ich weiß noch, wie ich mich stundenlang mit einem unerklärlichen Element bei den Ephesern beschäftigt habe. Wollte unbedingt herausfinden, welche Fassung die ältere war und was man geändert hatte. Neben mir in der Bibliothek saß ein Bibeltheologe, der etwas Ähnliches bei den Kolossern versuchte, was dann dazu führte, dass wir zusammen ins Pub gingen und uns die Köpfe heißredeten. Wir hatten uns beide in unseren Theorien festgebissen und konnten nicht lockerlassen. Aber dann kam eine Offenbarung. Können Sie mir folgen?«

Daniel nickte und fragte sich, ob er wohl von dem Kuchen essen durfte, bevor der Bischof den ersten Bissen genommen hatte.

»Ich trat sozusagen einen Schritt zurück«, sprach der Bischof weiter, »und betrachtete das Gesamtbild. Und dabei wurde mir klar, dass es gar nicht darum ging, welche Fassung älter war oder welche Textversion am Ende in den Bibelkanon aufgenommen wurde. Es gab viel interessantere Fragen, zum Beispiel: Warum war dieser Text den Menschen überhaupt so wichtig? Warum wurde er bewahrt und weitergegeben?«

Erleichtert sah Daniel, wie der Bischof jetzt zur Gabel griff und ein Stück Kuchen zum Munde führte.

»Archilochos schrieb, dass wir entweder Fuchs oder Igel sind«, sagte Daniel. »Wir wissen entweder vieles wie der Fuchs, oder aber nur ein Großes wie der Igel. Beides zugleich geht nicht.«

»Vielleicht sollten Igel sich mehr wie Füchse und Füchse mehr wie Igel benehmen«, erwiderte der Bischof. »Einen Schritt zurücktreten, Daniel, um das größere Bild zu erkennen … also, dieser Kuchen ist wirklich exzellent.«

Daniel begann sich zu fragen, wo diese Unterhaltung wohl hinführen sollte.

Und dann wurde es ihm schlagartig klar, als der Bischof seinen nächsten Satz formulierte.

»Wir haben auch aus einer gewissen Distanz die Diözese betrachtet, unsere Ressourcen und Herausforderungen. Deshalb möchte ich mit Ihnen über eine Umstrukturierung der Gemeinden sprechen.«

Daniel stockte förmlich der Atem.

»Umstrukturierung?«, wiederholte er.

»Ja.«

»Sie meinen, Champton soll mit einer anderen Gemeinde zusammengelegt werden?«

»Mit mehreren Gemeinden sogar.«

Das kam unerwartet für Daniel, obwohl der Zusammenschluss von Kirchengemeinden angesichts einer dünnen Finanzdecke und des Mangels an Geistlichen bereits zur Norm geworden war. Warum sollte Champton davon verschont bleiben? Aber St Mary's war vollkommen *einzig*, untrennbar vom Anwesen der de Floures. Und man musste über Todesmut verfügen, um Bernard mitzuteilen, dass er seinen Pfarrer künftig mit einem anderen Dorf würde teilen müssen.

»Welche?«, fragte Daniel, obwohl seine Kehle wie zugeschnürt war.

»Sie haben doch sicher gehört, dass Maurice Legge in den Ruhestand geht? Damit ist das Pfarramt von den Badsaddles unbesetzt.«

Upper Badsaddle und Lower Badsadddle, Ortschaften an der nördlichen Grenze des Anwesens, die Daniel beinahe so fremd waren wie Ulan-Bator.

»Rechtlich muss noch einiges geklärt werden«, fuhr der Bischof fort, »aber könnten Sie sich denn vorstellen, auch Pfarrer von St Thomas the Martyr Upper Badsaddle und St Catherine Lower Badsaddle zu werden?«

Einen kurzen Moment lang fand Daniel etwas daran ansprechend, aber der Augenblick war schnell verflogen. Er setzte also erst einmal auf Diplomatie.

»Es ist mir eine Ehre, dass Sie dabei an mich denken, Exzellenz. Was sind diese rechtlichen Fragen?«

»Die Patronate müssen noch geklärt werden. Lord de Floures ist Ihr Patronatsherr, für Upper Badsaddle bin ich es selbst, und Lower Badsaddle steht unter dem Patronat meiner einstigen Universität, da gibt es sicher keinerlei Probleme. Die Frage ist nur: Meinen Sie, dass Lord de Floures sich diesbezüglich vernünftig verhalten wird?«

»Er selbst wird bestimmt dieser Meinung sein, Exzellenz. Es wäre allerdings denkbar, dass Sie das anders sehen.«

»Ah.«

»Das Patronat für St Mary's wird seit Jahrhunderten von der Familie de Floures ausgeübt«, sagte Daniel, »und Lord Bernard nimmt diese Aufgabe sehr ernst.«

»Im Ernst?«

Daniel nickte. »Durchaus.«

»Aber der Mann hat dreimal geheiratet!«

»Irren ist menschlich«, erwiderte Daniel.

»Gewiss, gewiss, Daniel, aber seien wir doch ehrlich: Die Zeiten, in denen der Patron das neue Dach der Kanzel finanzierte und im Gegenzug die Taufe für seine unehelichen Kinder erwartete, sind vorbei.«

Bernards Geld wurde gerne genommen, als die Orgel der Kathedrale eine Reparatur brauchte, dachte Daniel bei sich, sagte jedoch nichts.

»Ich denke, dass Lord de Floures – ebenso wie wir alle – die Realität akzeptieren sollte. Dass ihm das nicht leichtfallen wird, hatte ich schon vermutet. Deshalb wollte ich zunächst mit Ihnen sprechen, Daniel, damit Sie vielleicht wie Johannes der Täufer den Weg bereiten können.«

Da kennst du mich aber schlecht, dachte Daniel, sagte aber: »Wäre es nicht sinnvoller, wenn Sie mit ihm sprechen, Exzellenz? Oder der Erzdiakon?«

»Das werden wir«, antwortete der Bischof. »Aber ich wäre Ihnen sehr verbunden, wenn zunächst einmal Sie Ihre diplomatischen Fähigkeiten in dieser Sache zur Geltung brächten. Der Lord ist Ihnen so gewogen. In der Wüste einen Weg bereiten, in der Steppe eine Straße ebnen, Sie wissen ja …«

»Dann werde ich natürlich mit Lord de Floures sprechen, Exzellenz.«

»Hervorragend. Ich wünsche Ihnen viel Kraft für die schwierige Lage und habe Sie und Ihre Gemeinde in meine Gebete aufgenommen. Wenn Sie etwas brauchen, sagen Sie mir einfach Bescheid.«

Daniel hatte einen spontanen Geistesblitz. »Es gäbe da vielleicht tatsächlich etwas, Exzellenz.«

»Nur zu.«

»Es geht um das zweite Mordopfer, Ned Thwaite. Sein Tod wurde nun nicht gerade übersehen, aber dennoch stand Anthony Bowness, das erste Opfer, wesentlich mehr im Licht der Öffentlichkeit. Für seine Verwandtschaft war das nicht nur erfreulich, aber die Witwe von Ned Thwaite und seine Töchter fühlen sich ziemlich vernachlässigt und haben das Gefühl, dass Ned nicht genügend gewürdigt wurde. Die Gerichtsmedizin hat die Leiche freigegeben, wir bereiten jetzt die Bestattung vor. Und ich denke mir, es wäre für Neds Familie – und die gesamte Gemeinde in dieser schwierigen Zeit – ein Trost, wenn Sie den Gottesdienst gestalten würden.« Das Lächeln des Bischofs wirkte jetzt etwas erstarrt. »Ich meine, natürlich nur wenn Sie das in Ihrem vollen Terminplan unterbringen …«

»Ich bin immer auch vor allem Pfarrer, Daniel. Wenn ich gebraucht werde …«

»Oh ja, wir brauchen Sie!«

»… bin ich natürlich zur Stelle. Besprechen Sie die Details dann bitte mit Gareth.«

»Das ist sehr gütig, Exzellenz, ich danke Ihnen. Und bleiben Sie doch danach bitte zum Mittagessen. Lord de Floures hat freundlicherweise angeboten, die Bewirtung zu übernehmen, es wird ein gutes Büfett geben.«

31

Nachdem er Bischof und Kaplan verabschiedet hatte, eilte Daniel nicht gleich zum Herrenhaus, sondern erledigte einige Anrufe. Dann führte er ein anstrengendes Gespräch mit Theo über das Verhältnis vom niederen Klerus zum hohen Klerus und verkündete schließlich, er müsse jetzt eine Predigt schreiben.

Erst als Theo mit seinem Golf davongebraust war, machte sich Daniel auf den Weg und betrat durch den Hintereingang die Küche von Champton House, wo er Mrs Shoreley vorfand.

»Suchen Sie Seine Lordschaft?«, fragte die Haushälterin.

»So ist es, Mrs Shoreley.«

»Er ist in seinem Studierzimmer. Soll ich ihm sagen, dass Sie hier sind? Er hat Besuch. Von dem netten Detective.«

Daniel fragte sich, weshalb Vanloo Bernard aufsuchte.

»Das wäre sehr nett von Ihnen, danke.«

Als Mrs Shoreley den mit Knöpfen gespickten Hörer von der Telefonanlage hochnahm, mit der man sämtliche Räume des Hauses erreichen konnte, bemerkte Daniel zum ersten Mal den flachen Schrank hinter dem Schreibtisch der Haushälterin. Die Türen standen offen, und Daniel sah an beschilderten Haken zahllose Schlüssel für das gesamte Anwesen hängen: Badehaus, Cricket-Pavillon, Rasenmäherschuppen, Haustür …

»Reverend Clement ist hier, Mylord. Ja, sehr wohl, Mylord.« Mrs Shoreley legte auf. »Er erwartet Sie. Den Weg zum Studierzimmer kennen Sie?«

Etwas zögerlich spazierte Daniel den langen dunklen Flur entlang, der die Küchenseite des Hauses mit dem Wohntrakt verband. Hinter einigen Türen verbargen sich prachtvolle Räume, andere Türen führten zu weiteren Fluren. Schließlich gelang es ihm, den Salon zu finden und kurz darauf das Studierzimmer. Als er eintrat, beugten sich Bernard und Vanloo gerade über einen Stapel Papiere auf dem Schreibtisch.

»Ah, Daniel!«, rief Bernard aus. »Drink? Der Detective wollte mir dabei keine Gesellschaft leisten.«

Daniel stand nicht der Sinn danach, diese Einladung auszuschlagen. Er nahm einen Whisky Soda, was Bernard Gelegenheit verschaffte, sein erstes Glas zu leeren und sich nachzuschenken.

»Detective Vanloo hat Anthonys Unterlagen zurückgebracht«, erklärte Bernard. »An denen Anthony gearbeitet hat, als er getötet wurde.«

Daniel sah Vanloo forschend an. »Haben Sie etwas Aufschlussreiches entdeckt?«

»Mir ist nichts Besonderes aufgefallen, nein. Es handelt sich hauptsächlich um Personalverzeichnisse von vor hundert Jahren. Also Listen von Hausangestellten.«

»Anthony beschäftigte sich mit unserem goldenen Zeitalter, der Regentschaft von Queen Victoria«, erklärte Bernard. »Damals gab es hier unzählige Dienstboten, riesige Jagdgesellschaften, Gärtner, Stallburschen und so weiter und so fort. Wir könnten diese Listen einmal am Tag der offenen Tür ausstellen.«

Daniel dachte, dass die Aufzeichnungen leider wenig aussagten über das Leben all jener Menschen, die darauf vermerkt waren. Die meisten hatten keine Spuren hinterlassen, außer vielleicht einer Lohnabrechnung, und waren wahrscheinlich inzwischen sogar von ihren Nachkommen vergessen worden.

»Weshalb wollten Sie mich sprechen, Daniel?«, fragte Bernard.

»Der Bischof war zum Tee bei mir.«

»Welcher denn?«, fragte Bernard stirnrunzelnd.

»Unserer. Es gibt Neuigkeiten.«

Vanloo stand auf. »Ich lasse Sie in Ruhe sprechen. Können wir später noch kurz reden, Reverend?«

»Ja, sicher. Möchten Sie im Pfarrhaus warten? Meine Mutter lässt Sie rein.«

»Gern.«

»Ich bringe Sie zur Tür, Detective Sergeant«, sagte Bernard, sichtlich verstimmt.

Als die beiden aus dem Raum waren, blätterte Daniel die leinengebundenen Bücher auf dem Schreibtisch durch, auf denen mit schwarzem Stempel die unterschiedlichen Bereiche des Anwesens vermerkt waren: Stallungen, Tischlerei, Butler, Haushälterin. Die Handschrift war wunderschön, elegant und fließend, eine Kunst, die vielleicht in Bälde vom Aussterben bedroht sein würde.

Daniel dachte an das Gerät, das er in einem Laden für Bürozubehör gesehen hatte. Man tippte auf einer Tastatur, und die Worte erschienen auf einem Bildschirm, wo man sie korrigieren konnte, bevor alles so säuberlich ausgedruckt wurde wie bei einer Schreibmaschine. Momentan waren diese Gerätschaften noch extrem teuer, aber Daniel vermutete, dass sie bald jeder benutzen würde. Und dann würde wohl die Handschrift – mit ihrer Individualität und ihren Eigenheiten – in Vergessenheit geraten.

Stallungen: gesäubert.
Kirchenmöbel: angefertigt, eingebaut.
Tische für den Lesesaal Ihrer Ladyschaft: angefertigt, aufgestellt.

Der Lesesaal war auf Geheiß einer frommen Lady de Floures zur Bildung der Dorfbewohner erbaut worden. Zuvor hatte sie den Pub schließen lassen, weil die Dörfler ihr beim Eisenbahnbau verdientes Geld für Alkohol verpulverten und dann Keilereien anfingen. Doch die Pflege der Literatur währte nicht lange, der Pub wurde wiedereröffnet und der Lesesaal fürderhin als Wohnhaus genutzt.

»Was will er denn mit Ihnen besprechen?«, fragte Bernard sofort, als er zurückkam. »Ich habe versucht, es aus ihm herauszukriegen, aber er war stumm wie ein Fisch.«

»Ich habe keine Ahnung, Bernard.«

»Na, aber ich. Norman Staveley wurde aufs Revier bestellt, und wollen Sie wissen, weshalb?«

»Gewiss.«

»Weil er die letzte Person war, die Anthony lebend gesehen hat. Es gab einen Streit zwischen den beiden in der Kirche, danach ist Norman gegangen, seiner Aussage nach. Und dann haben Sie Anthonys Leiche gefunden. Der ehrenwerte Ratsherr Staveley fand diese Information nicht wichtig genug, um sie der Polizei mitzuteilen. War immer schon ein zwielichtiger Typ.«

Daniel schwieg.

»Die ganze Familie war so, Vater und Großvater auch«, fuhr Bernard fort. »Sind von hier weggezogen, weil irgendwas nicht stimmte, aber mein Vater hat mir nie gesagt, warum. Und meine Mutter konnte die Staveleys nicht leiden.« Er goss sich den nächsten Drink ein und fragte nebenbei: »Und was gibt es Neues aus Stowe?«

»Das wird Ihnen nicht gefallen.«

Und so war es auch. Angesichts Bernards finsterer Miene ließ Daniel – um nicht von Protest unterbrochen zu werden – keine Lücke in seinem Bericht, bis er zur Zusage des Bischofs für Ned Thwaites Bestattung kam.

»Das ist sicher zum Guten der Gemeinde. Das wird für eine rege Teilnahme sorgen«, schloss Daniel.

»So ein verdammter Idiot!«, explodierte Bernard. »Welches Recht hat der denn, mich *meiner Rechte* zu berauben? Wir haben hier das Patronat seit, was weiß ich, den Rosenkriegen! Und ich hab dem Kerl zehntausend Pfund für die Orgel gespendet! Wie kann er es *wagen*? Der kriegt einen geharnischten Brief von mir, so viel steht fest!«

»Beruhigen Sie sich, Bernard. Wir sollten die Angelegenheit gemeinsam durchdenken. Der Bischof hat schließlich Gründe dafür, dass er Champton mit den Badsaddles …«

»Die Badsaddles! Was hat Champton mit den Badsaddles zu schaffen? Die waren fürs *Parlament*!«

»Ohne Ihre Zustimmung, Bernard«, fuhr Daniel unbeirrt fort, »wird der Bischof meines Erachtens ohnehin nicht viel ausrichten können. Und wenn ich ihn richtig einschätze, wird er aufgeben, sobald die Sache richtig mühsam wird.«

»Und dafür werden wir sorgen!«, rief Bernard triumphierend aus.

»Ganz genau. Jetzt zu Neds Trauerfeier. Es wäre passend, wenn Sie als Erstes ein paar Worte sagen und dem Bischof für seine engagierte und mitfühlende geistliche Betreuung danken.«

Bernard dachte nach und erkannte offenbar die Vorzüge des Plans. »Gut, das machen wir so. Wann ist die Trauerfeier denn überhaupt?«

»Ich denke, ein gewisser zeitlicher Abstand zu Anthonys Beerdigung ist besser für die Thwaites. Die Gerichtsmedizin hat die Leiche jedenfalls freigegeben, wir können mit der Planung beginnen.«

»In einer Woche vielleicht?«

»Ich muss erst noch klären, ob das Krematorium Kapazitäten hat. Neds Asche soll in dem Tal verstreut werden, aus dem er stammte.«

Als Daniel wieder nach Hause kam, saß Detective Vanloo im Studierzimmer, belagert von Audrey, die ihn mit Fragen zu löchern versuchte. Womit sie bei Vanloo allerdings auf Granit biss, denn der Mann beherrschte die Kunst des Ausweichens perfekt. Bei Daniels Eintreffen musste Audrey sich schließlich geschlagen geben und zog sich widerstrebend zurück. »Sag Bescheid, wenn ihr etwas braucht«, verkündete sie noch, bevor sie die Tür hinter sich schloss.

»Was ist passiert?«, fragte Daniel.

»Wir haben Gemeinderat Staveley ins Revier einbestellt, und er hat einiges ausgesagt.«

»War er vor Anthonys Tod in der Kirche?«

Vanloo nickte. »Genau. Staveley wollte Anthony treffen und hat gesehen, wie er zum Abschließen die Kirche betrat. Als Staveley reinging, sah er Anthony beten und stellte ihn zur Rede.«

»Weshalb?«

»Weil Anthony im Archiv etwas entdeckt hatte, das Staveley unter Verschluss halten wollte. Unterlagen, aus denen hervorging, dass die de Floures Staveleys Großvater eine erkleckliche Summe gezahlt hatten, damit er seine Stelle als Chauffeur der Familie aufgab.«

»Schweigegeld?«, fragte Daniel.

»Ganz genau. Staveleys Großvater hatte die Tante vom damaligen Lord de Floures in eine kompromittierende Lage gebracht, und die Familie hatte sich sein Schweigen erkauft, damit Staveleys Großvater verschwand. Doch stattdessen eröffnete der mit dem Geld eine Autowerkstatt ganz in der Nähe, in Braunstonbury. Mit dem vom Großvater erwirtschafteten Vermögen konnten Dot und Norman Staveley es sich leisten, nach Champton zurückzuziehen, wo er sich der Konservativen Partei anschloss und als Gemeinderat zu Ansehen kam.«

»Den Vorsitz im Gemeinderat hat Lord de Floures«, sagte Daniel, »was für Norman eine ständige Erinnerung daran sein dürfte, dass sein sozialer Aufstieg auf sehr tönernen Füßen steht.«

»Richtig. Das sollte keinesfalls bekannt werden. Deshalb bot er seinerseits Anthony Bowness Schweigegeld an, was der aber ablehnte.«

»Und dann?«, fragte Daniel.

»Ist Staveley angeblich nach Hause gegangen. Kurz darauf sah er das Blaulicht, und jemand rief Dot an und erstattete Bericht. Seither schiebt er Panik. Was halten Sie von der Aussage?«

»Motiv und Gelegenheit wären vorhanden«, antwortete Daniel. »Ich halte Norman dennoch nicht für den Täter. Er hängt bestimmt sehr an seinem sozialen Status. Aber als Mörder kann ich ihn mir einfach nicht vorstellen. Außerdem: Wie würde dann Ned Thwaite ins Bild passen?«

»Ja, das habe ich mich auch gefragt«, sagte Vanloo. »Aber eine weitere Person rückt gerade ins Zentrum der Ermittlungen. Nathan Liversedge.«

»Nathan? Warum?«

»Wir haben von der Polizei von Hampshire ein paar wertvolle Informationen bekommen. Ein Fall von Raubüberfall mit Körperverletzung. Jemand hat einer alten Dame die Rente gestohlen, sie hat sich gewehrt und wurde niedergeschlagen. Der Täter, mutmaßlich ein gewisser Joe Blewett, flüchtete. Die Familien Blewett und Liversedge sind verwandt, sie haben die gleichen Vorfahren. Wir glauben, dass Nathan Liversedge in Wirklichkeit Joe Blewett ist.«

»Was?«

»Seit wann lebt er in Champton?«

»Er kam, glaube ich, kurz nach mir hierher. Etwa seit sechs oder sieben Jahren?«

»Das passt«, sagte Vanloo. »Joe Blewett ist nach dem Vorfall wie vom Erdboden verschluckt. Und dann der Großvater. Der hat ja wohl einiges auf dem Kerbholz.«

»Ist mir auch zu Ohren gekommen«, bestätigte Daniel.

»Was wissen Sie?«

»Dass er früher Preisboxer war.«

»Ja, auf Jahrmärkten und bei illegalen Bare-Knuckle-Kämpfen. Später hat er als Schuldeneintreiber gearbeitet. Und im Pub hört man Gerüchte, dass er manchmal nicht nur Geld eingetrieben, sondern auch noch gewisse andere Aufträge erledigt hat.«

Daniel reagierte nicht, worauf Vanloo fragte: »Halten Sie es für möglich, dass Ned Thwaite die Wahrheit über Nathan herausgefunden hat und deshalb von Edgy umgebracht wurde?«

»Dass Anthony und Ned irgendetwas über Nathan in Erfahrung gebracht haben, halte ich für denkbar, ja. Aber ich glaube nicht, dass Edgy die beiden getötet hat.«

»Wieso nicht?«

»Passt nicht.«

»Ins Bild? Oder zur Person?«

»Es ist einfach nicht stimmig«, antwortete Daniel.

Vanloo schien eine weitere Frage stellen zu wollen, zögerte jedoch. Schließlich sagte er: »Ich habe, offen gestanden, den Eindruck, dass ich hier nicht die ganze Geschichte zu hören bekomme.«

»Das ist doch letztlich immer so.«

»Sie wissen, wie ich das meine«, insistierte Vanloo.

Daniel hatte gehofft, genau diese Situation vermeiden zu können, aber daraus wurde offenbar nichts.

»Ich muss mit jemandem sprechen«, sagte er. »Können Sie ein wenig warten?«

»Kommen Sie, Daniel, machen Sie es uns nicht so schwer.«

»Haben Sie Vertrauen zu mir?«

Vanloo betrachtete sein Gegenüber forschend. »Ja. Aber darum geht es nicht bei einer Mordermittlung.«

»Können wir auf Basis dieses Vertrauens unser Gespräch in einer halben Stunde fortsetzen? Auf die kommt es doch jetzt auch nicht mehr an.«

»Sie verlangen einiges von mir, Daniel.«

»Das weiß ich.«

Der Polizist seufzte. »Also gut, eine halbe Stunde.«

»Danke.«

Daniel ging hinaus, möglichst leise, damit seine Mutter nichts merkte, aber die Hunde hörten ihn natürlich, und prompt tauchte auch Audrey auf.

»Daniel?«

»Ja, Mum?«

»Ich habe das von Norman gehört. Das ganze Dorf weiß es schon. War er es?«

»Du weißt, dass ich nichts dazu sagen darf, Mum.«

»Also, wenn Norman Staveley ein Mörder ist, dann fress ich einen Besen. Zum Abendessen gibt es allerdings keinen Besen, sondern Nierchen in Sherrysoße. Theo war vorhin bei Schlachter Dennis, um sie zu holen.«

Die Vorstellung von feinen Nierchen in köstlicher Sherrysoße, Daniels Leibspeise seit seiner Kindheit, war tröstlich. Denn sollte sich herausstellen, dass er durch sein Vorhaben eine Mordermittlung behinderte, drohte ihm womöglich Gefängniskost.

»Können wir etwas später essen?«, fragte Daniel.

»Sicher, dein Bruder ist auch noch im Pub.« Als Audrey aus

dem Fenster schaute, sah sie Vanloos Wagen vor der Tür stehen. »Ist der Detective noch hier?«

»Ja, im Studierzimmer. Ich bin gleich wieder da.« Daniel nahm seinen Mantel. Als er die Haustür hinter sich zuzog, hörte er Audrey trällern: »Detective Vanloo, Sie haben neue Erkenntnisse, habe ich gehört?«

32

Der Abend war kühl, und Daniel zog seinen Mantel enger um sich, als er die Straße entlangging. Wie viel Edgy Liversedge wohl über das Verhältnis seines Enkels zu Alex de Floures wusste? Wie würde der alte Mann damit umgehen können? Zwei Männer, zwischen denen sich mehr abspielte als nur Freundschaft? Und Bernard würde über diese Liaison seines Sohnes mit dem nicht standesgemäßen Nathan gewiss auch nicht begeistert sein.

Daniel sagte sich, dass diese Spekulationen ihn nicht weiterbrachten. Stattdessen rief er sich vor Augen, wie Edgy ihm eines Tages von seinem früheren Leben erzählt hatte, weil seine Taten – die er seinerzeit ohne jegliche Gewissensbisse ausgeführt hatte – begannen, ihn im Alter heimzusuchen. Edgy hatte Daniel detailliert geschildert, wie er einmal jemandem die Kehle durchgeschnitten hatte. Das Opfer war aber kein ausgewachsener Mann, sondern ein Jugendlicher gewesen. Und seit Nathan bei Edgy lebte, sah er oft das Gesicht dieses jungen Mannes vor sich, das sich in nächtlichen Träumen oft in Nathans Gesicht verwandelte.

»Sie müssen das der Polizei melden«, hatte Daniel damals gesagt, und Edgy hatte gelacht.

»Nee, das werd ich ganz bestimmt nicht tun«, hatte er gesagt. »Ich will mein Gewissen erleichtern, aber ansonsten geht das alles keinen was an. Und auch wenn's lange her ist – meine Auftraggeber von damals würden garantiert spitzkriegen, wenn ich plaudere.«

»Aber wenn Sie sich nicht stellen, Edgy, kann ich Ihnen auch nicht den Seelenfrieden anbieten, den Sie sich wünschen«, hatte Daniel eingewandt.

»Dann muss ich eben ohne den auskommen.«

Er war jetzt am Tor zum Anwesen angekommen, dem mit Gold verzierten schmiedeeisernen Kunstwerk mit verschnörkeltem Blumenmuster und Familienwappen. Zwei wuchtige Säulen, auf denen Adler thronten, flankierten das Tor. An einem unpassend kahlen Stahlpfosten befand sich eine Zahlentastatur. Daniel blinzelte und gab den Code ein – 1066 –, worauf das breite Tor surrend aufschwang.

Daniel ging jedoch nicht die Zufahrt zum Haus entlang, sondern blieb am nördlichen Pförtnerhäuschen stehen, in dem Alex sich tagsüber oft aufhielt. Die Nächte verbrachte er im Pförtnerhaus am Südeingang, das Badezimmer und Schlafzimmer enthielt.

Als Daniel an die Tür klopfte, wurde ihm von Honoria geöffnet.

»Hallo, Reverend. Alex ist da.«

Er lag in dem Raum, der als Wohnzimmer und Atelier zugleich diente, auf dem Sofa und aß von einem Teller etwas, das unappetitlich schrumpelig aussah.

»Geht es Ihnen gut, Alex?«, fragte Daniel.

»Nein.«

»Ich muss mit Ihnen reden.«

»Worüber?«

Daniel wandte sich zu Honoria, die ihm gefolgt war. »Honoria, würden Sie uns bitte alleine lassen?«

Aber auch sie antwortete bloß mit einem knappen »Nein«.

Das schien mühsam zu werden. »Ich hätte etwas Vertrauliches mit Alex zu besprechen«, fügte Daniel hinzu.

»Vor meiner Schwester habe ich absolut nichts zu verbergen«, erklärte Alex und hielt den Teller hoch. »Möchten Sie eine sonnengetrocknete Tomate?«

»Nein, danke.« Daniel überlegte einen Moment und sagte dann: »Alex, es geht hier um jemanden, dessen Vertrauen ich nicht enttäuschen möchte.«

Alex sah ihn auffordernd an.

»Nathan Liversedge?«, sagte Daniel vorsichtig.

»Die beiden sind ein Liebespaar, Reverend«, warf Honoria ungehalten ein. »Und zwar schon seit Jahren.«

Daniel schwieg einen Moment, bevor er sagte: »Ach so. Eben deshalb muss ich mit Ihnen reden, Alex. Ich verspreche Ihnen, so diskret wie irgend möglich zu sein. Aber hier läuft eine Mordermittlung, und Ihr Verhältnis mit Nathan wird auf jeden Fall ans Licht kommen.«

»Ich habe ohnehin die Nase voll von dieser Heimlichtuerei«, erwiderte Alex.

»Es ist schließlich schon lange nicht mehr illegal, Alex«, Daniel überlegte kurz, ob Nathan bereits einundzwanzig war, »Sie sind ja beide erwachsen. Wovor haben Sie denn Angst?«

Es sah aus, als unterdrücke Alex ein Lachen, und Daniel kam sich vor, als habe er sich lächerlich gemacht. Doch dann merkte er, dass Alex in Wirklichkeit weinte.

Honoria eilte zu ihrem Bruder und nahm ihn in die Arme, während er zu schluchzen begann. »Alles ist gut, alles ist gut …«, murmelte sie.

Daniel schwieg, betroffen darüber, dass er ein oberflächliches Sexabenteuer vermutet hatte, wo offenbar wahre Liebe vorhanden war.

Als Alex sich nach und nach beruhigte, reichte seine Schwester ihm ein Taschentuch, und er trocknete sich die Augen.

»Gott, ich sehe bestimmt furchtbar aus«, murmelte er und sagte dann zu Daniel: »Sie haben gedacht, ich würde ihn ausnutzen, oder?«

»Nein …« Daniel rief sich zur Ehrlichkeit auf. »Also … vielleicht, schon.«

»Wilder junger Kerl als Lustknabe, wie?«

»Nun, ich habe einfach gemerkt, dass Sie beide versucht haben, etwas zu verheimlichen, und habe daraus falsche Schlüsse gezogen.«

»Ja, die Heimlichtuerei ist notwendig, um uns zu schützen«, erwiderte Alex. »Können Sie sich vorstellen, wie mein Vater darauf reagiert? Und Edgy erst? Keine Hochzeitsglocken und das Diadem der de Floures für mich. Und für Nathan auch nicht. Oh, und wie sich das Dorf darauf stürzen wird. Da können wir gleich nach Sitges auswandern.«

Daniel fragte sich, wo das wohl war.

»Aber woher sollen Sie das auch wissen«, sprach Alex weiter. »Und ja, es fing genauso klischeehaft an, wie Sie sich das vorstellen. Schneller Sex hinter einem Baum, und ich war der Initiator. Ja, ich fand den wilden Jungen scharf, und es war anfänglich eine rein sexuelle Beziehung. Aber eines Tages habe ich gemerkt, dass etwas anders geworden war.«

»Und was war das?«, fragte Daniel.

Alex zuckte mit den Achseln. »Wir haben uns einfach verliebt.«

»Und niemand wusste davon?«

»Nur meine Schwester.«

»Sind Sie irgendwann von jemandem beobachtet worden?«

Alex seufzte. Dann sagte er: »Ja. Von Ned Thwaite. Im Badehaus. Wir lagen zusammen, plötzlich war da ein Gesicht am Fenster. Der notorisch neugierige Ned. Mit seiner Kamera.«

33

Im Studierzimmer stand Detective Vanloo am Fenster und blickte hinaus auf den Rasen des Pfarrhauses und den gepflegten Park dahinter. Schönheit und Ordnung bestimmten hier das Bild, doch im Inneren des Pfarrhauses sah es gerade ganz anders aus.

Vanloo drehte sich zu Daniel um, der so angespannt auf dem Tränensofa saß wie ein Bittsteller.

»Edgy Liversedge hat die Morde gestanden«, sagte Vanloo. »Er ist vor einer Stunde auf dem Revier erschienen.«

»Was? Oh nein, ausgeschlossen … das kann nicht …«

Vanloo seufzte. »Er hat *gestanden*, Reverend. Motiv, Gelegenheit … es passt alles.«

»Aber er war es nicht.«

»Alex baggert Nathan an. Der junge Mann lässt sich ein, vielleicht nur weil er Angst um seinen Job hat, vielleicht findet er aber auch wirklich Gefallen am Sohn seines Arbeitgebers. Anthony ertappt die beiden und droht ihnen, erpresst sie womöglich. Der alte Liversedge kriegt das raus. Er entscheidet, für seinen geliebten Enkel ein Problem zu beseitigen, bevor es sich auswachsen kann.«

Daniel atmete tief durch. Das klang in der Tat erdrückend belastend für Edgy.

»Am Tag der offenen Tür sieht Liversedge abends Anthony in die Kirche gehen …«, fuhr Vanloo fort.

»Was ist mit Norman Staveley?«, fiel Daniel dem Polizisten ins Wort.

»Liversedge beobachtet auch, wie der in die Kirche geht und später wieder herauskommt. Er befürchtet, dass Staveley womöglich auch schon Bescheid weiß über Nathan. Dann geht Liversedge rein, setzt Anthony zu, erfährt, dass Staveley nichts von Nathan weiß. Deshalb ist der Ratsherr auch noch am Leben, vermute ich. Aber Anthony … Liversedge schnappt sich die Gartenschere, die dort herumliegt, und tötet Anthony. Dass da ein Profi am Werk war, wissen wir ja.«

»Und was ist mit Ned?«, fragte Daniel.

»Ned beobachtet Alex und Nathan im Badehaus. Nathan erzählt seinem Opa davon, und der erledigt Ned. Liversedge hat Neds Kamera mit aufs Revier gebracht …«

»Die Canon AE-1?«

»Ja. Kein Film drin, aber eindeutig Neds Kamera. Sein Name steht drauf.«

»Was sagt Nathan?«, fragte Daniel.

»Gar nichts. Reverend, wir müssen uns jetzt offiziell unterhalten. Kommen Sie bitte mit aufs Revier.«

Daniel holte tief Luft. »Ja, natürlich. Ich sage nur rasch meiner Mutter Bescheid.«

In der Küche wälzte Audrey gerade äußerst schwungvoll blutige Nierchen in Mehl. Als Daniel hereinkam, warf sie ihm einen prüfenden Blick zu und sagte: »Nun erzähl mir bloß nicht, dass du unter Verdacht stehst.«

»Nicht direkt.«

»Was soll denn das heißen?«

»Man erwartet, dass ich bei den Ermittlungen behilflich bin.«

Audrey wischte sich die Hände an der Schürze ab. »Das passt jetzt wirklich gerade schlecht. Theo ist extra für deine Nierchen nach Braunstonbury gefahren. Ich habe eigens im Pub eine Flasche Sherry gekauft, damit *du* dein Lieblingsessen bekommst. Ich rede mit dem Detective.«

»Lieber nicht, Mum …«

Aber Audrey rauschte schon hinaus. Cosmo und Hilda zögerten natürlich keine Sekunde, sondern folgten ihr auf dem Fuße.

»Detective Vanloo, ich verstehe nicht, weshalb Sie nun unbedingt unser Abendessen ruinieren müssen«, verkündete Audrey entschieden. »Sie können doch meinen Sohn nicht so herumkommandieren, er ist schließlich keiner Ihrer Polizisten.«

»Ich muss Ihnen doch wohl nicht erklären, dass es sich um eine Mordermittlung handelt, Mrs Clement«, erwiderte Vanloo streng.

Die Hunde schauten zwischen ihm und Daniel hin und her.

»Lassen Sie uns gehen«, sagte er, worauf die beiden Dackel in der Hoffnung auf einen Ausflug mit dem Schwanz wedelten.

Als Daniel die Tür hinter sich schloss, fiel ihm auf, dass Audrey denselben empörten Gesichtsausdruck hatte wie Cosmo und Hilda.

Die beiden Männer stiegen in Vanloos Wagen, aber in dem Moment, als der Detective losfahren wollte, näherte sich plötzlich Theo und signalisierte, dass Daniel das Fenster öffnen sollte.

»Hab ich das Abendessen versäumt?«, fragte Theo.

»Nein, aber bei mir wird es wohl so sein. Ich muss aufs Revier, um eine offizielle Aussage zu machen.«

Theo, der nach Bier und Rauch roch, fragte verblüfft: »Wieso das denn jetzt?«

Vanloo beugte sich zu ihm hinüber. »Neue Entwicklungen im Fall, Sir.«

»Norman Staveley, meinen Sie? Im Pub wurde über nichts anderes gesprochen. Ist er der Täter?«

»Nein«, antwortete Daniel. »Nicht Norman.«

»Doch nicht etwa du?«, fragte sein Bruder.

»Natürlich nicht!«

»Wer denn dann?«

»Wir müssen los, Sir«, erklärte Vanloo, aber Theo rührte sich nicht von der Stelle und sagte schließlich: »Doch nicht etwa Edgy?«

Vanloo und Daniel schwiegen hartnäckig.

Theo lachte. »So ein Quatsch! Edgy kann es gar nicht gewesen sein!«

Jetzt sah Vanloo einigermaßen verblüfft aus.

»Haben Sie mal seine Hände gesehen?«, fragte Theo. »Ich bitte Sie. Daniel, komm, steig aus.«

Das Telefon im Flur klingelte, und Daniel, der gerade die Nierchen in Sherrysoße verdaute, nahm ab.

»Sie hatten recht«, sagte Vanloo. »Er war's nicht.«

»Und das steht absolut fest?«

»Felsenfest. Er kann ja seine Finger kaum krümmen. Ausgeschlossen, dass er mit einer Gartenschere jemanden ersticht. Aber wieso haben Sie mir das nicht gleich gesagt, um Himmels willen?«

Auch diese Frage durfte Daniel nicht beantworten. Denn Edgy hatte ihm nicht nur seine Sünden und seine mörderische Vergangenheit anvertraut. Er hatte auch offenbart, dass er sein tödliches Gewerbe nicht aus Gewissensgründen aufgegeben hatte, sondern weil er aufgrund von Arthritis seine Finger nicht mehr bewegen konnte.

34

»Liebe Gemeinde, ich bin froh, heute bei Ihnen allen sein zu können, um als Ihr Geistlicher in diesen dunklen Zeiten von Ned Thwaite Abschied zu nehmen. Doch lasst uns niemals vergessen, dass wir stets im Lichte Unseres Herrn Jesus Christus leben, einer Helligkeit, die jede Dunkelheit in der Welt überstrahlt.«

Eine Woche war vergangen seit dem aufregenden Tag, an dem der Erbe von Champton House, der Bischof von Stowe und ein Detective Sergeant aus Braunstonbury im Hause Clement zu Gast gewesen waren. So behielt Audrey jedenfalls diesen Tag in Erinnerung; das unrühmliche Ereignis, dass ihr Sohn um ein Haar aufs Revier zitiert worden wäre, um dort in einer Mordermittlung verhört zu werden, hatte sie geflissentlich aus ihrem Gedächtnis verschwinden lassen.

Jetzt blickten alle Anwesenden in St Mary's nach vorne zum Altarraum, wo man für Seine Exzellenz den Bischofsstuhl (eigentlich den ehemaligen Stuhl des Ratsschreibers von Braunstonbury) aufgestellt hatte. Kaplan Gareth, bekleidet mit Soutane, Chorhemd und violetter Stola, stand daneben, um diverse Gegenstände wie Mitra, Bischofsstab und die Predigt zu halten oder anzureichen.

Der Bischof, in puncto Kleidung weniger anspruchsvoll als sein Kaplan, war von Gareth überredet worden, den Chormantel anzulegen, den Daniel zu Hochzeiten trug. Auch auf der Mitra hatte der Kaplan bestanden. Sie war etwas zu weit, da der vorherige Amtsinhaber offenbar einen außergewöhnlich großen Kopf gehabt hatte. Deshalb war die Mitra innen ausgepolstert worden, was den Vorgang des Auf- und Absetzens während der Zeremonien einigermaßen erschwerte.

Da durch die geistlichen Gäste der Altarraum überbesetzt war, hatte Daniel unweit der Bank der de Floures Platz genommen. Die Familie war vollständig anwesend, Bernard hatte darauf bestanden, dass seine drei Kinder an der Trauerfeier teilnahmen. Die trauernde Familie Thwaite saß in der vordersten Bank, wie es die Sitzordnung gebot.

Daniel erinnerte sich an eine peinliche Szene, als er in London bei einer Trauerfeier ein Mitglied der Königsfamilie so korrekt platzieren musste, wie es vom Oberhofmeister vorgeschrieben war. Fehler im Protokoll galten als Majestätsbeleidigung, und er versuchte eilig, der trauernden Familie die richtigen Plätze zuzuweisen, und hastete dann zum Eingang, um die Vertreterin der Königin zu empfangen. Es gab einen unvergesslich schrecklichen Moment, als die Dame ihn anlächelte und er suchend über ihre Schulter blickte, weil er sie mit ihrer Cousine verwechselt hatte.

Der Bischof schien seinen Auftritt nun entgegen seinem anfänglichen Zögern doch zu genießen, denn die Zeremonien waren der glamourösere Teil seiner oft nüchternen Arbeit. Außerdem brachte er das Naturell dafür mit, er war gesellig und redefreudig. Beim Essen oder im Büro konnte das für seine Mitmenschen recht anstrengend sein, aber in Kirchen, Kathedralen und im Parlament kamen ihm diese Charaktereigenschaften zugute. Er strahlte Zuversicht aus, was eine wohltuende Wirkung auf die Gemeinde hatte, die mit Ängsten kämpfte seit jenem Tag, an dem Anthony tot in der Bank gelegen hatte, in der nun Dora und Kath Sharman in ihrem Sonntagsstaat saßen.

Nachdem einige Lieder gesungen worden waren, sprach Katrina Gauchet, die Rektorin der Grundschule, die Trauerrede. Sie würdigte Neds lebenslanges Engagement für Bildung, seine Amtszeit als Rektor und seine Unterstützung, nachdem sie seine Stelle übernommen hatte.

»Ned war ein wunderbarer Freund, der einem immer mit Rat und Tat zur Seite stand. Großzügig stellte er Zeit und Wissen zur Verfügung, der Schule und auch mir bei meinen Aufgaben. Sehr berührt haben mich seine Bemühungen, die französischen Vorfahren meines Mannes aufzuspüren. Neds Tod bestärkt uns in dem Vorhaben der ›uneigennützigen Vermehrung von Wissen‹, wie er zu sagen pflegte, der er sein Leben gewidmet hatte.« Katrina wandte sich zu Jane und den Töchtern. »Aber über alledem war er ein Familienmensch, seiner Frau und seinen Töchtern liebevoll ergeben. Ihnen sprechen wir unser herzliches Beileid aus.«

Angela las aus dem Prediger Salomo: »Ein jegliches hat seine Zeit, und alles Vorhaben unter dem Himmel hat seine Stunde. Geboren werden hat seine Zeit, sterben hat seine Zeit …« Bei dem Wort »sterben« geriet sie ins Stocken, sprach aber dann weiter. »Pflanzen hat seine Zeit, ausreißen, was gepflanzt ist, hat seine Zeit, töten hat seine Zeit, heilen hat seine Zeit …«

Daniel hätte für diesen Anlass nicht diesen Text gewählt. Für eine neunzigjährige Urgroßmutter mit einem erfüllten Leben hätte er ihn als passend empfunden, nicht jedoch bei einem Mann, der viel zu früh auf grausame Weise sein Ende gefunden hatte. Dennoch bewunderte Daniel erneut die tröstliche Schönheit dieser Worte.

»Weinen hat seine Zeit, lachen hat seine Zeit, klagen hat seine Zeit, tanzen hat seine Zeit …«

Daniel betete stumm für die Heilung seiner Gemeinde, für die Rückkehr von Ruhe und Beschaulichkeit, für Gerechtigkeit für die beiden ermordeten Männer, aber auch für die Person oder die Personen, die dem Dörfchen Champton und seinen Einwohnern dieses Leid zugefügt hatten.

Angela sprach langsamer, als sie zum Ende der Passage kam: »Was geschieht, das ist schon längst gewesen, und was sein wird, ist auch schon längst gewesen, und Gott holt wieder hervor, was vergangen ist.«

Danach kehrte Angela in die Bank zurück und ergriff Janes Hand.

Daniel ging nach vorne, verbeugte sich vor dem Kreuz und betrat den Altarraum. Dann blickte er auf seine Gemeinde: die Thwaites ganz vorne, die Sharmans ganz hinten, die de Floures in der Familienbank und zwischen den anderen Einwohnern von Champton Detective Vanloo und Mr Williams, der Bestatter, mit seinen Angestellten.

»Vergangene Woche«, begann Daniel, »sprachen der Bischof und ich über die Geschehnisse der letzten Zeit in Champton, und ich bin ihm in großer Dankbarkeit verbunden für seine Beratung und seine heutige Anwesenheit.« Er wandte sich dem Bischof zu und deutete eine Verbeugung an.

»Etwas, das Seine Exzellenz über Wahrnehmung gesagt hatte«, fuhr Daniel fort, »hat sich mir nachhaltig eingeprägt. Es war folgender Gedanke: Manchmal müssen wir einen Schritt zurücktreten, um das Große und Ganze erkennen zu können. Denn manchmal entgeht uns das vollständige Bild, weil wir Details zu dicht vor Augen haben. Dann sollten wir einen Schritt zurücktreten, um zu erkennen, wie sich das Detail, das uns so beschäftigt, ins Gesamtbild einfügt.«

Inzwischen begab sich die Gemeinde spürbar in den Zustand stiller Unaufmerksamkeit, die sich bei Gottesdiensten häufig einstellt.

»Vor wenigen Wochen kamen wir zusammen, um Ostern zu feiern«, fuhr Daniel fort. »Mit Sonnenaufgang wurde die Dunkelheit des Karfreitags durch das Licht des auferstandenen Jesus Christus verbannt. Wie Maria und die Apostel, die den Leichnam Jesu zu ihrem Erstaunen im Grabe nicht fanden, müssen auch wir uns nun in einer Welt zurechtfinden, die aussieht wie zuvor, die jedoch verändert wurde.«

Einer der Bestatter warf einen Blick auf seine Uhr.

»Dieses Wunder des unerwarteten Lebens, wo Tod vermutet wurde, wird ebenfalls sichtbar in der Geschichte der Israeliten, die durstig und erschöpft gegen Mose in der Wüste aufbegehren. Doch als er mit seinem Stab gegen einen Felsen schlägt, entspringt eine Quelle daraus, und das Volk Israel kann seinen Durst löschen.« Daniel hielt einen Moment inne und sprach dann weiter. »Von lebensrettender Erfrischung und dem Leben nach dem Tode zu sprechen mag schwierig sein, wenn uns ein schmerzhafter Verlust Leid bereitet.«

Jane Thwaite begann wieder zu weinen, und ihre Töchter streichelten ihr die Hände. Angela blickte zu Daniel auf.

»Wir wissen, dass Ned Thwaite in die Ewigkeit Gottes eingehen wird wie auch Anthony Bowness und wir alle irgendwann. Dennoch wünschen wir uns, dass unsere Toten lebendig zur Tür hereinkommen, als wäre nichts geschehen. Was also nützen uns Vorstellungen von einem Ort, an dem die Toten weiterleben, wenn wir ihn nicht sehen und nicht hören und nicht aufsuchen können?« Daniel ließ den Blick über die Gemeinde schweifen. »Doch wir müssen … wir müssen …«

Er geriet ins Stocken und verstummte dann vollständig. Er blickte nur über die Menge. Nach einigen Sekunden Stille schauten einige Anwesende auf, und einer der Bestatter erhob sich, weil er annahm, die Predigt sei vorbei und man müsse sich zum Sarg begeben. Das Schweigen dehnte sich aus, Daniel rührte sich nicht. Wer in Gedanken abgeschweift war, dachte jetzt, er habe eine Schweigeminute eingeleitet, und richtete sich feierlich auf.

Schließlich, nachdem etwa zwei Minuten vergangen waren, trat der Kaplan zu Daniel und flüsterte: »Ist etwas nicht in Ordnung?«

Doch Daniel hörte nicht zu. Er war in Gedanken bei dem Moment am Bach, an jenem Morgen von Anthonys Bestattung, als die Bewegung der Erlen sich in den Wirbeln des Wassers spiegelte und die Membran zwischen dieser und einer anderen Welt durchlässig geworden war.

»Reverend Clement, was ist mit Ihnen?«, raunte der Kaplan jetzt drängender.

Und so war es auch in diesem Moment, als Daniel auf seine Gemeinde blickte und zum ersten Mal die tiefer liegende Bedeutung erfasste. Plötzlich wusste er, warum die Morde geschehen waren. Und er wusste, wer sie begangen hatte. Und in dem verschwommenen See von Gesichtern konzentrierte er sich auf eines: auf das von Detective Vanloo.

35

Bob Achurch geleitete den Bischof hinaus, gefolgt von Daniel und dem Kaplan. Danach kamen die Träger mit dem Sarg, hinter dem Jane und ihre Töchter hergingen.

Draußen fragte der Bischof: »Geht es Ihnen schlecht, Reverend? Was war da gerade los?«

»Es tut mir leid, ich werde nicht mitkommen können zum Krematorium.«

»Also, ich kann auch nicht. Dann müssen Sie den Rest der Zeremonie übernehmen, Gareth. Wollen Sie sich setzen, Daniel?«

»Nein. Ich muss dringend mit dem Detective sprechen, der an der Trauerfeier teilgenommen hat.«

Audrey gelang es jetzt, zu ihrem Sohn vorzudringen, im Schlepptau Detective Vanloo.

»Daniel, was war los mit dir?«, fragte Audrey aufgeregt. »Du hast ausgesehen, als hättest du einen Anfall.«

»Nein, Mum, ich hatte eine Eingebung.«

»Also, du solltest sofort etwas trinken. Tee? Oder lieber einen Whisky?«

Daniel reagierte nicht darauf, sondern wandte sich an Vanloo. »Ich muss mit Ihnen reden.«

»Habe ich fast vermutet«, erwiderte der Polizist. »Unter vier Augen? Wo?«

»Gehen wir ins Pfarrhaus, hintenherum, um der Menge auszuweichen. Kümmerst du dich bitte um den Bischof, Mum?«

Audrey betrachtete ihren Sohn forschend. »Ja, sicher. Aber was soll ich Bernard sagen?«

»Dass ich rüberkomme, sobald ich kann. Und er soll dafür sorgen, dass alle Einheimischen dort bleiben, bis ich da bin.«

Jane und ihre Töchter traten zu ihm. »Reverend, was ist mit Ihnen?«

»Es tut mir sehr leid, ich kann die Zeremonie nicht weiter ausführen. Der Kaplan des Bischofs wird das übernehmen.«

»Müssen wir uns Sorgen um Sie machen?«

»Nein, alles in Ordnung. Wir sehen uns später drüben im Herrenhaus.«

Bevor noch mehr Menschen ihn ansprechen konnten, eilten Daniel und Vanloo auf dem Umweg zum Pfarrhaus, wo sie sich in der Küche am Tisch niederließen. Die Hunde machten zunächst ihr übliches Spektakel, gaben dann aber schneller Ruhe als sonst, und Daniel fragte sich, ob seine Dackel vielleicht seherisch begabt waren.

»Also, Reverend, Sie sehen wirklich nicht gut aus«, sagte Vanloo. »Drink?«

»Ich weiß, wer die Morde begangen hat. Und ich weiß auch, warum. Sie sollten so schnell wie möglich Ihre Leute zu Stella Harpers Haus schicken.«

36

Bernard stand im Salon, erneut in seiner Rolle als großzügiger Spender von Sekt, Wein und Sandwiches. Allerdings sinnierte er diesmal nicht trübsinnig über die Kosten seiner Gastfreundschaft, sondern beobachtete verärgert den in Purpurrot gewandeten Prälaten, der den Lord schlichtweg ignorierte. Stattdessen unterhielt sich der geistliche Würdenträger angeregt mit Alex. Der betrachtete gerade interessiert die Seidenquasten, welche von einem Kummerbund hingen, der gewaltig mit der Leibesfülle des Bischofs zu kämpfen hatte.

Audrey Clement hatte Bernard ausgerichtet, er solle Drinks und Snacks unbedingt so lange nachfüllen lassen, bis Daniel und Vanloo zu der Gesellschaft stießen. Besonders lästig war dabei die Tatsache, dass die Sharman-Schwestern, die solche Aufgaben normalerweise erledigten, nirgendwo aufzufinden waren. Stattdessen übernahm Mrs Shoreley mit steinerner Miene die Bewirtung, assistiert von Honoria, der das sichtlich Spaß machte. Bernard passte es allerdings überhaupt nicht, dass seine Tochter als Hauspersonal fungierte, denn ihm lag daran, soziale Unterschiede zu erhalten.

Anne Dollinger belagerte jetzt ebenfalls den Bischof, und je länger das andauerte, desto länger würde Bernard sich in Geduld fassen müssen, um einige wichtige Dinge mit dem Prälaten zu klären.

Hugh unterhielt sich gerade mit Katrina und Hervé Gauchet über ethnische Vielfalt, wie sie in Kanada, einem Einwanderungsland, üblich war. Ein Großteil der kanadischen Bevölkerung hatte Gene von Ureinwohnern sowie von französischen und schottischen Einwanderern.

Nathan Liversedge, mit Kleidung ausstaffiert, die sein Sonntagsstaat zu sein schien, stopfte Sandwiches in sich hinein, um den Fragen von Nicolas Meldrum auszuweichen. Der Verwalter erkundigte sich nämlich gerade nach dem Verbleib der geschützten Fledermauskolonie in den alten Stallungen, die urplötzlich verschwunden war.

Dot und Norman Staveley hatten sich eingefunden, um die Schmach des Mordverdachts wettzumachen, die sich aber gar nicht als so dramatisch erwies. Dot versuchte sogar hartnäckig, Audrey davon zu überzeugen, dass Theo zum Tag der offenen Gärten eingeladen werden solle, als zusätzliche Attraktion zu Daniels üblichem Angebot von Marmeladen und Chutneys.

»Ich kann ihn fragen, Dot«, erwiderte Audrey, »aber demnächst beginnen die Dreharbeiten für eine neue Fernsehserie, ich weiß nicht, ob er da Zeit hat.« Um das Gespräch zu beenden, fügte sie dann hinzu: »Ich finde übrigens, dass ihr ja *so* tapfer seid.«

Ganz Champton, wie es leibt und lebt, dachte Bernard bei sich, aber die lebhafte Stimmung wurde sofort gedämpfter, als Jane Thwaite mit ihren Töchtern hereinkam. Jane sah erschöpft und verweint aus und nahm sich sofort ein Glas Sekt. Auch Gillian wirkte vollkommen verstört, Angela dagegen setzte eine steinerne Miene auf, als die beiden Schwestern ihre Mutter flankierten, um die Beileidsbekundungen entgegenzunehmen. Wie schön Angela gelesen habe, hieß es, und Ned sei ja so ein wunderbarer Mensch gewesen …

Der Bischof war langsam rückwärtsgegangen, um Anne Dollinger abzuschütteln, und dabei, ohne es zu merken, in Bernards

Nähe geraten. Diese Gelegenheit ließ der Hausherr nicht ungenutzt verstreichen.

»Exzellenz, wie großartig, dass Sie kommen konnten!«

Der Würdenträger drehte sich ruckartig um.

»Könnte ich wohl kurz etwas mit Ihnen besprechen?«

»Selbstverständlich. Ich hatte mich bereits über Ihre interessanten Umbaupläne für die Kirche unterhalten …«

»Pläne, genau: Pläne! Darüber wollte ich auch mit Ihnen reden …« Kurz entschlossen nahm Bernard den Bischof am Arm, um ihn in eine ruhige Ecke zu steuern.

Doch Bernard war etwas entgangen. Nicht ganz Champton war anwesend.

Alex war der Erste, dem die Rauchsäule am See auffiel.

Auch Detective Vanloo, der im Studierzimmer mit Daniel auf einen Streifenwagen wartete, bemerkte bei einem Blick aus dem Fenster den Rauch, der sich an diesem windstillen Nachmittag schnell ausbreitete.

»Woher kommt dieser Qualm, Reverend?«, fragte er.

»Vom Park wahrscheinlich. Sie verbrennen dort sicher Lärchen, Meldrum hat kürzlich die Hecken am See stutzen lassen.«

»Aber das ist die falsche Art von Rauch.«

Während Daniel noch überlegte, wie man wohl Raucharten unterscheiden konnte, wurde ihm die Ursache schlagartig klar.

»Detective, das Badehaus!«

In diesem Moment hörten sie auch den Streifenwagen auf dem knirschenden Kies vor dem Haus halten, und die Hunde begannen in der Küche sofort mit ihrem üblichen Radau.

Vanloo eilte hinaus, gefolgt von Daniel. Der Detective gab den uniformierten Polizisten rasche Anweisungen, worauf das Blaulicht eingeschaltet wurde und der Wagen davonraste.

»Wir müssen sofort zum Badehaus, Reverend«, sagte Vanloo drängend. »Können wir Ihren Wagen nehmen?«

Daniel hastete zurück ins Haus, um die Schlüssel zu holen. Cosmo und Hilda waren jetzt völlig außer Rand und Band, weil sie die ganze Aufregung als Vorzeichen für ein spannendes Abenteuer deuteten.

»Ich fahre«, erklärte Vanloo sofort, und kurz darauf holperten sie in dem rasselnden Land Rover Richtung Park.

»Feuerwehr ist unterwegs«, berichtete Vanloo dabei knapp. »Und Sie hatten recht mit Stella Harper.«

»Oh nein!«

»Tot im Sessel vor dem laufenden Fernseher. Vorhänge zugezogen. Wieso ist das keinem aufgefallen?«

»Es ist hier Brauch, aus Respekt gegenüber den Toten die Vorhänge geschlossen zu halten, wenn der Leichenwagen vorbeifährt. Wie ist sie gestorben?«

»Ist noch nicht klar«, antwortete Vanloo. »Sie war im Morgenmantel, auf dem Tisch ein Teebecher und ein Teller mit einer Kuchengabel. Der Kuchen stand in der Küche.«

»Walnusskuchen?«

»Ja. Woher wissen Sie das?«

»Das war ihr Lieblingskuchen.«

Die Rauchsäule wurde jetzt dicker, und als sie sich dem Badehaus näherten, sah Daniel, dass bereits Flammen aus den Fenstern schlugen. Auch das Getöse des Feuers war bereits zu hören. Das Blaulicht vom Streifenwagen mischte sich in das Rot, und in sicherer Entfernung von dem brennenden Gebäude standen drei Gestalten: die beiden Polizisten und eine kleinere, die den Männern kaum bis zur Schulter reichte. An ihrer Haltung konnte Daniel auch auf diese Distanz erkennen, dass es sich dabei um Dora Sharman handelte.

Sobald sie ausgestiegen waren, eilte er zu ihr. »Wo ist Ihre Schwester, Dora?«

Mit steinerner Miene wies sie auf das Badehaus, das in Rauch und Flammen kaum noch zu erkennen war. »Da drin.«

»Herr, erbarme dich unser«, sagte Daniel laut.

»Sie ist gleich nach der Trauerfeier verschwunden«, sagte Dora. »Hat Sie wahrscheinlich mit dem Polizisten gesehen. Ist es Ihnen während der Predigt klar geworden?«

»Ja.«

»Dachte ich mir. Und sie hat es wohl auch geahnt. Ich hatte mich schon gefragt, wann Sie es begreifen würden. Wie sind Sie auf Kath gekommen?«

»Als ich Sie beide in ihrer Bank sitzen sah«, antwortete Daniel. »So wie Sie immer sitzen. Hände im Schoß verschränkt, Kopf zu einer Seite gelegt.«

»So hat man uns das in der Sonntagsschule beigebracht. Aber was war daran ungewöhnlich?«

»Ich habe genau diese Haltung bei einer der Figuren auf dem Wandgemälde im Badehaus gesehen. Genau so, wie Sie immer sitzen. Da wurde mir schlagartig klar, dass eine von Ihnen beiden die Morde begangen hatte. Sie hatten mir ja auch gesagt, dass Sie während des Krieges in Norfolk waren und Kath hierblieb. Plötzlich sah ich die Zusammenhänge.«

»Welche?«, fragte Vanloo.

»Was mit Kath passiert war. Wussten Sie das, Dora?«

»Natürlich.«

»Nein, ich meine, was Kath getan hatte?«, fragte Daniel.

Dora zögerte. »Es gibt solches und solches Wissen«, antwortete sie schließlich und warf einen Blick auf Vanloo. »Mehr sage ich dazu nicht.«

Mit ohrenbetäubendem Krachen stürzte jetzt der Dachstuhl

des Badehauses ein. Funken wirbelten durch den Qualm, und zischend stieg Dampf auf, als die rot glühenden Balken in den See fielen.

Auf der Terrasse des Herrenhauses, einen Kilometer entfernt, dachte Alex de Floures an das Ende der *Götterdämmerung*, als Walhall in Flammen steht.

»Fantastisch«, sagte er laut, aber nur seine Schwester Honoria hörte ihn.

37

Bernard schenkte Drinks für die ganze Runde ein. In der Bibliothek saßen Daniel, Detective Vanloo, die drei de Floures-Kinder sowie Audrey und Theo. Durch die Fenster sahen sie, wie die Feuerwehr die brennenden Überreste des Badehauses mit Wasser aus dem See besprühte. Man hatte eine verkohlte Leiche gefunden, etwa 1,60 groß, vermutlich weiblich.

Daniel und Vanloo rochen nach Rauch, was alle in bedrückte Stimmung versetzte – bis auf Audrey, die regelrecht aufgekratzt war.

»Kath Sharman!«, rief sie aus. »Wie kann denn eine so kleine und dünne Person in ihrem Alter zwei ausgewachsene Männer umbringen?«

»Sie kannte sich wahrscheinlich gut aus«, mutmaßte Bernard.

Daniel nickte. »Ja, das denke ich auch. Dieses Haus war während des Krieges nämlich nicht nur ein Lazarett.«

»Genau«, bestätigte Bernard. »Sondern Trainingszentrum für eine Spezialeinsatztruppe des britischen Geheimdienstes. Männer und Frauen, die mit der Résistance zusammenarbeiteten. Um sie einzuweisen, waren auch französische Geheimdienstoffiziere hier. Der Künstler, der die Szene im Badehaus gemalt hat, war einer von ihnen. Und Kath Sharman, die hier Küchenmädchen oder Stubenmädchen war – ich weiß nicht mehr genau, was – gehörte zum Personal, das die Franzosen betreute. Da hat sich dann wohl einiges ergeben …«

»Eine Liebesaffäre«, schlussfolgerte Audrey messerscharf. »Zwischen einer Hausangestellten und einem schmucken französischen Offizier.«

»Ja, so war es wohl«, sagte Bernard. »Und diese Hausangestellte übertrat eine Grenze. Ich meine nicht die soziale Grenze, die war während des Krieges schon durchlässig geworden – warum auch darauf achten, wenn in der Welt das Chaos tobte. Nein, ich meine die Grenze zwischen Militär und Zivilisten, die wir Briten immer sehr ernst nahmen, die Franzosen aber wohl weniger. Vor allem die Künstlertypen nicht.«

Honoria sah ihren Vater fragend an. »Willst du damit sagen, dass Kath von ihrem Geliebten für diese Spezialeinheit angeworben wurde?«

»Denkbar wäre es …«

»Aber manchmal sind Frauen auch ohne Spezialausbildung zu Dingen fähig, die man ihnen nicht zutraut«, gab Audrey zu bedenken. »Für uns im Dorf waren die beiden Sharman-Schwestern einfach nur zwei altjüngferliche Damen, die in ihrem kleinen Cottage lebten, an einem Ort, an dem die Menschen noch auf Flugzeuge am Himmel deuten.«

»Damals hingegen gehörten sie hier im Haus einer verschworenen Gemeinschaft an«, bemerkte Bernard.

»In der Kath zum Töten ausgebildet wurde«, sagte Alex. »Warum hat sie sich wohl darauf eingelassen?«

»Nun, ich vermute aus Liebe«, antwortete sein Vater.

»Und der französische Maler hat Kath aus Liebe in diesem Wandbild im Badehaus verewigt«, sagte Daniel.

»Und ihr Geliebter, der Maler, kam dann bei dem Flugzeugabsturz im Park ums Leben«, erzählte Bernard. »Kath muss den Absturz gehört haben, vielleicht sogar gesehen.«

»Alles, was von ihm blieb, war das Wandgemälde mit seiner

Geliebten Kath darauf«, sagte Daniel. »Vermutlich ist das niemandem je aufgefallen. Aber ich fühlte mich sofort daran erinnert, wie sie immer in der Kirche saß. Sehr konzentriert, eines der wenigen Gemeindemitglieder, das immer aufmerksam zuhörte.«

Die anderen blickten alle etwas betreten, bis auf Bernard, der den Seitenhieb nicht bemerkt hatte.

»Und so ist Ihnen also klar geworden, dass Kath früher in Beziehung zu den hier einquartierten Franzosen stand«, schlussfolgerte Bernard. »In einer intimen Beziehung überdies.«

»Aus der vielleicht ein Kind hervorging?«, warf Vanloo ein.

Bernard nickte. »Ja, denkbar. Ich erinnere mich, dass Kath irgendwann auf unserem Gut in Norfolk auftauchte, das muss ungefähr 1948 gewesen sein. Dora war als Zofe meiner Mutter schon dort. Und ich weiß noch, dass Dora besorgt wirkte und sich viel um ihre Schwester kümmerte.«

»Dann hat sie das Kind zur Welt gebracht?«, fragte Vanloo.

»Ich denke, ja. So haben mein Vater und der Pfarrer das damals geregelt. Unverheiratete schwangere Dienstboten wurden nach Norfolk oder Argyl geschickt, um das Kind in aller Stille zur Welt zu bringen. Und dann wurde es irgendwo in einer Familie untergebracht.«

Audrey nickte. »Dann kam die Arme wieder zurück, alle wussten Bescheid, aber sie durfte weder über ihren Geliebten noch über ihr Kind reden, obwohl sie in tiefer Trauer war. Also hat sie beide in ihrem Herzen begraben, für immer. Wie entsetzlich traurig.«

»Pfarrer Dolben hat mir einmal etwas erzählt über …«, begann Daniel, wurde aber von Detective Vanloo unterbrochen.

»Hervé Gauchet?«

»Ja, halten Sie das nicht auch für naheliegend? Aber ich glaube, er weiß nicht, dass Kath seine Mutter ist.«

»War«, korrigierte Honoria. »Aber das alles erklärt doch überhaupt nicht, warum sie Anthony und Ned umgebracht haben soll.«

»Ich meine den Grund zu kennen«, sagte Daniel. »Wo saßen Dora und Kath immer in der Kirche?«

»Na, ganz hinten links«, antwortete Audrey.

»Und warum ganz hinten?«

»Weil man in Champton die Reihen immer von hinten auffüllt«, sagte Alex.

Daniel schüttelte den Kopf. »Weil sie dort nicht beobachtet wurden.«

»Aber wobei denn?«, fragte Theo.

»Beim Weinen. Die beinharte Kath, die sich nie Gefühle anmerken ließ und ihre Trauer in sich vergrub. Dort in der Kirche ganz hinten merkte nur Dora, wenn ihrer Schwester die Tränen übers Gesicht rannen.«

»Dennoch: Was war die Ursache für die Morde?«, fragte Bernard.

»Dass ich mich dafür ausgesprochen habe, eine Toilette in der Kirche einzubauen. Dann hätte die hinterste Bank zumindest an eine andere Stelle gerückt, vielleicht sogar entfernt werden müssen. Die Vorstellung, diesen angestammten Platz zu verlieren, an dem sie ihre Trauer leben konnte, muss unerträglich gewesen sein für Kath. Da muss irgendetwas in ihr zerbrochen sein.«

»Aber ich verstehe nicht, warum Kath Anthony umgebracht haben soll«, sagte Audrey. »Sie kommt also in die Kirche und sieht Anthony beten. In ihrer Bank?«

»Er hat nicht gebetet«, erwiderte Daniel.

»Anthony kniete auf einem Kissen in einer Bank. Was soll er denn sonst gemacht haben?«

»Erinnerst du dich an das Vorhaben, das Alter der Bänke zu

überprüfen?«, sagte Daniel. »Jemand hatte gesagt, dass es wesentlich schwieriger wäre, sie zu entfernen, wenn sie aus dem Mittelalter stammten. Aber als Bernard und ich Anthonys Unterlagen durchsahen, stieß ich auf das Protokollbuch aus der Tischlerei von 1880. Darin gab es einen Eintrag für Kirchenmobiliar – möglicherweise Bänke. Wenn ein Tischler des Anwesens sie angefertigt hatte, würde er sie mit seinem Zeichen versehen haben. Ich glaube, dass Anthony an diesem Abend die Bank untersucht hat, um zu sehen, ob sie tatsächlich aus der viktorianischen Zeit stammte. Falls sich das bestätigt hätte, dann hätte man sie problemlos entfernen können, und Kath hätte ihren Stammplatz verloren.«

Audrey wirkte noch immer nicht überzeugt. »Aber woher soll Kath denn gewusst haben, was er da machte?«

»Am Tag der offenen Tür arbeitete Anthony in seinem Büro neben der alten Küche«, antwortete Daniel. »Kath und Dora mussten Führungen in der Küche und auf dem Dachboden machen. Ich weiß noch, dass Kath sich über das viele Treppensteigen beklagte. Dann fühlte sich Anthony durch Alex gestört und ging weg. Wahrscheinlich ließ er das Protokollbuch des Tischlers offen auf dem Tisch liegen. Ich vermute, dass Kath es entdeckt und verstanden hat, was das bedeuten würde. Später ging sie in die Kirche, um ihre Vermutung zu überprüfen, und fand dort Anthony vor, der schon damit beschäftigt war. Sie wollte verhindern, dass er seine Informationen weitergibt.«

»Und deshalb hat sie ihn umgebracht! Großer Gott!«, rief Audrey aus.

»Die Gartenschere war gerade greifbar, eigentlich keine ideale Waffe, aber Kath war ja geschult im Töten. Sie riss seinen Kopf zurück und stach die Klinge in die Halsschlagader. Er muss binnen Sekunden bewusstlos gewesen sein. Und dann ging Kath einfach unbeobachtet nach Hause. Nur Dora wird ihre Abwesenheit bemerkt haben.«

»Und Ned?«, fragte Audrey weiter.

»War auf Kaths Vergangenheit gestoßen. Er assistierte Katrina Gauchet bei der Vorbereitung des Schulprojekts für den Jahrestag des Kriegsbeginns nächstes Jahr. Sie planten, die Atmosphäre in Champton damals historisch zum Leben zu erwecken. Deshalb interviewte Ned Zeitzeugen und befragte sie nach ihren Erinnerungen an die Freien Französischen Streitkräfte. Er besuchte dafür auch den alten Gilbert Drage, als der gerade in seinem Garten arbeitete. Die Sharmans wohnen ja nebenan, und vermutlich hat Kath gehört, wie Gilbert sich über die Franzosen ausließ, auf die er nie gut zu sprechen war. Kath fürchtete wahrscheinlich, dass er ihr Geheimnis auch ausplaudern würde.«

»Und nachdem sie schon einmal getötet hatte, schreckte sie auch vor einem zweiten Mord nicht zurück«, schlussfolgerte Audrey.

Daniel nickte. »Ja. Und dann kamen noch Neds Nachforschungen zu dem Wandgemälde dazu. Das Bild faszinierte ihn, und er wollte es fotografisch dokumentieren. Vielleicht hat Kath ihn dabei gesehen, oder aber sie hielt sich schon im Badehaus auf. Ich glaube übrigens auch, dass sie die Person war, die sich regelmäßig dort aufgehalten hat. Und dann nahm sie diesen Klappanker, schlich sich an, schlug Ned damit nieder und rollte ihn in den See.«

»Aber müsste sie danach nicht voller Blut gewesen sein?«, warf Alex ein. »Und erst recht bei dem Mord an Anthony?«

»Kath stand hinter ihm, das Blut ist nach vorne gespritzt. Und bei Ned … sie könnte sich im Badehaus gesäubert haben. Außerdem trug sie ja immer Schwarz, falls jemand sie gesehen haben sollte, wäre das vielleicht nicht aufgefallen.«

»Manchmal bricht bei einem ersten Mord ein Damm«, bemerkte Detective Vanloo. »Und jemand muss immer weiter morden.«

»Zum Glück nur zweimal«, sagte Hugh.

»Nein, bedauerlicherweise nicht«, erwiderte Daniel. »Ich muss euch leider mitteilen, dass Stella Harper heute Nachmittag tot in ihrem Haus aufgefunden wurde.«

Ein Raunen ging durch die Gruppe, und Audrey sagte: »Ich habe mich schon gewundert, warum sie nicht bei der Trauerfeier war.«

»Wir können im Augenblick noch nichts dazu sagen«, erklärte Vanloo.

»Die Bänke!«, rief Theo aus. »Als ich die Sharman-Schwestern besucht habe, um ihnen Fragen zu Daniel zu stellen, erwähnte Dora, dass Stella den Kampf um die Bänke aufgegeben habe. Kath wirkte regelrecht schockiert, was mir als Reaktion völlig übertrieben vorkam. Aber jetzt ergibt das Sinn. Stella hatte sich für den Erhalt der Bänke eingesetzt, dann aber plötzlich nicht mehr.«

Daniel runzelte die Stirn. »Was war denn da passiert? Stella gab sich doch eigentlich nie geschlagen …« Plötzlich kam ihm ein Verdacht. »Mum, hattest du etwas damit zu tun?«

Audrey richtete sich kerzengerade auf. »Ich habe mit ihr darüber gesprochen, ja. Meine Argumente vorgebracht. Und sie zur Vernunft gebracht.«

»Aber wäre das ausreichend für einen Mord?«, gab Honoria zu bedenken.

»Kath war ein unversöhnlicher Mensch«, sagte Bernard. »Das hat sie bestimmt als Verrat empfunden.«

»Walnusskuchen«, murmelte Audrey.

»Walnusskuchen?«, wiederholte Daniel.

»Als ich gestern vom Pub nach Hause kam«, erklärte Audrey mit Blick in die Runde, »da hatte ich Sherry für die Nierchen zum Abendessen gekauft, weil der Bischof unsere Vorräte geleert hatte ... jedenfalls sah ich da Kath mit einem Kuchenbehälter vor Stella Harpers Haustür. Stella liebte Kaths Walnusskuchen. Hat der vielleicht etwas mit ihrem Tod zu tun, Detective?«

»Wie gesagt, Mrs Clement«, erwiderte Vanloo, »wir können jetzt noch nichts über die Todesursache ...«

»Aber wieso kannte Kath sich mit Gift aus?«, fragte Theo, der bereits weitergedacht hatte.

»Ihr Vater war hier Jagdaufseher«, antwortete Bernard. »Er hatte immer Vorräte von Arsen und Strychnin und Ähnlichem. Vermutlich finden sich solche Chemikalien auch in Edgys Schuppen.«

»Und man darf nicht vergessen, dass es hier im Haus während des Krieges ein Labor gab«, ergänzte Daniel. »Da wurde bestimmt nicht mit harmlosen Substanzen herumgespielt.«

»Ja«, bestätigte Bernard. »Als wir damals ins Haus zurückkehrten, sah es aus, als seien die Franzosen vollkommen überstürzt aufgebrochen. Sie haben alles so zurückgelassen, wie es war.«

Alex nickte. »Stimmt, ich habe auch in einem der Schuppen Reagenzgläser und Tiegel mit Gott weiß was gefunden. Einen Teil davon habe ich für ein Happening verwendet.«

»Kath muss so verzweifelt gewesen sein«, sinnierte Honoria. »Ihr ganzes Leben lang hat sie dieses Geheimnis und diese Trauer mit sich herumgetragen. Und ihr Sohn. Großer Gott, wie muss das für ihn sein, wenn er das alles zu hören bekommt?«

»Tja ...« Daniel seufzte. »Vielleicht hat Kath deshalb beschlossen, ihrem Leben ein Ende zu setzen. Damit sie nicht miterleben muss, wie Hervé von ihren Taten erfährt ...«

38

Am Wochenende des Blumenfestivals erstrahlte St Mary's in üppiger floraler Pracht.

Im Vorfeld hatte es bei der Versammlung eine heftige Debatte darüber gegeben, ob man es nicht lieber ausfallen lassen sollte. Anne Dollinger vertrat diesen Standpunkt, aus Achtung gegenüber Stella Harper, »ohne die unser Blumenfestival ohnehin eine klägliche Veranstaltung sein wird«.

Andere waren der Meinung, dass Festivitäten unangebracht seien, weil Champton gerade vier seiner Mitbürger verloren hatte. Denn es war in der Tat die Leiche von Kath Sharman, die man aus den verkohlten Überresten des Badehauses geborgen hatte.

Doch Audrey traf einen Nerv, indem sie verkündete, in der Natur ebenso wie im Glauben ginge das Leben immer weiter. So schlimm ein Verlust auch sein möge, es gäbe stets neue Hoffnung und Neuanfänge. »Deshalb ist das Blumenfestival jetzt doch genau das Richtige für uns alle!«

»Hört, hört«, sagte Norman Staveley, und seine Frau Dot lächelte. Der Ratsherr fühlte sich nach der Krise, in der sein Ruf Schaden genommen hatte, befreit und erlebte einen wohltuenden Neuanfang, auch in seiner Ehe.

Margaret Porteous protestierte, um in der durch Stellas Tod entstandenen Lücke sofort ihre Autorität zu demonstrieren, und schlug vor, wenigstens ein ernsteres Thema für das Festival anzustreben. »Gedenken« vielleicht? Mit Rosmarin und Lilien? Doch

Audrey konterte mit dem unschlagbaren Argument, dass es wohl nichts Passenderes als die unergründlichen Weiten des Weltraums gäbe, um Menschen zu würdigen, die diese Welt verlassen hatten und nun in einer anderen weilten.

Als Daniel jetzt von der Orgelbank auf der schmalen Empore im Westteil des Kirchenschiffs hinunterblickte, sah er einige Blumenarrangements, die ihn in ihrer rot leuchtenden Farbigkeit recht explosiv anmuteten. Von Mrs Braines hatte er erfahren, dass damit die Aufregung über die Erkundung des Weltraums ausgedrückt werden sollte.

Andere hatten sich um eine Darstellung des Firmaments bemüht, ganz besonders Alex und Honoria. Sie hatten aus grünem Steckschaum Himmelskörper gestaltet und mit Blumen gespickt. Die Arrangements hingen nun an Drähten von der Decke und tropften, frisch gewässert, den Besuchern auf den Kopf.

Die Worte Galileo Galileis, *und sie bewegt sich doch*, kamen Daniel in den Sinn. Auf dem Anwesen war allerdings vieles ins Stocken geraten, seit Edgy und Nathan Liversedge mitten in der Nacht Champton verlassen hatten und zu neuen Ufern aufgebrochen waren. Und auch beim Blumenfestival fehlten die beiden, doch Theo – weitaus praktischer veranlagt als sein Bruder – erwies sich als sehr nützlich und hatte mit angepackt. Und er bekam sogar Gelegenheit, sich auf seine Rolle als Seelsorger in der Fernsehserie vorzubereiten, denn Alex litt seit dem Verschwinden seiner großen Liebe an gebrochenem Herzen, und Theo nahm sich seiner an. Daniel dagegen machte sich noch immer Vorwürfe, dass er die Beziehung zwischen Nathan und Alex so falsch eingeschätzt hatte und den beiden deshalb nicht stärkend hatte zur Seite stehen können, wie es sein Beruf eigentlich verlangte.

Daniel hatte persönlich die Aufgabe der musikalischen Untermalung des Blumenfestivals übernommen und spielte auf der altehrwürdigen Orgel mit den drei Manualen schlichte Stücke aus dem achtzehnten Jahrhundert, die sowohl ihm selbst als auch dem Instrument entgegenkamen. Um vergnügliche Akzente zu setzen, hatte er immer wieder Teile von Stücken eingefügt, die in Zusammenhang mit Blumen standen, wie das Blumenduett aus der Oper *Lakmé*. Letzteres hatte für große Begeisterung gesorgt, weil es gerade für einen Werbespot von British Airways benutzt worden und deshalb allgemein bekannt war.

Die Familiengruft der de Floures war heute geöffnet. Margaret Porteous hatte die Aufgaben von Anthony und Ned übernommen und erzählte den Besuchern die Geschichte des Adelsgeschlechts in einem Tonfall, als stehe sie gerade bei Klatsch und Tratsch im Postamt.

Daniel fragte sich, welche Geschichten man wohl später über die heutigen Familienmitglieder zu erzählen haben würde. Der gegenwärtige Lord de Floures machte sich jedenfalls wenig Gedanken über die Nachwelt, sondern war eher mit Schadensregulierern und Versicherungen beschäftigt und erörterte gerade mit Nicolas Meldrum in der Bibliothek die Frage, welche finanziellen Vorteile man aus dem tragischen Verlust des Badehauses ziehen könnte.

Jane Thwaite war mit Angela gekommen; die Töchter besuchten jetzt abwechselnd ihre verwitwete Mutter an den Wochenenden, um ihr in ihrer Trauer beizustehen.

Die Gauchets begutachteten gerade das Blumenkunstwerk, das die Schule zum Thema Raumfahrt beigesteuert hatte. Zu seinem Erstaunen sah Daniel, dass sich Dora Sharman bei ihnen befand, die sich zum ersten Mal seit dem schrecklichen Tod ihrer Schwester in der Öffentlichkeit zeigte. Hervé pflegte also offenbar das Verhältnis zu seiner Tante, obwohl er unter diesen furchtbaren Umständen von ihr erfahren hatte.

Daniel runzelte besorgt die Stirn, weil sich die Thwaites und Dora nun zwangsläufig begegnen würden, und bislang wusste niemand, wie viel sie von Kaths grausamen Taten gewusst hatte. Angela würde Doras Anwesenheit sicherlich nicht einfach so akzeptieren, vermutete Daniel. Während er das Geschehen beobachtete, traten beide Gruppen hinter Säulen hervor und standen sich nun gegenüber, ohne ausweichen zu können. Ob jemand außer ihm in der Menschenmenge diese dramatische Szene bemerkte – das Zusammentreffen der Familie eines der Opfer mit der Schwester der Mörderin –, konnte Daniel schwer einschätzen.

Unwillkürlich dachte er, dass sein Blickwinkel aus der Höhe und einer gewissen Entfernung es ihm ermöglichte, Übersicht zu bekommen, Dinge zu bemerken, die man aus der Nähe leicht übersah.

Auch Detective Vanloo versuchte in seiner Arbeit immer wieder, eine solche Haltung einzunehmen. Er hatte Daniel nach Abschluss der Ermittlungen einen Besuch abgestattet und dabei um eine ausführliche Besichtigung der Kirche gebeten. Es hatte sich herausgestellt, dass der Polizist erstaunliche Kenntnisse über Sakralbauten besaß, weshalb sowohl Führung als auch Unterhaltung sehr intensiv gerieten. Zuletzt hatten sie vom Turm aus zum Herrenhaus hinübergeblickt und in den Schatten der untergehenden Sonne ein Muster in der Landschaft bemerkt, das Daniel noch nie zuvor aufgefallen war: Felder, Erdwälle und Überreste von Bauten, die offenbar seit dem Mittelalter bestanden und damit noch viel älter waren als die Dynastie der de Floures.

Jetzt sah Daniel, wie Angela Dora zunickte. Die erwiderte das Nicken, dann bogen die Gauchets nach rechts ab, die Thwaites nach links. Als beide Gruppen ohne Zwischenfälle aneinander vorbeigegangen waren, wandte sich Daniel wieder der Orgel zu, schob ein Register hinein, zog ein anderes heraus und begann ein schönes Barockpräludium zu spielen, in das er geschickt das Blumenlied aus *Carmen* einflocht.

Danksagung

Mein Dank gilt Alan Samson, Federico Andornino, Lucinda McNeile, Virginia Woolstencroft und dem gesamten Team von Orion, sowie
Tim Bates und allen bei PFD
The Margaret Thatcher Funeral Lunch Club
The Deanery Chapter of Higham
Reverend Michael Thompson
Reverend Canon Dr Robin Ward
Earl and Countess Spencer
Baroness Professor Sue Black
Dr Frank Salmon
Councillor Andy Coles
The Efficient Baxter
… und allen Menschen, die stehen bleiben, um mit Pfarrern zu sprechen.